Diogenes Taschenbuch 22777

Joan Aiken

Der Geist
von
Lamb House

Roman
Aus dem Englischen
von Renate Orth-Guttmann

Diogenes

Titel der 1991 bei Jonathan Cape,
London, erschienenen Originalausgabe:
›The Haunting of Lamb House‹
Copyright © 1991 by Joan Aiken
Umschlagillustration:
Philip James de Loutherbourg:
›Coalbrookdale bei Nacht‹,
1801 (Ausschnitt)

*Zum Andenken
an John Aiken, der in
Rye lebte und
Gespenstergeschichten liebte*

Deutsche Erstausgabe

Alle deutschen Rechte vorbehalten
Copyright © 1995
Diogenes Verlag AG Zürich
200/95/43/1
ISBN 3 257 22777 9

Vorbemerkung der Autorin

Sämtliche Figuren und Begebenheiten dieser Geschichten beruhen auf Tatsachen, natürlich bis auf die Gespenster und Geistererscheinungen, die, wie auch Toby Lambs Geschichte, frei erfunden sind.

Henry-James- und E.-F.-Benson-Kenner werden sehen, daß ich diese Schriftsteller möglichst oft und ungeniert mit ihren eigenen Worten zitiert habe. Dabei habe ich mich weitgehend auf die großartige Henry-James-Biographie von Professor Leon Edel sowie die Werke *Alice James: A Biography* von Jean Strouse und *E.F. Benson, As He Was* von Geoffrey Palmer und Noël Lloyd gestützt. Besonderen Dank schulde ich Mr. und Mrs. Martin, die mir freundlicherweise gestatteten, in den Dachkammern und Kellerräumen, in Ecken und Winkeln von Lamb House herumzustöbern.

Inhalt

Der Fremde im Garten   9
   1 Toby

Der Schatten auf der Gasse   147
   2 Henry

Die Gestalt im Sessel   216
   3 Fred

Der Fremde im Garten

1 Toby

Meine Schwester Alice verließ uns mit zwölf und blieb acht Jahre fort. Lang wie ein ganzes Menschenleben dünkte mich ihre Abwesenheit damals, und was sie an Kummer und Leid brachte, wäre in der Tat genug für so manches Menschenleben gewesen. Dabei hatten meine Eltern nur ihr Bestes gewollt.

Als sei es gestern gewesen, erinnere ich mich des Augenblicks, da Alice mit verweintem Gesicht auf den kleinen gepflasterten Hof kam und mir sagte, daß sie in die Fremde müsse. Da ich damals erst sieben und von zarter Gesundheit war, übertrug man mir einfache Handreichungen, die meine Kräfte nicht überforderten. An diesem frostiggrauen, winterlichen Herbstnachmittag hatte Großmutter Grebell mich angewiesen, die Binsen zu wenden und zu schälen, die Gabriel, der Pferdeknecht, und mein Bruder Robert vor einigen Tagen von den Marschen gebracht hatten.

In unserer Zeit des Überflusses sind Binsenlichter ein wenig aus der Mode gekommen, findet man doch Wachskerzen schon in jedem Handwerkerhaus. Mein Vater aber war, obschon ein reicher Braumeister und dreizehnmal zum Bürgermeister von Rye gewählt, ein sparsamer Mann. Oft genug habe ich ihn sagen hören: »Wir wären, da wir von den Marschen umgeben sind, recht töricht und undankbar, wenn wir nicht Gebrauch von dem machten, was Gott uns gibt.« So standen denn große Wannen mit Binsen, die Robert und Gabriel gebracht hatten, auf dem Hof. Meine Aufgabe war es, sie fleißig zu wenden, bis sie weich waren, und dann die Schale von den Stengeln zu ziehen, so daß nur gerade, schmale Hülsen zur Aufnahme des Dochtes übrigblieben. Die wurden dann auf Weidengestellen getrocknet und später in siedenden Talg getaucht.

Ein Pfund Binsen, mit sechs Pfund Talg bereitet, ergibt achthundert Stunden Licht zu einem Preis von nicht einmal drei Schilling, so sagte mein haushälterischer Vater, und während meine Hände mit Wenden und Schälen beschäftigt waren, gingen meine Gedanken eigene Wege und berechneten, daß wir mit zehn Pfund Binsen achttausend Stunden Licht hätten... Wie viele Tage machte das wohl, wenn wir morgens und abends in Wohnstube, Küche und in meines Vaters Kontor fünf Stunden Licht brauchten? Zwanzig Pfund machten sechzehntausend Stunden...

Ich liebte solche Zahlen- und Rechenspiele. Sie halfen mir über lange, freudlose Stunden hinweg, in denen ich mich mit dem Binsenschälen quälte, dem Putzen und Fetten des Einspänners und des Geschirrs (denn Gabriel, der Pferdeknecht, hatte genug zu tun, er besorgte auch den Garten und machte Botengänge für meinen Vater in der Stadt). Vielleicht, dachte ich sehnsüchtig und ohne viel Hoffnung, schickt mich Vater eines Tages doch noch zur Schule.

»Es ist ein Jammer, den Jungen nichts lernen zu lassen, James«, hatte ich Großmama Grebell einmal in der Stube meines Vaters sagen hören. »Toby hat einen hellen Kopf und ist willig.« (Obschon ich auf den Namen Thomas getauft bin, hat meine Familie mich nie anders als Toby genannt.) »Er könnte dir gute Dienste in der Brauerei oder hier im Kontor leisten.«

»Der? Was soll ich mit einem schwächlichen kleinen Krüppel anfangen?« erwiderte mein Vater verdrießlich. »Ja, wenn Robert...«

»Robert ist ein Tölpel und wird nie etwas anderes sein«, sagte meine Großmutter scharf, und mehr vernahm ich nicht, die Tür hatte sich geschlossen.

Ein Stengel zerbrach unter meinem gedankenlosen Griff und landete auf dem immer höher werdenden Berg unbrauchbar gewordener Binsen, die nur noch als Anmachspäne für die Küche taugten. Und dann kam meine Schwester Alice über den gepflasterten Hof auf mich zugelaufen. Ihre dunklen Locken waren zerzaust, das Gesicht war rot und tränennaß.

»Toby, ach Toby!« Sie hockte sich neben mich, ohne auf die nassen Binsen, ihre Leinenröcke oder die Pfützen zwischen den Pflastersteinen zu achten.

»Was ist, Alice? Hast du dich verbrannt? Hat Robert dich geschlagen?«

Robert war kein schlechter Junge, konnte aber jähzornig werden, wenn man ihn reizte. Hinterher tat es ihm immer leid. »Oder hast du Schelte von Vater bekommen?«

Meine Mutter konnte Alice nicht getadelt haben. Sie hatte so wenig Interesse an ihren Kindern, daß sie uns allenfalls dann zurechtwies, wenn eins von uns ihre Handarbeit durcheinandergebracht hatte. Und das konnte ich mir bei der sanften, sorgsamen Alice nun wirklich nicht vorstellen.

»Nein, nein. Ich muß weg! Sie schicken mich fort!«

»Fort von hier? Aber wohin? Warum?«

Hier – das war das Haus meines Vaters in Rye. Irgendwo anders zu leben war für mich schlechthin nicht vorstellbar, und ich habe es auch später nie getan.

Stotternd und schluchzend, mit einem Schluckauf kämpfend fuhr Alice fort: »Ich... ich soll zu unserer Cousine Honoria Wakehurst in... in Tunbridge Wells.« Es hätte, so wie sie es sagte, ebensogut Timbuktu sein können, in unserer Vorstellung waren die beiden Orte gleich weit von uns entfernt. In fassungslosem Entsetzen sah ich Alice an.

»Aber warum? Ich will nicht, daß du gehst, Alice.«

Solange ich denken konnte, war Alice immer lieb zu mir gewesen. Ob ich gestürzt und mir weh getan hatte, ob ich in Ungnade gefallen war, meine Kleider beschmutzt, mein Essen verschüttet oder Schmerzen in dem kranken Bein hatte – stets war Alice zur Stelle, liebevoll tröstend, sanft und geduldig.

»Nicht weinen, Toby, nicht weinen. Alice ist da, Alice bringt es wieder in Ordnung.«

Sie hatte mich mütterlicher umsorgt als unsere leibliche Mutter. Jetzt, da ich selbst alt bin – ich schreibe diesen Bericht über sechzig Jahre nach den geschilderten Ereignissen nieder –, weiß ich wohl, daß unsere Mutter nie bei guter Gesundheit war und oft Schmerzen litt. Sie erlag ihrem Leiden in dem Jahr, als Alice heimkam – damals war George, ihr Letztgeborener, erst neun –, und muß schon Jahre vorher gekränkelt haben. Wir waren es gewohnt, daß sie, mit ihrer Handarbeit beschäftigt, auf dem Sofa lag und wir mit unseren Sorgen und Nöten zu Großmama Grebell gehen mußten, die um die Ecke, in der Vicarage Lane, wohnte, sich aber weniger dort als in Lamb House aufhielt.

Ich klammerte mich an Alice und wiederholte: »Ich will nicht, daß du gehst. Ich laß dich nicht weg.«

»Dummbeutel!« Der stämmige achtjährige Robert, der mit einem Freund aus der Lateinschule an mir vorbeikam, sah verächtlich auf mich herab. »Dein Gesicht ist ganz schmutzig«, sagte er höhnisch zu Alice, und dann zu mir: »Wie willst du verhindern, daß sie weggeht, du Heulsuse? Sie soll bei Cousine Honoria lernen, eine große Dame zu werden, und heiratet irgendwann mal einen reichen Kaufmann aus Tunbridge Wells. Die siehst du nie wieder.«

Pfeifend ging er davon, um bei Agnys, unserer Köchin, ein Stück Speckkuchen zu erbetteln.

»Aber warum will Cousine Honoria Wakehurst dich zu sich nehmen, Alice? Du hast doch ein Zuhause. Ich verstehe das nicht...«

»Weil sie keine eigenen Kinder hat. Und jetzt schon über dreißig ist und wohl auch keine mehr bekommt. Und sie und Hauptmann Wakehurst sind reich. Vater sagt, es ist ein großes Glück für mich.«

»Aber warum wollen sie ein Mädchen?«

Sogar ich mit meinen sieben Jahren wußte schon, daß Mädchen weit weniger wert waren als Jungen.

Alice schniefte jämmerlich. »Natürlich hätten sie lieber einen Jungen gehabt. Aber von Robert würde Vater sich nie trennen, und Moses ist zu klein, erst zwei. Und –«

Ich wußte, was sie hatte sagen wollen. Keiner, der seine fünf Sinne beisammen hatte, würde *mich,* den kränkelnden, zu klein geratenen Krüppel, adoptieren wollen. Es war nicht meine Schuld, das wußte ich wohl, aber dieses Wissen machte mir das Leben nicht leichter.

Großmutter Grebell kam auf den Hof. Mit ihrem scharfen Runzelgesicht, das jetzt, da sie keine Zähne mehr hatte, noch schärfer geworden war, sah sie aus wie ein alter Vorstehhund.

»Toby, du hast deine Arbeit sehr nachlässig verrichtet. Schau, wie viele Binsen du verdorben und zerbrochen hast! Jetzt komm ins Haus. Und du auch, Alice. Wir müssen deine Kleider durchsehen, damit ich weiß, was ich dir mitgeben kann. Jetzt fang nicht wieder an zu weinen, Kind, damit änderst du doch nichts. Sei ein tapferes Mädchen.«

»Ich bin aber nicht tapfer«, sagte Alice gedrückt.

Nein, das war sie nicht, ich wußte es nur zu gut. Es gab so vieles, wovor sie Angst hatte – knurrende Hunde, Donner, laute Geräusche, zornige Stimmen, der Anblick von Blut. Wie wollte sie außerhalb der vertrauten, sicheren Welt von Lamb House nur zurechtkommen?

Über Alices zuckende Schultern hinweg sah Großmama Grebell mich streng an.

»Geh rasch in den Kräutergarten, Toby …« (sie sagte nicht ›lauf‹, denn schnell laufen konnte ich nicht) »… und hol mir ein Bündel Minze. Sie ist jetzt zwar welk, aber noch immer aromatischer als getrocknete. Ich mache dir einen Tee, Kind«, sagte sie und richtete ihren scharfen Blick auf Alice, »dann gehst du zu Bett, und morgen früh findest du dich mit Anstand in dein Schicksal, wie es sich für eine Enkelin deines Großvaters geziemt« (Großvater Grebell hatte sich in der Schlacht von Blenheim tapfer geschlagen und war im Jahr darauf Bürgermeister von Rye geworden).

»Ja, Großmutter«, sagte Alice schluchzend und folgte der alten Dame in die Küche.

Ich hinkte über den gepflasterten Hof und durch die schmale Gasse, die an der Brauerei vorbeiführt, bis zu dem kleinen ummauerten Garten, in dem ein paar uralte Apfelbäume standen und der von meinem Vater gepflanzte Maulbeerbaum und in dem Gabriel Petersilie, Zwiebeln und Küchenkräuter zog. Bedrückt sah ich mich in der tiefer werdenden Dämmerung um und pflückte ein paar Hände voll der noch immer lieblich duftenden Minze. Dann machte ich mich auf den Rückweg.

Überrascht sah ich an der Gartenpforte einen Fremden stehen – einen hochgewachsenen Mann, schwarz gekleidet wie ein Priester, mit schwarzen Strümpfen und Schuhen, einer viereckigen, kastenförmigen Kopfbedeckung und einem großen Überwurf, der ihm wie ein Flügel über die rechte Schulter hing.

»S-sucht Ihr meinen Vater?« stammelte ich erschrocken. »Mr. James Lamb?«

Der fremde Herr aber gab keine Antwort, ja, er sah mich nicht einmal an, sondern ging lautlos und sehr schnell davon. Als ich selbst bei der Gartenpforte angelangt war und nach rechts und links blickte, war er nicht mehr zu sehen, und ich konnte mir gar nicht recht erklären, wie er so schnell hatte verschwinden können.

Doch über der drohenden Trennung von Alice vergaß ich ihn bald wieder. Wie sollte ich es ertragen, ohne sie zu sein? Alice war meine halbe Welt – und mehr. Robert kümmerte sich nicht um mich und mein Vater auch nicht, nur hin und wieder sah er mich an, als wünschte er, ich wäre nie geboren. Mit den jüngeren Geschwistern, Sophy und Moses, war noch nicht viel anzufangen, und George war erst ein paar Monate alt. George war im letzten Winter unter recht aufregenden Umständen zur Welt gekommen, denn in eben dieser Nacht, die wild und stürmisch war, hatte der König, dessen Schiff in der Bucht von Rye auf Grund gelaufen war, von Jurys Gap kommend in der Stadt Unterkunft begehrt. Als Bürgermeister war mein Vater genötigt, Seine Majestät bei sich aufzunehmen und sein Schlafzimmer herzugeben. Es war eine recht lästige Einquartierung, denn der König sprach nur Deutsch, und auch sein Gefolge war ausschließlich dieser Sprache mächtig, die mein Vater nicht beherrschte, so daß er genötigt war, nach Dr. Wright zu schicken, der Medizin in den Niederlanden studiert hatte, und ihn zu bitten, er möge für die hohen Gäste den Dolmetsch machen (obschon Vater und Dr. Wright sich wegen der sechs Jahre zurückliegenden Geschichte meines Mißgeschicks nicht grün waren). Zu allem Unglück war unsere Mutter bei all der Aufregung vorzeitig in die Wehen gekommen und hatte meinen Bruder George zur Welt gebracht. (Diesen Namen gab man ihm bei der Taufe, wir alle aber nannten ihn Jem.) Er war bei der Sache noch am besten weggekommen, denn der König, der drei Tage in der Stadt hatte bleiben müssen, bis der Sturm abgeflaut war, hatte bei ihm Pate gestanden, und später kam aus London eine stattliche silberne Schale mit eingravierter Inschrift: »König George seinem Patenkind George Lamb«. Hin und wieder betrachtete ich die Schale, die in der guten Stube stand, voller Kummer und überlegte, warum wohl manche Menschen als Glückskinder geboren werden, während andere ein Unglück nach dem anderen trifft. Ich natürlich hatte mich während des hohen Besuchs vor aller Augen in der Küche verbergen müssen.

»Toby!« rief meine Großmutter aufgebracht. »Kommst du jetzt endlich mit der Minze!«

»Hier ist sie schon…«

Großmama hatte einen Krug mit heißem Wasser in der Hand und versuchte meine Schwester aufzuheitern, indem sie ihr von einem Besuch in Tunbridge Wells erzählte, den sie vor Jahren mit unserer Urgroßmutter unternommen hatte.

»Damals, Kind, war es nur ein bescheidener kleiner Ort, denn Lord North hatte die Heilquelle gerade erst entdeckt. Ein armseliger Gasthof, ein heidebewachsener Hügel – das war schon alles. Jetzt ist daraus eine stetig aufstrebende schöne Stadt geworden, gewiß gibt es dort Geschäfte und Assemblée-Räume, Leihbibliotheken, Blaskapellen und eine Garnison. In ein, zwei Jahren wird Cousine Honoria mit dir auf Bälle gehen. Du bist das glücklichste Mädchen in ganz Rye! Jetzt mach kein so brummiges Gesicht, sonst wird es ihnen noch leid tun, daß sie nicht Sophy genommen haben, auch wenn die erst vier ist…«

»Das wäre mir nur lieb gewesen!«

»Jetzt trink deinen Tee, Kind, und geh zu Bett«, fuhr Großmutter sie in plötzlicher Ungeduld an. »Schau nicht so einfältig. Wie kann ein so großes Mädchen sich derart gehenlassen! Sieh nur, wie verschwollen dein Gesicht schon ist. Was soll Hauptmann Wakehurst denken, wenn er morgen kommt? Lauf jetzt, Kind.«

Alice, die inzwischen brav ihren Schlaftrunk zu sich genommen hatte, schlich – tatsächlich mehr tot als lebendig – aus der Stube. Das frische bräunliche Gesicht, das nicht ausgesprochen hübsch, aber überaus einnehmend war, hatte rote Flecken und war ganz aufgequollen, die schönen dunkelbraunen Augen unter den entzündeten Lidern waren fast nicht mehr zu sehen. Das weiche dunkle Haar war schlaff und aufgelöst. Alice war nicht groß und eher mollig, eine schwanengleiche Gestalt oder stolze Haltung suchte man bei ihr vergebens, aber die rundlichen Arme und Beine mit den zierlichen Händen und Füßen wirkten nett und gefällig. Ihre Hände waren so klein und zart, daß jemand, der sie nicht kannte, ihr keine harte Arbeit zugetraut hätte. Dabei war sie schon mit zwölf eine tüchtige Hausfrau und Wirtschafterin und hatte meiner Mutter viel von dem abgenommen, wozu ihre Kräfte nicht mehr ausreichten.

»Wir werden sie sehr vermissen, soviel steht fest«, seufzte meine Großmutter, während Alice schlucksend die Hintertreppe hochging. »Wer soll jetzt das Buttern besorgen? Agnys hat keine Zeit dazu, und Polly ist zu unachtsam…«

Mich beschäftigte etwas, was Großmutter vorher gesagt hatte.

»Morgen schon will Cousine Honoria Wakehurst kommen?«

»Ja, Kind, ehe es Winter wird und die Straßen zu schlecht sind. Und es ist wohl auch am besten so. Alice macht sich sonst noch krank mit ihren Tränen. Zeit ist der beste Arzt. Wenn sie erst dort ist, wird sie sich schnell eingewöhnen, die ständigen Vergnügungen werden sie vom Heimweh kurieren. Mach keine so großen Augen, Junge...«

Ich sagte fast ungläubig: »Morgen also ist Alice schon nicht mehr da...«

Ich weinte selten – vielleicht, weil ich mich, von klein auf mit Schmerzen in meinem lahmen Bein und anderen Mißhelligkeiten geschlagen, daran gewöhnt hatte, meinen Kummer so gut als möglich allein zu tragen.

Meine Großmutter legte mir erstaunlich sanft eine Hand auf den Kopf. »Sei nicht so betrübt, Toby. Ich weiß, daß Alice dein ein und alles war, aber früher oder später hättest du doch lernen müssen, ohne sie zu leben. In vier, fünf Jahren wäre sie, da sie eine so tüchtige Hausfrau ist, ohnehin verheiratet gewesen, dann hättest du sie auch nicht mehr gehabt...«

»Sie hat gesagt, sie würde mich zu sich nehmen. In die ›Schöne Aussicht‹. Immer wieder hat sie das gesagt.«

»Dann hat sie ein sehr vorschnelles, törichtes Versprechen gegeben. Wenn ihr Mann damit nicht einverstanden wäre?«

»Dann hätte sie ihn eben nicht geheiratet.«

»Danach wird man als Frau nicht gefragt«, sagte Großmama Grebell scharf. Sie hatte sich wieder ans Spinnrad gesetzt, bearbeitete das Trittbrett heftig mit dem Fuß und zwirbelte die Rohwolle so gewalttätig, als könne sie damit alle Einwände zerrupfen und zunichte machen.

»In Tunbridge Wells hat sie bessere Aussichten und mehr Auswahl, sie wird wie eine große Dame leben, denn die Wakehursts haben viele Bekannte und sind reich.«

»Das ist mein Vater auch.«

»Ja, aber hier mußte Alice sich immer um die jüngeren Geschwister kümmern, dort ist sie die Einzige, wird verwöhnt und verhätschelt…«

Ob meine Großmutter all das sagte, um sich selbst zu trösten? Wir wußten wenig von diesen Wakehursts, die bis vor kurzem mit dem Regiment des Hauptmanns im Ausland gewesen waren.

Großmama fuhr fort: »Du solltest dich für Alice freuen und ihr diese Gelegenheit, ihr Glück zu machen, nicht mißgönnen. Vielleicht ist es auch für dich besser so. Du hast stets in ihrem Schatten gelebt, jetzt wirst du selbst deinen Mann stehen müssen.«

Das waren trübe Aussichten. Wie sollte ich ohne Alice durchkommen? Robert war grob und gleichgültig, wir empfanden, da unsere Gewohnheiten so unterschiedlich waren, nicht das mindeste füreinander; Sophy und Moses, die jüngeren Geschwister, hatten keine hohe Meinung von mir, weil ich bei ihren wilden Spielen nicht mittun konnte. Auch waren sie befangen in meiner Gegenwart, meine Behinderung bedrückte sie. Und Jem lag noch in den Windeln.

»Wenn mein Vater mich nur zur Schule schicken würde«, sagte ich halblaut.

«Das wird er wohl leider nie tun.« Großmama sprach nicht aus, was ich selbst nur zu genau wußte: Mein Vater, der (wie wohl die meisten reichen Männer) ein rechter Knauser war, glaubte, mir sei kein langes Leben beschieden, und war deshalb nicht bereit, auch nur einen Penny auf meine Ausbildung zu verwenden. Als Entschuldigung führte er an, lahm und verkrüppelt wie ich sei, würde ich mich in der Lateinschule nie durchsetzen können, was vielleicht sogar zutraf. Aus hingebrummelten Bemerkungen von Großmutter Grebell schloß ich, daß ich meinen elenden Zustand der Sparsamkeit meines Vaters zu verdanken hatte. Hätte er dafür gesorgt, daß bei meiner Geburt ein richtiger Arzt oder zumindest ein Apotheker zugegen gewesen wäre und nicht nur eine betrunkene Hebamme, hätte er Dr. Wright gerufen (mit dem er wegen dessen angeblich unbillig hoher Honorare auf Kriegsfuß stand) statt der alten Mrs. Tubsey, die nach reichlichem Genuß von Gin versehentlich das Bettzeug meiner Wiege in Brand gesetzt hatte…

»Mit deinem Vater umzugehen ist nicht leicht, Kind. Man muß ihn zu nehmen wissen und dabei behutsam und mit Vorbedacht zu Werke gehen.«

Jetzt fiel mir plötzlich wieder der Mann ein, den ich beim Minzepflücken gesehen hatte.

»Das hätte ich fast vergessen, Großmutter. Da war jemand im Garten, der wohl meinen Vater suchte. Ich habe ihn angesprochen, aber er hat mir nicht geantwortet.«

»Jemand? Was für ein Jemand, Kind?«

Ich überlegte. Schon waren die Einzelheiten undeutlich geworden.

»Er trug einen langen schwarzen Überwurf, der ihm über eine Schulter hing. Und einen eckigen Hut von sehr absonderlicher Form. Sein Gesicht habe ich nicht gesehen. Und er hat nicht geantwortet, als ich zu ihm sprach …«

Knarrend kam das Spinnrad zum Stehen. Großmama Grebell sah mich stumm an. Ihr Gesicht war so weiß geworden wie ihre Rüschenhaube.

Sie bewegte das Kinn, als wollte sie schlucken, dann fragte sie: »Wo hast du diesen … Jemand gesehen?«

»Im Garten. Dann ging er durch die Gartenpforte davon, und als ich hinterherging, war er schon fort, obschon ich mich gesputet habe, so sehr ich konnte …«

»Ja, Kind, das glaube ich dir gern«, sagte sie ein wenig zerstreut. »So schnell verschwindet er immer …«

»Wer war es denn, Großmutter?«

Plötzlich wurde sie zornig und lehnte es ab, weitere Fragen zu beantworten. Es sei spät, erklärte sie streng, schandbar spät, seit einer Stunde schon hätte ich im Bett liegen müssen, am nächsten Morgen habe man alle Hände voll zu tun. Die Wakehursts wollten zum Frühstück kommen und würden sich nicht mit Brot und Käse und Bier begnügen, und bis dahin müsse auch Alice fertig sein, damit sie mit ihnen wegfahren könne.

Tief bedrückt schlich ich die schmale Hintertreppe ins Dach hinauf, wo ich eine Kammer mit Moses und Robert teilte. Die Nachbarkammer hatten unsere Schwestern, die anderen beiden die weiblichen und die männlichen Bediensteten. Jem schlief noch unten bei der Mutter.

Sophy, für die schon längst Schlafenszeit war, kam angetappt. »Alice will dich sprechen, Toby!«

Ich betrat die Kammer der Mädchen, deren Dachfenster nach Osten ging. Man sah von hier auf die Vicarage Lane und vorbei an der Kirche, die ernst zu uns herüberblickte, über das Gewirr der roten Dächer bis zum Dorf Playden.

Alice hockte kreuzunglücklich auf ihrem Bett, umgeben von einem wirren Haufen ihrer Habseligkeiten – Fäustlinge, Baumwollstrümpfe, ein Strohhut, Kattunreste, ein Paar Holzschuhe für den Garten. Der Binsenkorb, in dem all diese Dinge untergebracht werden sollten, stand neben ihr auf dem Boden.

»Toby«, sagte sie, und ihre Stimme klang matt und brüchig, »du sollst mein Fensterauge haben. Solch Spielwerk kann ich nicht mitnehmen, das wäre kindisch.«

Auf dem armen verschwollenen Gesichtchen lag ein Ausdruck ängstlicher Vorahnung. Wie oft habe ich seither daran denken müssen!

»Nicht doch, Alice«, widersprach ich. »Du wirst deine hübschen Sachen noch gebrauchen können, wenn du einmal Heimweh hast. Und das Auge ist so schön…«

»Nein, Bruder Toby«, quiekte Sophy. Sie drückte, wie ich erst jetzt sah, die Holzpuppe Lucy an sich, die Alice zum vierten Geburtstag von unserem Onkel Allen geschenkt bekommen hatte und die Sophy bislang nie auch nur hätte anrühren dürfen. »Siehst du, mir hat sie Lucy geschenkt. Denn weißt du, da, wo sie hingeht, bekommt sie bestimmt ganz viele schöne Sachen.«

»Nimm das Auge, Toby«, sagte Alice müde. »Möge es dir mehr Glück bringen, als es mir gebracht hat.«

Sie streckte mir das runde Glasding hin, das eigentlich der Mittelpunkt einer Fensterscheibe war, das sogenannte

Ochsenauge, an den der Glasbläser seinen Stab ansetzt. Unser Onkel Jonas Didsbury, Baumeister und Glaser von Beruf, hatte es vor langer Zeit einmal Alice geschenkt, und sie hatte es gehütet wie einen Schatz.

Ich nahm ihr den leuchtendgrünen Glasbrocken ab und sah nachdenklich in seine spiralförmigen Tiefen.

»Ich bewahre es für dich auf, Alice, bis du zurückkommst.«

»Ich komme nie zurück«, sagte sie.

Und das war, wenn man es recht betrachtet, nicht mehr als die Wahrheit.

»Alice, liebste, beste Alice«, klagte ich, »ich werde ganz schnell schreiben lernen, und dann kann ich dir berichten, was zu Hause geschieht. Die Buchstaben habe ich mir mit Roberts Blöcken schon fast beigebracht. Ich schreibe dir bestimmt, das verspreche ich dir.«

»Was nützt mir das, wenn ich die Briefe nicht lesen kann?«

Alice hatte sich nie sehr anstellig im Lesen- und Schreibenlernen gezeigt, und in jüngster Zeit hatte die Hausarbeit sie so sehr in Anspruch genommen, daß für Unterricht keine Zeit mehr blieb.

»Cousine Honoria wird gewiß einen Hauslehrer für dich einstellen«, sagte ich hoffnungsfroh. »Sehr bald bist du dann eine gelehrte Dame und kannst Latein und Griechisch lesen.«

»Bist du toll? Es wird wohl eher so sein, daß ich in der Vorratskammer stehe und Marmelade koche.«

Polly, unsere Dienstmagd, kam über uns wie ein Wirbelwind.

»Euch erwartet alle eine Tracht Prügel, wenn ihr nicht sofort zu Bett geht. Ja, Sie auch, Miss«, sagte sie zu Alice, die sich teilnahmslos zwischen ihren Habseligkeiten zur Ruhe legte.

»Gute Nacht, Alice«, sagte ich. »Dein Fensterauge ist bei mir sicher aufgehoben.« Dann kehrte ich zurück in meine Kammer, die auf die dunklen Marschen und die matt blinkenden Lichter von Winchelsea hinausging und in der Robert und Moses schon in festem Schlaf lagen.

Die Wakehursts trafen am nächsten Morgen ein, noch ehe das Frühstück fertig war (meine Großmutter war seit fünf Uhr früh im Haus, und unter ihrer Aufsicht bereiteten die Mägde ein Mahl von so vielen Gängen, daß es eher einem Mittagessen glich), und mein Vater wies deshalb Robert und mich an, Hauptmann Wakehurst auf einem Rundgang durch die Stadt zu begleiten. Dieser war, wie er sagte, noch nie in Rye gewesen, da sein Regiment bis vor kurzem in Gibraltar gelegen hatte. Er fand, daß Rye eine hübsche Stadt war, und das ist sie auch. Noch heute liebe ich ihre herzliche, freundliche Atmosphäre und betrachte mit Wohlgefallen die stattlichen Häuser aus rotem Backstein, die sich dicht an dicht am Hang aneinanderschmiegen.

Robert war uns ständig voraus, er sprang über Pfosten, kletterte die Stufen zu Aussichtspunkten hinauf, verschwand in schmalen Gassen oder rannte über Laufplanken, um ein paar Worte mit einem seiner Kumpane zu wechseln. So blieb es mir überlassen, unserem Gast Einzelheiten über den Marktplatz zu erzählen, den Stadtbrunnen, den Hafen, in dem gerade ein französisches

Schiff seine Ladung löschte, die Stadtmauern und das Tor, von dem der Wachposten erst kürzlich abgezogen worden war, nachdem keine Überfälle der Franzosen mehr drohten.

Hauptmann Wakehurst schien sich für meine Erklärungen nur mäßig zu interessieren.

Das französische Schiff hatte Wein geladen, und er bemerkte: »Hier trifft sicher so manches Faß ein, für das kein Zoll bezahlt wird, was?«

»Davon weiß ich nichts, Sir«, sagte ich.

Als wir die steile Mermaid Street hinaufgingen und er sah, wie ich mein lahmes Bein nachzog, bemerkte er hämisch: »Nur gut, daß deine Schwester Alice zwei gesunde Beine hat. Erzähl mir ein bißchen was von ihr. Ist sie recht fesch und drall wie die Jungfern, die wir auf unserem Gang durch Rye gesehen haben?«

Daß er im Vorübergehen die jungen Mädchen ansah und viele mit einem augenzwinkernden Lächeln bedachte, war mir nicht entgangen.

»Das weiß ich nicht, Sir. Sie ist ein braves Ding.«

»Ein braves Ding? Hat sie denn nicht einen Haufen Verehrer in der Stadt, die abends unter ihrem Fenster schmachten?«

»Aber nein«, erwiderte ich ganz entrüstet. »Erstens würde das mein Vater nie zulassen. Und zweitens hat Alice so viel im Haus zu tun, daß sie sich um solche Narretei nicht kümmern würde.«

»Ja, richtig«, sagte er zufrieden, »sie soll ja eine tüchtige kleine Hausfrau sein.«

»Und drittens«, schloß ich triumphierend, »könnte unter ihrem Fenster niemand schmachten, denn sie schläft mit Sophy in der Bodenkammer, und die hat nur ein Dachfenster.«

Hauptmann Wakehurst lachte laut auf und sagte, ich sei ein gescheiter junger Bursche, das habe er mir gar nicht zugetraut. Dann steckte er eine Hand in die Tasche seiner engen Kniehosen und verehrte mir einen Sixpence mit der Bemerkung, er wisse, daß mein Vater ein alter Knauser sei, der mir wahrscheinlich nie auch nur einen roten Heller gönne.

Das war zwar nicht unrichtig, aber ich hatte nicht viel Gefallen an Hauptmann Wakehurst gefunden und mochte eigentlich sein Geld nicht nehmen. Doch er drückte es mir in die Hand, und als Robert uns atemlos und gerötet einholte, sagte er lachend: »Es soll ein Geheimnis zwischen uns bleiben, wir werden es deinem Bruder nicht verraten.« Dabei warf er Robert zu dessen Ärger einen spöttischen Blick zu. Mein Bruder musterte uns ratlos und überlegte sich offenbar, was ihm entgangen war.

Ich habe noch nicht gesagt, wie Hauptmann Wakehurst aussah. Er war groß und dick und überaus modisch gekleidet, hatte ein fahles Gesicht, stechende schwarze Augen und buschige dunkle Brauen, die nicht recht zu seiner Perücke passen wollten. Wenn er lachte – und er lachte oft! –, bleckte er große weiße Zähne. Er schien jünger zu sein als meine Cousine Honoria, an die ich mich nicht erinnern konnte (obschon sie sagte, sie habe mich schon mal gesehen, als ich kleiner war) und die er recht geringschätzig behandelte. Sie saß mit meinen Eltern in der Wohnstube, als wir zurückkamen, und warf mir einen ratlostraurigen Blick zu, der mich zuerst ziemlich beunruhigte, bis ich begriff, daß sie nie anders dreinschaute. Sie wirkte hager und ausgezehrt, war aber fein ausstaffiert. Über den weiten Röcken trug sie ein gerüschtes und gefälteltes Oberkleid, ihr Haar war hochgetürmt und mit Früchten aus Samt geschmückt. Unsere Mutter nahm sich dagegen geradezu ärmlich und unscheinbar aus, und ich fürchtete, auch Alice würde einen recht dürftigen Eindruck machen. Doch als sie langsam, mit niedergeschlagenen Augen, die Stube betrat, sah ich, daß Großmama Grebell ein altes blaues Chintzkleid meiner Mutter für sie hergerichtet und Polly ihr das Haar gelockt, Bänder hineingeflochten und ihr ein Spitzenhäubchen aufgesetzt hatte. Obschon Alice sehr schüchtern war und außer einem Gruß kein Wort über die Lippen brachte, bemerkte ich, daß Cousine Honoria und Hauptmann Wakehurst – besonders letzterer – sie wohlgefällig musterten.

»Das also ist unser neues Töchterchen«, sagte Cousine Honoria mit ihrer hohen, müden Stimme, und dann fuhr sie fort, über die empörenden Preise für Haarpuder zu jammern und die Unmöglichkeit, in Tunbridge Wells geeignete Dienstboten zu bekommen. »Auf Gibraltar war das ganz anders!«

Mein Vater war sichtlich ungeduldig. Er hatte zur Feier des Tages die graue Tuchjacke und die Weste an, die er nur zu Amtshandlungen als Bürgermeister trug, dazu weiße Strümpfe und ein weißes Halstuch und die Schuhe mit den Silberschnallen, aber ich hatte den Eindruck, daß er es kaum erwarten konnte, bis der Besuch wieder weg war.

In aller Eile wurde das Frühstück verzehrt, denn für die

Rückreise waren drei Stunden oder mehr veranschlagt, und deshalb wollten die Wakehursts so schnell wie möglich wieder aufbrechen. Ich brachte keinen Bissen herunter und sah, daß auch Alice nichts aß.

Die Kutsche unserer Cousine wartete am Fuße des Hügels. Für allen Tabak Virginias, hatte Hauptmann Wakehurst gesagt, würde er den Pferden die steile, kopfsteingepflasterte Straße nicht zumuten. Die ganze Familie begleitete die Wakehursts nach unten. Ich hielt mich nah bei Alice. Wir schwiegen. Worüber hätten wir auch noch sprechen sollen? Ich konnte ihr nicht zum Trost sagen: »Du kommst ja bald wieder«, denn das stimmte nicht. Ich konnte ihr auch nicht versprechen: »Ich besuche dich mal«, denn das lag nicht in meiner Macht. Ich steckte Hauptmann Wakehursts Sixpence in das Seidentäschchen, das sie am Handgelenk trug. »Hier sind Sixpence, liebste Alice. Wenn du dir mal was kaufen möchtest…« Sie fragte nicht einmal, wie ich an das Geld gekommen war, obschon ich noch nie zuvor ein Sixpence-Stück besessen hatte.

Hauptmann Wakehurst hob Alice in die Kutsche und bemerkte dazu, sie wiege ja nicht mehr als ein Hering.

»Aber wir werden sie schon aufpäppeln«, sagte er zu meinem Vater, der auf die Uhr sah, als habe er es eilig, wieder in die Brauerei zu kommen. In diesem Moment bekam unsere Mutter, die recht unbeteiligt dabeigestanden hatte, einen ihrer Schwächeanfälle, so daß mein Onkel Allen Grebell, der just in diesem Augenblick vorbeikam (und den die Wakehursts mit recht verächtlichen Blicken maßen), ihr den Hügel hochhelfen mußte. Mein Onkel Allen ist ziemlich gleichgültig seiner äußeren Erscheinung gegenüber. Der schokoladebraune Rock sah aus wie angerostet, die Perücke war nicht gepudert, Halstuch und Kniehose schlotterten, die schwarzen Wollwebstrümpfe schlugen Falten, und die Schuhe waren ungeputzt. Er hatte ein Buch bei sich, in dem er beim Gehen las. Dennoch war er sogleich zur Stelle, als meine Mutter seiner Hilfe bedurfte.

»Leb wohl, leb wohl!« riefen Sophy und Moses, wobei sie herumsprangen und ihre Taschentücher schwenkten. Von Alice war im Kutschenfenster nur ein Stück blasses Gesicht zu sehen.

»Ich will aber nicht, daß Alice geht«, schluchzte Sophy plötzlich auf, die erst in diesem Moment begriff, was sie verloren hatte, aber da knallte schon die Peitsche, und die Pferde setzten sich in Trab.

Ich ging, die beiden Kleinen an der Hand, neben meinem Vater her. Das Herz lag mir schwer und kalt in der Brust gleich einem der runden Flintsteine, mit denen die Straße gepflastert war.

Der Tag, der schlimm begonnen hatte, wurde noch schlimmer. Ein feiner Nieselregen verdichtete sich zum Wolkenbruch, und der Wind erreichte Sturmesstärke. Er heulte und jaulte in den Kaminen und fegte über die Dächer der Stadt. In unserem Haus mit den dicken Mauern, den getäfelten Wänden und fest schließenden Schiebefenstern, das mein Vater erst vor fünf Jahren anstelle eines viel älteren hatte bauen lassen, fühlte man sich wunderbar behaglich und geborgen. Ich dachte an die armen Reisenden, die sich jetzt durch den Sturm kämpften. Wo mochten sie inzwischen sein? Irgendwo in der Weald wahrscheinlich, einem bewaldeten Landstrich, und vielleicht, dachte ich hoffnungsvoll, wütet das Unwetter dort nicht gar so sehr. Wie meiner Mutter war auch der sanften, ängstlichen Alice stürmisches Wetter ein Graus. Wenn der Wind heulte, zuckte sie zusammen und schrie auf. Wie mochte es ihr, so weit weg von allem, was ihr bekannt und vertraut war, mit diesen beiden Fremden in der Kutsche ergehen? Es schien mir unrecht, ja, selbstsüchtig, mich an der heimeligen Wärme unseres Hauses zu freuen, und ich wäre vom Feuer abgerückt, hätte ich nicht Großmama Grebell die Wolle gehalten, so daß ich nicht vom Fleck konnte.

»Wo mögen sie jetzt sein?« fragte ich.

»In Lamberhurst vielleicht, wenn sie sich sputen. Dein Onkel Allen hielt allerdings nicht viel von Hauptmann Wakehursts Pferdeverstand. Schön anzusehen, die Gäule, aber keine Ausdauer, so hat er es gesagt.« Sie zog die Nase hoch. »Von anderem versteht der Hauptmann wohl mehr.«

»Wie meinst du das, Großmama?«

»Laß gut sein, Kind. Hol mir den anderen Strang von der Fensterbank. Himmel hilf, was war das?«

Der Aufschrei war aus dem Zimmer meiner Mutter gekommen. Sie hatte, als es dämmerte, über Schmerzen in den Beinen und im Kopf geklagt und sich zurückgezogen. Da das häufig vorkam, hatte niemand weiter darauf geachtet. Jetzt aber schrie sie wie besessen: »Kommt doch! Warum kommt denn niemand? Schnell, bringt Lichter. Licht, ich bitte euch!«

Polly und Agnys rannten sogleich los, Großmutter

folgte dichtauf und überholte sie auf der Treppe, und ich lief hinterher, so schnell ich eben konnte.

»Was fehlt Ihnen, Ma'am?«

»Was hast du, Schwiegertochter?«

»Was ist los, Mutter?«

Die Dienstboten hatten Binsenlichter mitgebracht, und Polly warf Holz aufs Feuer, so daß es wieder aufflammte.

Meine Mutter lag mit verrutschter Haube in den Kissen, die Augen in dem ungewissen Licht tief verschattet.

»Ich habe einen schrecklichen Traum gehabt. Gewiß werde ich jetzt nie wieder wagen einzuschlafen. Nie…«

Sie sah sich mit weit geöffneten Augen in dem Zimmer um, das wir das ›Königszimmer‹ nannten, denn dort hatte König George in jener Sturmnacht geschlafen, als mein Bruder zur Welt gekommen war. Es ging, wie die Dachkammer meiner Schwestern, nach Osten hinaus, und während wir uns um das Bett meiner Mutter scharten, schlug die Kirchturmuhr die neunte Stunde.

»Wovon haben Sie denn geträumt, Ma'am? Erzählen Sie's uns, dann fühlen Sie sich gleich besser«, sagte Agnys, die Köchin, eine dicke, gütige Frau mit Hasenscharte, die seit meiner Geburt im Haus war.

»Nein, das könnte ich nie, es war zu schrecklich«, sagte meine arme Mutter schaudernd.

Unten hörte ich die Haustür zuschlagen. Mein Vater hatte, wie immer um diese Zeit, in der Brauerei die Temperatur der Maischbottiche überprüft.

»Holla, Agnys… Polly… wo steckt ihr denn alle?« rief er, dann hatte er wohl unsere Stimmen gehört und das Licht gesehen, denn er kam nach oben.

»Was geht hier vor?« wollte er wissen.

Großmutter ging mit ihm vor die Tür, ich hörte, wie sie etwas von einem Arzt sagte.

»Papperlapapp!« versetzte mein Vater. »Ein Schluck Branntwein ist alles, was sie braucht. Du da, Polly, hol deiner Herrin den Branntwein her.« Sein zorniger Blick fiel auf mich. »Was tust du im Zimmer deiner Mutter, Toby? Lauf und mach dich nützlich.«

»Ich habe Großmutter beim Wollewickeln geholfen, bis –«

»Schon gut«, sagte er ungeduldig. »Wo ist Robert?«

»Bei Tom Swayne in der Mermaid Street.«

Das Gesicht meines Vaters verdüsterte sich noch mehr, aber er wiederholte nur: »Lauf jetzt«, und ich gehorchte nur zu gern. Fröstelnd ging ich hinunter in die Küche, wo ein helles Feuer brannte und Agnys, die mein Vater ebenfalls aus dem Zimmer gewiesen hatte, leise mit den Knechten Gabriel und Dickie sprach. Ich schnappte Bruchstücke des Gesprächs auf, es schien um Träume und Vorzeichen zu gehen. »...ein großer weißer Hund, der über das Moor läuft...« – »...der Schrei der Eule in der Dead Man's Lane...« – »...auf dem Kirchhof erblickt, so deutlich wie dich...« Als sie mich sahen, verstummten sie, und Agnys sagte freundlich: »Sie sehen blaß und bekümmert aus, Master Toby, und heute mittag haben Sie Ihr Essen nicht angerührt, ich hab's genau gesehen. Mögen Sie jetzt vielleicht ein Stück Pastete oder eine Schale Haferbrei?«

»Nein, danke, Agnys. Glaubst du, daß meine Cousine und Alice inzwischen in Tunbridge Wells sind?«

»Aber ja, Kind, schon längst. Inzwischen schläft deine Schwester Alice süß und selig in Samt und Seide.«

Ein wenig ermutigt – nicht von der Aussage selbst, die mir wenig glaubhaft erschien, sondern von ihrer freundlichen Zuwendung – faßte ich mir ein Herz und stellte eine Frage, die mich bei allem Kummer doch stark beschäftigte.

»Wer war der Fremde, den ich gestern im Garten gesehen habe, Agnys? Großmutter Grebell wollte es mir nicht sagen.«

Und meinen Vater hätte ich natürlich nie zu fragen gewagt.

»Ein Fremder im Garten, Kind?«

Sie sahen sich groß an.

»Der fremde Mann mit dem schwarzen Hut, der im Garten war. Wollte er zu meinem Vater?«

»Gott steh uns bei«, flüsterte Agnys. »Der Junge hat den Franzosen gesehen.«

Sie bekreuzigte sich, und Gabriel tat es ihr nach.

»Den Franzosen?«

Eine verschwommene Erinnerung regte sich in mir. Ich hatte schon von ihm reden hören, aber immer im Flüsterton, die Geschichte war offenbar nicht für meine Ohren bestimmt.

Polly wechselte einen Blick mit den beiden Männern, und Gabriel sagte: »Wo der Junge ihn doch gesehen hat…«

»Ja, schon, aber der Herr hat uns verboten, mit den Kindern über solche Sachen zu reden, er wäre sehr aufgebracht…«

Blitzartig kam mir die Erleuchtung. »War es etwa ein Gespenst?« stieß ich hervor.

Mein Vater war strikt dagegen, daß bei uns im Haus über Aberglaube und Erscheinungen geredet wurde. Er sagte – und damit mochte er wohl recht haben –, daß Dienstboten und Leute niederen Ranges derlei Geschichten gern aufbauschten, weil sie sonst nicht viel zu denken hatten. Sicher war es nicht so, daß er selbst überhaupt nicht an solche Dinge glaubte, nur fand er, daß sie nicht als Dienstbotenklatsch taugten.

Jetzt aber bekam ich die Geschichte vom Franzosen – samt ihren Varianten – zu hören.

»Es mag hundert, vielleicht auch zweihundert Jahre her sein«, sagte Agnys. »Damals kamen viele reformierte Franzosen von Dieppe nach Rye herüber, weil sie in ihrem Land von den Papisten verfolgt wurden. Viele waren Weber oder Spinner oder hatten sonst irgendwelche Verbindungen zum Wollhandel, deshalb kamen sie nach Rye.«

»Und einer von ihnen hieß Andrew Morel«, nahm Gabriel den Faden auf.

»So wie ich's gehört hab, hieß er Francis«, verbesserte Dickie.

»Francis hin, Andrew her«, sagte Agnys ungehalten. »Wie er auch hieß, er war ein sehr tüchtiger Weber und fand Unterkunft bei einem Tuchhändler, Thomas Harrold, in der Watchbell Lane. Thomas hatte eine Schwester Margrat, die ihm den Haushalt führte und auch webte. Der Franzose freundete sich mit ihr an und lehrte sie viele neue Muster, was dem Bruder zunächst ganz recht war.

Dann aber kamen die jungen Leute sich näher, denn das kann ja nicht ausbleiben, wenn zwei Menschen so eng zusammenarbeiten und sich tagtäglich sehen, und der Franzose bat Thomas um Margrats Hand. Darüber aber geriet Thomas in Wut, denn seine Schwester war ihm von großem Nutzen, und er mochte sie nicht verlieren, vor allem nicht, wie er sagte, an einen bettelhaften Franzosen ohne Heim und Heimatland. Er untersagte die Verbindung und wies Morel die Tür.«

»Und dann?«

»Die beiden jungen Leute kamen weiterhin heimlich zusammen. Hinter der Watchbell Lane, wo jetzt die Brauerei deines Vaters steht, waren früher Obstgärten, da trafen sie sich.«

»Ja, und weiter?«

»Als Thomas das erfuhr, wurde er sehr zornig. Er sorgte dafür, daß der Obrigkeit zu Ohren kam, Morel sei in Wirklichkeit ein Geheimagent der französischen Regierung.«

»Ein Spion!«

»Damals waren wir im Krieg mit Frankreich«, sagte Agnys, und wir nickten alle. Wir waren ständig im Krieg mit Frankreich, und Rye war mindestens zweimal von den Franzosen geplündert und gebrandschatzt worden.

»Es erging der Befehl, Morel zu ergreifen, doch wurde er rechtzeitig gewarnt. Und er wäre in die Niederlande entkommen – denn dazumal lagen viel mehr Schiffe im Hafen von Rye als heute –, wenn nicht Margrat ihm die Botschaft gesandt hätte, sie müsse ihn noch einmal sehen. Vielleicht wollte sie ihm ein Andenken bringen.«

»Und?«

»So ging er denn zu dem angegebenen Treffpunkt, aber das war sein Verderben, denn sie nahmen ihn gefangen, hielten Gericht über ihn (es heißt, ihr Bruder habe sie gezwungen, ihn in die Falle zu locken) und henkten ihn als Spion.«

»Gerädert und geviertelt sollen sie ihn haben«, sagte Dickie genüßlich.

»War er wirklich ein Spion?«

»Wer kann das sagen? Es ist lange her.«

»Und was wurde aus Margrat?«

»Sie starb vor Kummer«, begann Polly, »oder hat sich das Leben genommen, es heißt, sie habe gemahlenes Glas geschluckt –«

»Nein«, fuhr Gabriel dazwischen. »Sie hatte ein Kind oder erwartete eins, und ihr Bruder hat sie bei lebendigem Leibe eingemauert. Noch nach zwanzig Jahren soll man den Geist des Kindes haben weinen hören, bis der Pfarrer mit Kerze und Weihrauchfaß kam und –«

»Red kein dummes Zeug, Gabriel Roben«, fuhr Agnys ihn an. »Wenn unser Herr das hört! Außerdem ist das eine ganz andere Geschichte, die von dem Mönch und der jungen Dame, die –«

Es fehlte nicht viel, und sie wären sich richtig in die Haare geraten, doch in diesem Moment schlich sich durch die Hintertür mein Bruder Robert ins Haus. Seine Kleidung war durchnäßt und schmutzig, das Haar strähnig, es war nur zu ersichtlich, daß er keineswegs brav seine Lateinlektion mit Tom Swayne gelernt, sondern sich draußen herumgetrieben und irgend etwas angestellt hatte. Zu seinem Pech kam jetzt mein Vater in die Küche. Meine Mutter war noch immer sehr angegriffen, deshalb wollte meine Großmutter bei uns übernachten, und Polly sollte ihm ein Bett im Gästezimmer richten. Die Schale seines Zorns ergoß sich über Robert, aber auch ich bekam mein Teil ab und wurde zu Bett geschickt.

In dieser Nacht tat ich kaum ein Auge zu. Es ging mir fast wie meiner Mutter, ich wagte kaum einzuschlafen. Sobald ich entschlummert war, bedrängten mich schreckliche Träume, aus denen ich zitternd hochfuhr, beide Hände vorgestreckt, als wollte ich die Dunkelheit abwehren. Die Kirchturmuhr, die jede neue Stunde schlug, brachte mir keinen Trost. Es waren der Stunden zu viele, die Nacht wollte kein Ende nehmen.

Manchmal meinte ich Margrats eingemauertes Kind weinen zu hören. Manchmal war mir, als sei es die Stimme meiner Schwester Alice, die in einem Netz grausamer Qualen gefangen war, manchmal die meiner Mutter, die voller Entsetzen ausrief: »Ich habe einen Stein anstelle eines Herzens in der Brust, hier, ihr könnt es fühlen. Er hat mir mein Herz genommen und an seiner Stelle einen Stein eingesetzt.«

Einmal hörte ich tatsächlich meine Mutter rufen: »Alice! Alice!« Barfuß tappte ich die Treppe hinunter, wo ich auf meine Großmutter traf, die – furchterregend in ihrem Nachtgewand – mit einer brennenden Kerze am Bett stand und mich sogleich wieder nach oben schickte. Dort lag ich dann wieder wach und fragte mich, ob meine Mutter wirklich so sehr an Alice hing, ob ihre Abreise wirklich ein so schwerer Schlag für sie gewesen war. Anzeichen großer Zuneigung hatte ich nie bemerkt, aber wer konnte sagen, was meine Mutter empfand? Sie war keine sanftmütige Frau. Mit Catherine, Onkel Allens Frau, hatte sie sich heillos zerstritten, fünfzehn Jahre lang hatten die beiden, obschon sie so nah beieinander wohnten, kein Wort miteinander gewechselt. Als Tante Catherine vor einem Jahr gestorben war, hatte meine Mutter nur gesagt: »Gott sei's gedankt. Jetzt ist er frei!« und danach meine Tante nie wieder mit einem Wort erwähnt. Wer also wußte, was sie für Alice empfand?

Fest steht, daß es von jenem Tag an mit meiner Mutter langsam, aber sicher (und von uns allen zunächst unbemerkt) bergab ging.

Am nächsten Morgen nutzte ich die Gelegenheit, als Agnys draußen Wäsche aufhängte und ich Anmachholz hackte, um sie zu fragen:

»War das wirklich das Ende der Geschichte von dem Franzosen und Margrat, Agnys?«

»Soweit ich weiß, schon. Aber jeder erzählt sie anders, die einen sagen dies, die anderen das.«

»Und warum kommt der Franzose immer wieder her? Weil er sich nach seiner Liebsten sehnt? Weil er eine Botschaft für sie hat? Oder weil sie ihm ein Andenken geben wollte?«

»Vielleicht hofft er wirklich, sie noch ein letztes Mal zu sehen, der arme Teufel«, sagte Agnys. »Manche sagen auch, der ›Mann in Schwarz‹ sei in Wirklichkeit die als Knabe verkleidete Margrat, die auf ihren Liebsten wartet.«

Ich überlegte. »Nein, die Gestalt, die ich gesehen habe, war bestimmt ein Mann.«

Agnys bedachte mich mit einem nachdenklichen Blick.

»Meinst du? Na ja, eins steht jedenfalls fest, Master Toby...«

»Was denn, Agnys?«

»Der Franzose hat im Sterben einen Fluch ausgesprochen. Nein, wohl eher eine Art Warnung«, verbesserte sie sich. »›Ich sterbe unschuldig‹, hat er gesagt, ›und jedem, der mich in den Straßen dieser Stadt sieht, wünsche ich ein langes Leben –‹«

»Aber das ist doch kein Fluch, Agnys«, wandte ich ein. »Das ist doch ein guter Wunsch, wer würde sich daran stören?«

»Warte, ich bin noch nicht fertig«, fuhr Agnys ein wenig zögernd fort. »›Ich sterbe jung‹, sagte Morel, ›aber es gibt Schlimmeres, als jung zu sterben. Schlimmer ist es, alt zu werden und nie das getan zu haben, was man sich am meisten wünschte. Möge jeder Mensch, der mir begegnet, ein langes und ein schales, seiner schönsten Hoffnungen beraubtes Leben haben. Möge er immer suchen und nie finden.‹ Und dann ist er gestorben.«

So schrecklich, fand ich, war das eigentlich nicht. Wer weiß denn, was er sich in dieser Welt am meisten wünscht, dachte ich. Und wer bekommt es schon? Was wünschte ich mir am meisten in dieser Welt? Die Rückkehr meiner Schwester Alice, und dieser Wunsch würde sich nie erfüllen. Und was noch?

»Wie ist es Thomas Harrold ergangen, Agnys?«

»Er wurde sehr alt und sehr reich, war nie verheiratet und ist ohne Erben gestorben. Sein ganzer Besitz ging an den Stadtsäckel.«

»Was mag er sich wohl am meisten gewünscht haben?«

»Komm sofort her, Agnys, und hilf mir, die Matratze deiner Herrin umzudrehen«, rief meine Großmutter. »Und für dich, Toby, habe ich auch eine Aufgabe. Bring die Stiefel deines Vaters zum Schuster. Beeil dich, denn danach sollst du mir die Lampen putzen und die Kamine fegen.«

Meine Großmutter sorgte dafür, daß ich an diesem Tag pausenlos beschäftigt war. Sobald ich eine Aufgabe erledigt hatte, übertrug sie mir die nächste. Sie meinte es gewiß gut, ich sollte am Grübeln und Trübsalblasen gehindert werden, aber das gelang nicht so recht. Ob ich nun Wachsreste von den Messingleuchtern löste, die später eingeschmolzen und zum Gießen neuer Kerzen verwendet wurden, ob ich das Moos zwischen den Steinen des Höfchens herauskratzte, einen Weidenkorb flickte oder die Äpfel auf den Obsthorden wendete und angefaulte Früchte aussonderte, die ausgeschnitten und zu Gelee verarbeitet wurden (denn in unserem Haus kam nichts um) – immer wieder schossen mir trotz aller guten Vorsätze die Tränen in die Augen, und ich mußte viele Male blinzeln und schlucken, um nicht zu heulen wie ein Baby.

Ich dachte an die von den reichen Fremden gewiß eingeschüchterte sanfte Alice. Meine Gedanken liefen wie Räder in einer steinernen Rinne, sie ließen sich nicht bremsen. Alice war immer ein wenig langsam im Sprechen gewesen, ihre Gedanken fügten sich nur schwer zu Worten zusammen. Meine Cousine Honoria und ihr Mann hingegen waren weltklug und wortgewandt, ihre

41

Sätze prasselten wie Hagelkörner. Würden sie Alice für einfältig halten? Sie wegen ihrer langsamen Art verhöhnen? Rücksichtslos und ungeduldig mit ihr sein?

Ich dachte an den schwarzen Mann im Garten, der den Blick abgewandt hatte. Warum hatte er das getan? Und warum hatte von der ganzen Familie gerade ich diese Erscheinung gesehen? Was kündete sie an? Würde ich sie noch einmal erblicken?

Ich hatte den Messerkorb, den ich gerade flickte, beiseite gestellt und mir in meinem Jammer die geballten Fäuste in die Augen gedrückt wie ein kleines Kind, als meine Großmutter herauskam, um nach mir zu sehen.

»Du mußt lernen, mit diesem Leid zu leben, Kind«, sagte sie seufzend. »Nach ein paar Tagen wird es dir gewiß leichter werden. Denke nur, welche Freuden Alice erwarten, welche schönen Dinge sie sehen wird, das muß dich doch für deine Schwester freuen...«

»Ja, Großmutter«, sagte ich folgsam, auch wenn ich ihre Meinung, in ein paar Tagen habe mein Kummer sich gelegt, nicht teilen konnte (und damit hatte ich recht und sie unrecht).

Ich hatte mir die Buchstabenblöcke meines Bruders Robert geholt, auf die er als gelehrter Lateinschüler natürlich keinen Blick mehr verschwendete. Es waren kleine, aber fein geschnitzte Holzklötze. Auf einer Seite war der Großbuchstabe, auf der gegenüberliegenden der Kleinbuchstabe, auf der dritten Seite eine Zahl und auf der vierten eine Figur zu sehen, die dem Buchstaben entsprach, etwa der Bogenschütze für das B. Sie waren ein Geschenk meines Onkels Allen an meinen Bruder gewesen, der sich aus ihnen aber nie viel gemacht hatte, weil er sich lieber auf der Straße herumtrieb.

»Kennst du das Alphabet, Toby?« fragte Großmutter Grebell.

»Ja, Großmama.«

»Laß einmal hören.«

Langsam sagte ich es auf, dann griff sie aufs Geratewohl fünf oder sechs Klötzchen heraus und fragte mich nach den Buchstaben. Meine Antworten waren alle richtig, ich kannte die Buchstaben seit einem Jahr.

»Hm«, sagte meine Großmutter. »Willst du wirklich lesen und schreiben lernen, Kind?«

»Lieber als alles in der Welt, Großmutter. Dann kann ich Alice Briefe schreiben.«

»Aber sie kann nicht lesen, Kind.«

»Bei diesen reichen Leuten lernt sie es gewiß schnell.«

Meine Großmutter seufzte wieder. »Wir wollen es hoffen… Aber nun zu dir. Es ist wirklich schade um deinen hellen Kopf. Ich werde noch einmal mit deinem Vater sprechen. Schließlich«, hörte ich sie im Gehen noch vor sich hinmurmeln, »hat er ja nun die Mitgift für Alice gespart.«

Vielleicht war es der Gedanke an die Mitgift, die bei meinem Vater letztendlich den Ausschlag gab, vielleicht aber auch mein zweifelhafter Ruhm, den Franzosen gesehen zu haben, was ihm irgendwie – durch die Dienstboten oder durch meine Großmutter – zu Ohren gekommen sein muß. Ein, zwei Tage musterte er mich halb ratlos, halb gereizt. Das Ende vom Lied war dann, daß er mich in sein Kontor rief und mir feierlich verkündete: »Toby, dein

Onkel Allen hat sich erboten, dich zusammen mit seinem Patensohn Hugo Grainger unterrichten zu lassen, den er in Kürze erwartet. Eine so günstige Gelegenheit kommt so bald nicht wieder. Ich habe zugesagt.«

Er streifte mich mit einem etwas verächtlichen Blick, als frage er sich, weshalb diese Chance ausgerechnet ein so armseliger Vertreter der menschlichen Gesellschaft bekommen hatte.

Ich war zwischen Staunen, Freude und Zweifel hin- und hergerissen und wußte kaum, was ich sagen sollte.

»Was ist mit dir, Junge?« fuhr der Vater mich an. »Freust du dich nicht? Ich denke, das Lesenlernen war dein größter Wunsch? Jedenfalls hat mir das deine Großmutter so erzählt. Ich dachte, du würdest hüpfen und springen vor Freude.«

Ich sah ihm an, daß er seine unglückliche Wortwahl sogleich bereute, aber da war es schon zu spät.

»Natürlich freue ich mich«, beteuerte ich. »Es… ich kann es noch gar nicht glauben und… und bin sehr, sehr glücklich. Wann darf ich anfangen? Und wer ist dieser Hugo Grainger?«

»Der Junge kann frühestens in zehn Tagen hier sein, er ist gerade erst in Plymouth eingetroffen. Dein Onkel wird uns zu gegebener Zeit Bescheid sagen. Jetzt lauf! Ich erwarte, daß du als Gegenleistung doppelten Fleiß und Gehorsam an den Tag legst…«

Ich murmelte meinen Dank und beeilte mich wegzukommen, damit mein Vater es sich nicht noch einmal überlegte. Ich wußte sehr wohl, daß ich eigentlich meiner Großmutter zu danken hatte. Ohne Zweifel hatte sie meinen Vater und vermutlich auch Onkel Allen erst auf den Gedanken gebracht.

Diese verheißungsvollen Aussichten ließen mich die Trennung von meiner Schwester ein wenig leichter ertragen. Noch immer war ich sehr unglücklich, aber zumindest wußte ich jetzt, daß ich mich sehr bald mit ihr würde in Verbindung setzen können. Dickie Dollinge, unser Messerputzer, hatte einen Vetter, der Jerrom Bayes hieß und als Fuhrmann einmal in der Woche Wein, Fisch, Schaffelle und andere Waren nach Tunbridge Wells schaffte. Wenn ich Alice eine Nachricht schicken wolle, hatte Dickie zu mir gesagt, würde Jerrom sie gern mitnehmen, es würde mich nur einen Penny kosten. Das war mir ein großer Trost, und ich brannte darauf, endlich schreiben zu lernen, damit Alice an meinen Gedanken und Gefühlen teilhaben konnte.

Ich erkundigte mich bei Großmama Grebell nach dem Patensohn meines Onkels, und sie erzählte mir bereitwillig das wenige, was sie wußte.

Onkel Allen hatte in jungen Jahren einen Anteil an einem Handelsschiff aus Rye, der *Heiland,* erworben, mit dem er mehrmals in Madras und Kalkutta gewesen war. In Fort William, dem Hafen von Kalkutta, hatte er einen Kompagnon, der Richard Grainger hieß und seit vielen Jahren in Indien lebte. Er kaufte im Auftrag meines Onkels Seide und Tee und sorgte für den Absatz der Waren, die das Schiff aus Europa brachte. Das Geschäft florierte, doch in Kalkutta bekam mein Onkel die Cholera und wurde sterbenskrank nach England zurückgebracht. Auf der langen Seereise erholte er sich ein wenig, wurde aber nie wieder ein ganz gesunder Mann. Er hatte ständig Schmerzen im Rücken und in den Beinen, litt zu gewissen Zeiten des Jahres an starken Schweißausbrüchen, war appetitlos und hatte fast alle Haare verloren. Auf der Straße mußte er – wegen seiner morschen Knochen, wie Dr. Wright sagte – ein Stützkorsett tragen. In diesem Zustand konnte er nicht mehr nach Indien reisen, was ihn sehr betrübte, denn er war in seiner Jugend ein kühner Reisender gewesen und sagte, es gäbe dort und auf dem Weg nach Indien Landschaften von kaum vorstellbarer Schönheit. Die Handelsreisen der *Heiland* aber brachten ihm nach wie vor einen hübschen Profit, so daß er in dem Haus, das dem unsrigen gegenüber lag, mit seiner Mutter recht angenehm leben konnte. (Unser Haus war einst Teil dieses Grundstücks gewesen und von meinem Großvater an meinen Vater verkauft worden, als dieser heiratete.)

Onkel Allen war ein ruhiger und vielleicht aufgrund seiner langen Seereisen eher ungeselliger Mensch, der noch den anregendsten Gesprächen seine Bücher und die Stille vorzog. Mein Vater und er waren weder befreundet noch verfeindet, sie hatten kaum Gemeinsamkeiten. Ich glaube, Onkel Allen hing in seiner Art sehr an seiner Schwester (meiner Mutter), und daß sie ständig kränkelte, bekümmerte ihn sehr. Doch war dies das Schicksal vieler Frauen, und man konnte wenig dagegen tun. Die Bücher, die er ihr für die einsamen Stunden auf ihrem Zimmer brachte, mochte sie nicht lesen. Sie war – genau wie Alice – kein Büchermensch.

Über Allens Partner, Richard Grainger, wußte meine Großmutter nicht viel. Er hatte Rye schon als junger

Mann den Rücken gekehrt, sich in Indien angesiedelt und eine Ehefrau aus der alten Heimat kommen lassen, die ihm einen Sohn schenkte. Im vergangenen Jahr waren beide Eltern an der Pest gestorben, und da der Junge sonst keine Angehörigen hatte, sollte er nach England in die Obhut seines Paten gegeben werden.

»Wie alt ist er?« fragte ich Abdul Rahman, den Diener meines Onkels, als ich ihn auf der Market Street traf, wohin man mich zu einem Botengang geschickt hatte.

Abdul hielt acht Finger hoch und wiegte dabei zweifelnd den Kopf. Er war schon so lange bei meinem Onkel, daß er nur sprach, wenn es gar nicht anders ging. Onkel Allen hatte ihn aus Indien mitgebracht; auf der Überfahrt hatte Abdul ihm durch seine hingebungsvolle Pflege das Leben gerettet. In England angekommen, hatte mein Onkel sich erboten, ihm die Heimreise zu zahlen, aber Abdul hatte es vorgezogen, bei einem Herrn zu bleiben, der um seinen Wert wußte.

»Kennst du den Jungen, Abdul? Erinnerst du dich an ihn?«

Abdul zuckte die Schultern und machte eine vielsagende Bewegung. Allahs Wille geschehe, mochte sie bedeuten, und: Der Mensch ändert sich, wer weiß, was aus diesem Jungen geworden ist. Warte es ab und fasse dich in Geduld… Mit der Ehrerbietung, die er auch noch dem bescheidensten Mitglied meiner Familie bezeigte, neigte er den Kopf und ging rasch davon.

Es dauerte dann noch drei Wochen, bis Hugo eintraf. Ein Sturm in der Biskaya hatte seiner zarten Gesundheit so zugesetzt, daß man um sein Leben fürchtete, deshalb war er bereits in Plymouth an Land gegangen. Mein Onkel holte ihn ab, und der für ihre Rückkehr festgesetzte Tag verschob sich noch zweimal.

»Das ist mal was Neues für unseren hinkenden Abc-Schützen«, sagte Robert mit seinem derben Lachen, »wenn er einen Lerngefährten hat, der kränker ist als er. Bei dem, Toby, hast du die Nase vorn.« Er machte vor, wie schwer wir uns tun würden, miteinander zu spielen, was ihn selbst höchst belustigte.

Zuerst hatte Robert sich um das, was man für mich plante, kaum gekümmert (wie immer, wenn ihm etwas nicht unmittelbar nützte oder schadete), doch als im Lauf der Zeit immer häufiger die Sprache darauf kam, machte er kein Hehl aus seinem Groll.

»Alice darf zu unserer vornehmen Verwandtschaft nach Tunbridge, Toby bekommt Unterricht bei Onkel Allen… Und was bekomme ich?«

»Du bist der Älteste und bekommst zu gegebener Zeit das Haus und den Betrieb«, beschied mein Vater.

»Und wenn deine schmutzigen Stiefel und dein Angelzeug nicht von der Hintertür verschwinden, bekommst du kein Mittagessen«, fuhr Großmutter ihn an, die Robert nicht sehr zugetan war.

Am Tag von Hugos und Onkel Allens Heimkehr drückte sich Robert vor dem Haus herum, als die Kutsche hielt, und kam grinsend zu mir in den Hof, wo ich ein Paar von Großmutters Holzschuhen flickte. »Viel Spaß mit deinem neuen Kumpan, Toby! Der fällt ja förmlich aus den Kleidern. Länger als zwei Wochen macht er's nicht mehr, kannst es mir glauben!«

Damit ging er pfeifend zum Hafen, um einem holländischen Schiff beim Löschen der Ladung zuzusehen.

Unaufgefordert mochte ich nicht bei meinem Onkel vorsprechen; die Reisenden, dachte ich mir, würden rechtschaffen müde sein. Tatsächlich sagte erst am Abend des folgenden Tages meine Großmutter zu mir: »Dein Onkel hat ausrichten lassen, daß du nach dem Tee vorbeikommen sollst, um deinen neuen Gefährten kennenzulernen.« Als ich bereit war, rief sie mich zu sich und brachte mein Haar und meinen Kragen in Ordnung. »So, nun siehst du wenigstens aus wie der Sohn eines Gentlemans«, sagte sie seufzend.

Ich hatte mir den Kopf zerbrochen, was ich dem neuen Freund mitbringen sollte. Der grüne Glaskern kam mir in den Sinn, den ich in einem Astloch in der Wand des Holzschuppens versteckt hatte und jedesmal, wenn ich dort zu tun hatte, nachdenklich und bekümmert betrachtete, doch der gehörte Alice, ich hatte kein Recht, ihn zu verschenken. Vor einigen Wochen hatte mir die gute Agnys von ihrem eigenen Lohn bei einem Hausierer ein Büchlein gekauft, in dem ich mir mit Hilfe der Bilder eifrig die Worte KATZE HUND KIND KUCHEN und dergleichen zusammenbuchstabiert hatte. Ich trennte mich ungern davon, aber mir schien, als sei dies das einzig passende Geschenk für diesen Hugo, der vielleicht nicht einmal Englisch sprach. Daß er im Lernen womöglich noch mehr nachzuholen hatte als ich, war ein tröstlicher Gedanke.

Schüchtern kam ich in die getäfelte Wohnstube von Onkel Allen gehinkt, wo ein helles Feuer brannte.

»Da bist du ja, Toby! Das ist recht«, sagte Onkel Allen

in dem etwas gezwungen herzlichen Ton eines Mannes, der befangen oder den Umgang mit Kindern nicht gewohnt ist. »Und das ist Hugo. So, und nun lasse ich euch allein, damit ihr euch bekannt machen könnt. Mr. Ellis aus Playden wird euch unterrichten, aber da Hugo von der Reise noch recht angegriffen ist, habt ihr noch ein paar freie Tage vor euch. Mr. Ellis wird seine Tätigkeit erst am Montag aufnehmen.«

Damit ging Onkel Allen rasch hinaus.

»Hallo«, sagte ich heiser.

»Hallo«, erwiderte der Junge im Sessel leise.

Er hatte die Füße auf einen Schemel gestützt und war in Decken gehüllt, aber ich erkannte doch, daß er groß für sein Alter und erbärmlich mager war – magerer noch als ich. Seine Haut war perlmuttweiß, das Haar aber von einem strahlenden Blond, das in dem dämmerigen Zimmer leuchtete wie das eines Engelsboten auf einem Kirchenfenster. Die Farbe seiner Augen konnte ich zu diesem Zeitpunkt nicht erkennen, stellte aber später fest, daß sie hellgrau waren und klug und freundlich blickten.

»Ich hab dir was mitgebracht«, sagte ich und übergab ihm verlegen mein Büchlein. Behutsam schlug er die Seiten um. Indessen sah ich, daß sich auf dem Sessel und auf dem Tischchen daneben die Bücher häuften, eins, in dem er offenbar gerade gelesen hatte, lag noch aufgeschlagen in seinem Schoß. Auch ein Tintenfaß bemerkte ich, eine Schreibfeder, vollgeschriebene Hefte…

Heiße Röte stieg mir von den Zehen über Nacken und Stirn bis an die Haarwurzeln. Dieser Knabe, der nur ein, zwei Jahre älter sein mochte als ich (er war, wie sich her-

ausstellte, neun), konnte lesen, und er las keine Bilderge-
schichten oder Schulfibeln, sondern Bücher, die – soviel
konnte sogar ich erkennen – für Erwachsene geschrieben
waren.

»Ent-entschuldige, Hugo«, stammelte ich in tödlicher
Verlegenheit. »Das war sehr dumm von mir. Ich… ich
dachte, du kannst nicht lesen, genau wie ich. Gib mir das
Buch zurück.«

Zitternd stand ich da und wäre am liebsten in den Erd-
boden versunken. Robert würde brüllen vor Lachen,
wenn er davon erfuhr.

Hugo hielt das Buch fest und sah mich an. »Nein, ich
finde es sehr nett von dir. Das konntest du ja nicht wissen.
Es hätte doch gut sein können, daß ich nur Punjab oder
Tamil spreche.«

»Was ist das?«

»Das sind Sprachen, die in Indien weit verbreitet sind.«

»Was du alles weißt…«

»Über England weiß ich rein gar nichts, Toby. Was
glaubst du wohl, wie oft ich mich während der Überfahrt
voller Angst und Unruhe gefragt habe, was für Menschen
ich hier treffen würde, ob sie mich wegen meines kränkli-
chen Aussehens verspotten würden oder weil ich mich in
euren Sitten und Gebräuchen nicht auskenne. Aber als du
kamst und mir etwas mitbrachtest, wußte ich, daß …« –
er suchte nach Worten – »…daß du es ehrlich mit mir
meinst, daß du mich nicht demütigen willst. Ich sehe dir
an, Tony Lamb, daß du ein guter Kerl bist, der anderen
nicht das Leben schwermacht und nichts vom Vornehmtun hält.«

»Vom Vornehmtun? Wo denkst du hin…«

»Setz dich«, sagte Hugo. »Hol dir den Schemel dort her.«

Unbeholfen das lahme Bein abspreizend, ließ ich mich auf dem Schemel nieder.

»Onkel Allen hat mir erzählt, daß du hinkst«, sagte Hugo. »Das ist gewiß sehr traurig für dich. Aber weißt du was? Abdul will mich dreimal täglich mit einer Medizin einreiben, die er selber macht. Dornöl nennt er sie, denn meine Gelenke sind sehr schwach, und nach einem Fieber, das ich früher einmal hatte, plagen mich oft rheumatische Schmerzen. Onkel Allen tut dieses Öl sehr gut. Abdul soll auch dein lahmes Bein einreiben, vielleicht wird es dadurch kräftiger und beweglicher.«

»Mein Bein war schon immer so«, sagte ich ein wenig hilflos, aber sehr beeindruckt von Hugos Schwung, von seinem Bestreben, für alles Abhilfe zu suchen, mit größtmöglicher Beschleunigung Schlechtes zum Guten zu wenden, die Welt besser und schöner zu machen.

»Wenn etwas immer schon so war«, sagte Hugo sehr vernünftig, »heißt das ja nicht, daß man sich damit abfinden muß.«

»Ich weiß nicht recht…«

»Auf jeden Fall frage ich mal Onkel Allen. Ich muß auch täglich Übungen machen – ein indischer Arzt, eine Art Priester, hat sie mir beigebracht –, um Arme und Beine und Rücken zu stärken, die lehre ich dich, dann können wir zusammen üben. Denn sobald als irgend möglich möchte ich aus dem Haus, um die Stadt zu sehen. Sie soll sehr schön sein.«

»Das ist sie auch«, beteuerte ich. »Rye ist die schönste Stadt in ganz Sussex. Der Turm… und die Stadtmauer… und das Tor… die Gun Gardens, das sind die Anlagen, in denen die Kanonen stehen… und die Schiffe…«

»Und auch die Marschen möchte ich sehen, durch die wir gefahren sind, und die Küste. Ist es weit dorthin?«

Zu weit, hatte ich immer gedacht. Mein Bruder und seine Freunde fanden nichts dabei, nach Camber zu laufen oder zum Strand von Winchelsea, für mich allein aber waren das fast unerreichbare Ziele gewesen. Mit einem Gefährten aber rückten sie plötzlich in greifbare Nähe.

»Es geht an«, sagte ich. »Am Strand gibt es wunderschöne Muscheln, Porzellanschnecken und Sattelmuscheln –«

Ich schwieg verlegen, denn mir waren die Muscheln eingefallen, die Onkel Allen aus Indien mitgebracht hatte und die hundertmal größer und prächtiger waren als alles, was man an unseren kühlen Küsten fand.

»All das will ich sehen«, sagte Hugo. »Du wirst es mir erklären, und ich erzähle dir dafür von Indien. Wir haben ja viel Zeit. Und du willst lesen lernen?«

»Ja, bitte«, stammelte ich.

Unter etlichen dicken Folianten zog er ein altes, abgegriffenes Büchlein hervor. »Das habe ich bekommen, als ich vier war«, sagte er und strich liebevoll über den Einband. »Meine Mama hat es mir geschenkt.« Er fing an, die Geschichte von Fortunatos und dem Wunschhütlein vorzulesen, und deutete dabei auf die einzelnen Worte. Atemlos wiederholte ich, was er las, manchmal gelang es mir sogar, ihm zuvorzukommen. »Na also«, sagte er. »Lesen kannst du doch schon! In einer Woche hast du auch das Schreiben gelernt.«

»Ja, das wünsche ich mir vor allem. Damit ich Alice Briefe schicken kann.«

»Und wer ist Alice?«

Ich erzählte Hugo die ganze Geschichte – wie man Alice weggeschickt hatte und wie sehr ich mich nach ihr sehnte.

»Und du willst ihr einen Brief schreiben?« fragte Hugo. »Nichts einfacher als das. Du kannst ihn mir diktieren.«

»Das würdest du für mich tun?«

»Warum denn nicht? Hier –« Er holte das Tintenfaß heran und schnitt sich eine Feder zurecht. »Wie willst du anfangen? ›Meine liebe Alice…‹?«

»›Liebste Alice…‹« Die Worte flogen mir zu, ohne daß ich nachzudenken brauchte. »›Ich sehne mich so sehr nach Dir, den ganzen Tag und auch in der Nacht. Wie geht es Dir? Großmutter sagt, daß in einer Familie wie der unseren Krankheit und Gesundheit von einem zum anderen überwechseln, beides muß sich die Waage halten, so wie Erfolg und Mißerfolg. Wenn ich nun niedergeschlagen bin, liebste Alice, müßtest Du recht glücklich sein, und mit Freuden würde ich trübe Wochen verleben, damit Du es schön hast. Ich glaube, auch unsere Mutter sehnt sich nach Dir, sie ist so unpäßlich, daß sie sich legen mußte. Onkel Allens Patensohn ist aus Indien gekommen, er heißt Hugo und ist so lieb, diesen Brief für mich zu schreiben. Jetzt kann ich Dir jede Woche einen Brief schicken und Dir hoffentlich auch bald selber schreiben. Onkel Allen hat dafür gesorgt, daß ich Unterricht bei Mr.

Ellis bekomme, zusammen mit Hugo. Das ist alles für heute von Deinem Dich liebenden Bruder Toby.«

Hugo streute gerade Sand auf den Briefbogen, als Onkel Allen hereinkam.

»Für heute hat Toby dich lange genug beansprucht, mein Junge«, sagte er. »Aber ich merke schon, ihr beide werdet gute Freunde werden.« Ein leichtes Lächeln ging über seine ernsten Züge. »Jetzt mußt du aber gehen, Toby.«

»Ja, gewiß, Onkel. Ich hoffe, ich habe dich nicht zu sehr ermüdet«, sagte ich zu Hugo. »Wann darf ich morgen kommen?«

Onkel Allen lächelte erneut. »Du kannst es kaum erwarten, was? Sagen wir um neun.«

»Hier, Toby!« Hugo reichte mir sein Geschichtenbuch. »Ein kleiner Tausch. Versuch einmal, ob du die Geschichte von Hans und dem Bohnenstengel entziffern kannst.«

Ich las sie abends im Bett und bezog eine tüchtige Tracht Prügel von meinem Vater, der auf dem Weg in sein Schlafzimmer das Binsenlicht erspäht hatte. Ich fürchtete schon, er würde mir am nächsten Tag den Besuch bei Hugo untersagen, aber ich bekam als Strafe nur trockenes Brot zum Frühstück verordnet. Um mir den Wert von Sparsamkeit und Wirtschaftlichkeit deutlich zu machen, wie er sagte.

»Was nützt es mir, daß du lesen kannst, wenn du dann in den Stunden der Dunkelheit meine Kerzen vergeudest?«

In jener Nacht hatte ich noch lange wach gelegen und mir überlegt, wer wohl Alice den Brief vorlesen würde, den ich Jerrom Bayes bereits ausgehändigt hatte. (Er wollte versuchen, ihn Alice persönlich zu übergeben.) Meine Cousine Honoria in diesem hohen, müden Ton, den ich bei ihrem Besuch gehört hatte? Oder Hauptmann Wakehurst, in dessen Stimme immer leiser Hohn schwang? Es war keine erfreuliche Vorstellung, meinen Brief in ihren Händen zu wissen.

Doch vielleicht – ich hoffte es von ganzem Herzen – gab es auch in jenem Haushalt gute Seelen wie Polly oder Agnys, die ihr meine Worte freundlich und verständnisvoll übermittelten.

Den Penny hatte Hugo beigesteuert, er hatte Geld genug, wie er sagte, denn sein Vater war ein reicher Mann gewesen. Das Vermögen wurde bis zu seiner Volljährigkeit treuhänderisch für ihn verwaltet, aber Onkel Allen bewilligte ihm ein großzügiges Taschengeld. Ich könne ihm den Penny zurückzahlen, wenn ich ein berühmter Gelehrter geworden sei, meinte er.

Nachdem ich mein trockenes Brot verzehrt hatte, ging ich zu Hugo, und wir unterhielten uns bis nach der Mittagsstunde. Er erzählte mir von seinem Leben in Kalkutta und von der Überfahrt, dafür erzählte ich ihm von Rye, wo mein Vater und Onkel Allen ebenso wie mein Großvater und Urgroßvater schon Bürgermeister gewesen waren, von unserer Brauerei und dem Besuch des Königs. Der König interessierte Hugo natürlich sehr.

»War er sehr stattlich? Und trug er eine Krone?«

»Er war sehr dick und trug eine Perücke. Und er sprach nur Deutsch und sein Gefolge ebenfalls, wir verstanden alle kein Wort.«

»Es ist schon sonderbar«, sagte Hugo nachdenklich, »einen Ausländer zum König zu haben. Aber etwas so Außergewöhnliches ist es wohl auch wieder nicht. Ganz früher war ja Julius Cäsar König von England.«

»Und wer war Julius Cäsar?«

Hätte ich zu Beginn unserer Freundschaft eine Vorstellung davon gehabt, wieviel größer Hugos Wissen war als das meine, hätte ich mich gar nicht erst an ihn herangetraut, sondern mich tief beschämt in einem Schuppen oder Stall verkrochen. Mit seinen neun Jahren beherrschte er Latein, Griechisch und Französisch bereits so weit, daß er die Grammatik gemeistert hatte und diese Sprachen so fließend las wie seine eigene. Bis mir die klaffende Bildungslücke zwischen uns so recht klar wurde, waren wir zum Glück schon so gute Freunde geworden, daß ich mich nicht mehr daran störte. In zwei Tagen hatte er mich lesen gelehrt. Wenn er sich darüber wunderte, daß ein Junge in meinem Alter, der Sohn des Bürgermeisters und eines der angesehensten Kaufleute unserer Stadt, noch so unwissend war, äußerte er sich, zartfühlend und gutherzig wie er war, nicht darüber, sondern bemühte sich nach Kräften, mich zu fördern.

In einigen Fächern zogen wir bald gleich. Als Mr. Ellis (ein ernster, freundlicher junger Geistlicher) mit dem Unterricht begann, stellte sich heraus, daß ich eine natürliche Begabung für Euklid und mathematische Fächer besaß, in denen Hugo eher unzulängliche Kenntnisse hatte, da seine Eltern, die ihn bislang unterrichtet hatten, auf diesem Gebiet weniger bewandert waren. So legte sich denn allmählich meine Befürchtung, ich sei mit unheilbarer

Dummheit geschlagen, und Mr. Ellis hatte meinem Vater nur Gutes zu berichten. Daß ich so schnell vorankam, erklärte sich einmal aus meinem dringenden Wunsch, Hugo möglichst rasch einzuholen, war aber auch dessen tatkräftiger Nachhilfe zu verdanken.

In dem ersten Winter, den wir miteinander verbrachten, war das Wetter sehr schlecht. Es regnete oder schneite fast ununterbrochen, und Stürme brausten über die Stadt. Von meinem Dachfenster aus sah ich ständig schwarze Wolken über die Romney Marsh ziehen und die Schiffsmasten im Hafenbecken schwanken. Lange war es draußen so unwirtlich, daß Hugo nicht aus dem Haus gehen durfte. Wir vergnügten uns in der Wohnstube meines Onkels, wo Hugo mir Geschichten von Odysseus und Herkules, von der Belagerung Trojas und der Schlacht von Salamis vorlas. Ich wagte mich an Latein und Griechisch (ein bißchen Französisch hatte ich schon durch meine Gespräche mit Gilles Flory gelernt, einem Franzosen, der in der Brauerei arbeitete), und beide plagten wir uns ohne rechten Erfolg mit dem Zeichnen ab. Wenn wir zum Lesen keine Lust mehr hatten, spielten wir Schach oder Cribbage, Murmeln oder Domino, oder wir unterhielten uns.

Zunächst wollte Hugo alles über meine Familie wissen, die er noch nicht kannte. Mein Vater war durch seine Geschäfte zu sehr in Anspruch genommen, um einen kränkelnden Knaben zu besuchen, der noch nicht einmal zur Verwandtschaft gehörte. Meine Mutter war zu unpäßlich, Robert uninteressiert, die Kleinen wurden nicht eingeladen, weil sie, wie es hieß, Hugo zu sehr ermüdet hätten.

Nur Großmutter Grebell kam oft vorbei und behandelte ihn gutherzig-liebevoll und ein bißchen kurz angebunden, wie wir alle das von ihr gewohnt waren.

Am meisten aber interessierte sich Hugo für Alice, unermüdlich fragte er mich über sie aus.

»Wie eigenartig und wie grausam, daß sie fort mußte – gerade als ich kam«, sagte er manchmal traurig.

Meine Alice, die ich im Herzen trug, an die ich unablässig dachte, schien mir manchmal das einzige, was ich gegen Hugos Fertigkeiten in die Waagschale zu werfen hatte. Er besaß ein großes Wissen, Sprachkenntnisse und ein einnehmendes Wesen, ich aber hatte eine liebe Schwester, und darum beneidete er mich sehr. In Kalkutta war er nie mit Mädchen zusammengekommen. Einen Menschen zu haben, der einem vertraut ist wie ein Freund und doch so ganz anders – welche Freude mußte das sein… Ich konnte ihm nie genug von ihr erzählen.

Stets war er bereit, sich einen Brief an sie diktieren zu lassen, Themen und Formulierungen mit mir zu besprechen. »Hugo meint…« – »Hugo sagt, ich soll Dir noch berichten…« – das wurden stehende Redensarten. So dankbar ich Hugo für seine Hilfe war – ich muß gestehen, auch wenn das selbstsüchtig klingt, daß es mir ein wenig widerstrebte, ihn an meinen Briefen teilhaben zu lassen, und daß ich deshalb so eifrig lernte, um bald selbst an sie schreiben zu können, was ich denn auch tat, sobald ich nur zwei Worte zusammenbrachte. Später wurde ich schamrot, wenn ich an jene ersten gekrakelten, von orthographischen Fehlern strotzenden Ergüsse denke, die ich Jerrom Bayes aushändigte.

Jerrom, ein fader, rotgesichtiger und wortkarger Mensch, schwor Stein und Bein, daß er die Briefe Alice persönlich habe übergeben können.

»Denn sie wohnt in einem nagelneuen Haus am Stadtrand«, erläuterte er, »das Hazelwood heißt und sehr vornehm ist, mit einem schmiedeisernen Gitter und einem Garten mit viel Grünzeug und einer Grotte. Mistress Alice geht oft im Garten spazieren, und da reiche ich ihr den Brief einfach über den Zaun.«

»Ist sie denn immer allein? Nie in Gesellschaft?«

»Nein, sie ist immer für sich. Möglich, daß jemand in der Laube sitzt, das kann ich von draußen nicht sehen.«

Das dünkte mich ein recht trübseliges Dasein, und ich sprach mit Hugo darüber.

»Vielleicht ist sie manchmal ganz gern allein«, meinte er. »Sie kommt aus einer großen Familie, wo immer Trubel herrschte, wo sie stets von Menschen umgeben war. Mag sein, daß sie die Abgeschiedenheit sogar genießt.«

Ich wußte wohl, daß er mich damit trösten wollte, und das rechnete ich ihm hoch an, aber seine Erklärung überzeugte mich nicht recht.

Die Monate verstrichen, und daß ich nie eine Antwort von Alice erhielt, obgleich ich mich getreulich an mein Versprechen hielt, ihr jede Woche zu schreiben, bedrückte mich immer mehr.

»Vielleicht hat sie niemanden gefunden, der ihr das Schreiben beibringt«, sagte Hugo. »Wenn es allerdings so reiche, vornehme Leute sind, ist das wirklich eigenartig, es kann ihnen doch nicht recht sein, wenn sie so unwissend bleibt.«

»Oder sie könnte zumindest einen Brief diktieren«, sagte ich beunruhigt.

Ich ging mit meinen Sorgen zur Großmutter.

»Mach dir nicht unnötig das Herz schwer, Toby«, sagte sie. »Vielleicht hat Alice Ablenkungen und neue Interessen gefunden und keine Zeit zum Briefeschreiben. Oder sie mag nicht an ihr früheres Leben erinnert werden. Oder ihrer neuen Familie ist es nicht recht, wenn sie dir schreibt. Ich kann dir nur raten, sie zu vergessen. Du hast einen guten Freund gefunden und hast deine Beschäftigung. Versuch, sie zu vergessen«, wiederholte sie.

Ich wußte, daß mir das nie gelingen würde. Eigensinnig sagte ich: »Wenn ich älter bin, fahre ich nach Tunbridge Wells und schaue nach, wie sie bei diesen vornehmen Leuten lebt.«

Großmutter Grebell schüttelte den Kopf. »Das geht nicht an, Toby, wenn man nicht eingeladen ist. Es schickt sich nicht.«

Dennoch hatten Hugo und ich uns diesen Besuch in Tunbridge Wells fest vorgenommen, nur mußten wir dazu erst kräftiger werden.

Inzwischen hielten wir uns beide fleißig an ein Programm zur Förderung unserer Gesundheit. Zweimal täglich rieb Abdul Rahman Hugos Rücken, Arme und Beine mit dem von ihm bereiteten Dornöl ein, dessen wohltätige Wirkung Hugo so laut zu preisen wußte, daß auch mir gestattet wurde, mich dieser Behandlung zu unterziehen, und nach zwei oder drei Monaten hatte ich tatsächlich das Gefühl, die Muskeln in meinem schlaffen Bein hätten sich gestärkt und gehorchten meinen Wünschen williger. Auch das Hinken behinderte mich nicht mehr so stark, und ich hatte den Eindruck, daß meine Haltung besser geworden war.

Natürlich hatte ich Hugo von Mrs. Tubsey, der alten Hebamme, erzählt, die meinem Leben, kaum daß es begonnen hatte, um ein Haar ein Ende bereitet hätte. »Und oft genug wünschte ich, sie hätte es getan.«

«So etwas zu wünschen ist unrecht und unsinnig«, sagte Hugo streng. »Wie kannst du jetzt schon sagen, was du später einmal mit deinem Leben anfangen wirst? Woher willst du wissen, daß nicht noch ein großes Glück auf dich wartet?«

»Ich werde nie Kinder bekommen können«, sagte ich (denn auch das war eine der üblen Folgen von Mrs. Tubseys Pflichtvergessenheit), »was mich allerdings wenig berührt. Was soll ich mit einem Haufen lärmender, ungehorsamer Rangen? Ich werde überhaupt nicht heiraten. Ich hole Alice nach Hause, und dann ziehen wir in die ›Schöne Aussicht‹, das hat sie mir zugesagt.«

»Nicht doch«, widersprach Hugo neckend. »*Ich* werde Alice heiraten, und dann ziehen wir zu dritt in die ›Schöne Aussicht‹. Wo ist die überhaupt?«

Es handelte sich um ein kleines Haus, an dem ich großen Gefallen gefunden hatte, als ich Großmutter Grebell auf einem ihrer seltenen Besuche bei einer verwitweten Freundin in der Nachbarstadt Winchelsea hatte begleiten dürfen. Es lag auf der Anhöhe hinter dem Strandtor und bot einen herrlichen Blick über die Marschen, das sonnenglitzernde Meer und die wie eine rote Mauerkrone auf dem Hügel thronende Stadt Rye.

Die ›Schöne Aussicht‹ sollte eins unserer ersten Ziele sein, wenn wir beide zwei Meilen zu Fuß bewältigen konnten, das hatte ich Hugo versprochen.

»Und wenn du auch keine Familie gründen kannst«, fuhr Hugo fort, »so kannst du doch ein berühmter Mann werden und dir ein bleibendes Denkmal setzen. Es gibt so viele Möglichkeiten, zu Ruhm und Ehre zu kommen – du kannst Bücher schreiben, Abgeordneter werden und neue Gesetze erlassen, Kranke heilen oder Maschinen erfinden wie Leonardo da Vinci (der übrigens auch keine Kinder hatte, soviel ich weiß, und Königin Elisabeth auch nicht). Ist es nicht eigenartig, Toby, wieviel Einfluß tagtäglich, ja in jeder Minute des Tages Menschen auf uns haben, die längst tot sind – Könige oder Gesetzgeber oder religiöse Führer, ja, sogar ganz gewöhnliche Leute, von denen wir noch nie etwas gehört haben?«

»Da hast du recht«, bestätigte ich nachdenklich und erschauerte, denn ich mußte plötzlich an die Erscheinung im Garten hinter Lamb House denken (von der ich Hugo noch nie erzählt hatte), an die schwarze, geheimnisvolle Gestalt aus der fernen Vergangenheit unserer Stadt. Warum, fragte ich mich wieder einmal, war es gerade mir beschieden, jenes Phantom zu sehen? Welche Botschaft brachte es mir? »Vielleicht«, sagte ich grübelnd, »sind Gespenster die Abbilder unglücklicher Menschen, denen daran liegt, der Nachwelt im Gedächtnis zu bleiben – und sei es auch nur durch die Erinnerung an ihr eigenes schweres Schicksal.«

Hugo lachte. »Wenn das so ist, Toby, sind wir beide vielleicht nur das Rohmaterial für eine Gespenstergeschichte.« Er wurde ernst. »*Ich* werde mir einen großen Namen machen, das schwöre ich.«

Wir waren gerade bei den Übungen, die der Buddhistenmönch Hugo gelehrt und die er seinerseits mir beigebracht hatte und mit denen wir uns gewissenhaft eine Stunde täglich beschäftigten. Im ersten Teil ging es um Gleichgewichtsübungen, die einen unbeteiligten Beobachter wohl höchst lächerlich gedünkt hätten, die aber, wie Hugos Lehrer erklärte und Hugo selbst bestätigte, für die seelische Ausgeglichenheit und das körperliche Wohlbefinden von größter Wichtigkeit waren.

»Vögel und andere Tiere haben einen vorzüglich ausgeprägten Gleichgewichtssinn, sie würden nie ins Stolpern oder Schwanken kommen«, sagte Hugo. »Hast du schon mal eine Katze hinfallen sehen?«

So standen wir denn zu Beginn unserer Übungsstunde beide fünf Minuten auf einem Bein, wobei wir den erhobenen Knöchel mit der Hand umfaßten, während die freie Hand gen Himmel wies.

Als mein Bruder Rob uns zufällig einmal durchs Fenster bei diesem Tun sah, mußte er so schrecklich lachen, daß er mitten auf der West Street der Länge nach hinfiel. Noch monatelang durfte ich mir seinen Spott anhören.

»Die beiden Einbeinigen! Ein Bild für Götter! Ich lach mich tot! Ein Jammer, daß meine Kumpane euch nicht haben sehen können.«

Zu meiner Genugtuung hatte sich die größere seelische Ausgeglichenheit offenbar bereits eingestellt: Der Hohn meines Bruders berührte mich weit weniger, als dies noch vor einem Jahr der Fall gewesen wäre.

»Ich wette, daß ich länger auf einem Bein stehen kann als du, Rob«, gab ich in aller Ruhe zurück.

»Wer will schon auf einem Bein stehen?« Damit rannte Rob davon, um mit seinen Kumpanen am Tillingham-Fluß Fußball zu spielen.

»Daß wir recht komisch aussehen, wenn wir so dastehen wie zwei Störche, will ich gern glauben«, sagte Hugo, als ich ihm von diesem Gespräch erzählte.

Meine immer enger werdende Freundschaft mit Hugo verfolgte Rob halb neidisch, halb geringschätzig. »Was treibt ihr denn so den ganzen Tag?« wollte er wissen.

»Wir bekommen Unterricht bei Mr. Ellis. Wir unterhalten uns. Wir lesen.«

»Lesen? Wichtigkeit…«

Dennoch ließ die Neugier ihn nicht ruhen, und nach ein paar Monaten sagte er: »Warum kann ich nicht Hugo mal besuchen? Er muß es doch schon herzlich leid sein, tagaus, tagein nur dich zu sehen, Toby. Ich wette, ich könnte ihm viele neue Spiele und Vergnügungen bereiten, auf die du noch gar nicht gekommen bist.«

Ich war nicht begeistert über diesen Vorschlag und zögerte zunächst, ihn Hugo zu unterbreiten, aber als Rob nicht lockerließ und täglich wissen wollte: »Hast du ihn schon gefragt? Was sagt er denn?«, legte ich schließlich seinen Wunsch doch Hugo vor. »Ja, warum nicht«, sagte er. »Er kann kommen, wann er will. Aber nur Robert, bitte, nicht noch ein halbes Dutzend seiner Freunde.« Denn er hatte vom Fenster aus gesehen, wie die ganze Rotte schiebend, stoßend und rangelnd durch die West Street gezogen war.

In Onkel Allens Haus war es immer sauber und ordentlich, seine Muscheln, Stiche, sein Muranoglas und die indischen Schnitzereien wurden sorgfältig abgestaubt, jedes Stück hatte seinen bestimmten Platz.

So trat denn Rob halb verlegen, halb prahlerisch bei Hugo an, der ihn höflich empfing, aber die Begegnung war kein Erfolg. Sie hatten einander nichts zu sagen, und zu meiner großen Erleichterung folgte dem ersten Besuch kein zweiter. Mein Freund sei ein Waschlappen, befand Rob, und Hugo bemerkte nachdenklich: »Es ist doch erstaunlich, wie unterschiedlich zwei Brüder sein können.«

»Und Alice ist noch anders als wir beide.«

»Ja, Alice… Natürlich ist sie anders. Dennoch, Toby – nach dem, was du mir über sie erzählt hast, möchte ich denken, daß ihr euch in vielem sehr ähnlich seid.«

»Nicht im Aussehen«, sagte ich lachend. »Alice sieht ganz lieb aus – wie ein kuscheliger kleiner Vogel mit dunklem Gefieder und blanken Augen.«

Ich hatte versucht, Alice für Hugo zu zeichnen, aber es wurde nicht viel daraus, mein Talent reichte nicht dazu. Nach einigen Monaten aber stellte ich zu meiner heimlichen Verwunderung und Freude eine Veränderung in meinem Aussehen fest. Ob es nun an Abdul Rahmans Einreibungen lag oder an den günstigeren äußeren Umständen – ich war gewachsen, aß besser (vor allem auch, um Hugo ein gutes Beispiel zu geben, der besonders in der ersten Zeit in seinem Essen nur gestochert hatte), und wenn ich meine Mutter aufsuchte, die jetzt ständig liegen mußte, war ich stets überrascht, wenn ich mein Bild in ihrem Spiegel sah. Auch hatte mein Hinken sich wesentlich gebessert.

»Du siehst besser aus, Toby«, sagte Mutter manchmal matt. »Du bist voller geworden, dein Haar hat mehr Glanz, deine Haut eine bessere Farbe… Das gefällt mir.«

»Ach, Mutter… wenn wir nur etwas von Alice hören würden. Wenn wir wüßten, wie es ihr geht…«

Meist antwortete sie darauf nur mit einem Seufzer und mit Schweigen.

Eines Tages aber sagte sie: »Ich habe Nachricht von deiner Cousine Honoria.«

»Geht es Alice gut?« fragte ich. »Was schreibt unsere Cousine?«

»Alice geht es gut, sie haben ihr neue Sachen gekauft. Cousine Honoria schreibt, daß sie sich im Haus nützlich macht und brav und pflichtbewußt ist, wie sich das gehört.«

»Kommen sie wieder einmal nach Rye? Oder können wir Alice besuchen?«

»Nein, Cousine Honoria meint, das wäre nicht ratsam, weil Alice, nachdem sie sich gerade eingelebt hat, sonst wieder Heimweh bekommen könnte.«

Mir war, als würde mein Herz zusammengedrückt, gleich einem Apfel in der Saftpresse. Wenn Alices Zufriedenheit die Wakehursts so zerbrechlich dünkte…

»Darf sie nicht wieder heimkommen? Ich… ich habe das Gefühl, daß sie dort nicht glücklich ist. Warum antwortet sie nicht auf meine Briefe?«

»Nein, Toby«, erwiderte die matte Stimme. »Das läßt sich jetzt nicht mehr ändern, das muß alles so bleiben, wie es ist. Im übrigen meint Cousine Honoria, es wäre am besten, wenn du nicht mehr an deine Schwester schreibst, deine Briefe wären zu schmerzlich und rührten an alte Erinnerungen.«

»Ich soll ihr nicht mehr schreiben?«

»Nicht mehr so oft. Alle ein, zwei Monate vielleicht.«

»Aber das ist grausam! Sehr grausam!« Und ich wiederholte: »Ich bin sicher, daß sie nicht glücklich ist. Ich habe so böse Träume. Letzte Nacht träumte ich, eine Schlange sei in ihrem Zimmer, eine riesige Schlange, die sich aus ihrer Ankleidekommode ringelte…«

»Still, Toby!« schrie meine Mutter auf und legte die Hände an die Ohren. »Das will ich nicht hören! Geh, schick mir Agnys…« Und während ich aus dem Zimmer schlich, hörte ich sie noch trostlos murmeln: »Ich träume ja auch von ihr…«

Ohne mich um das Verbot der Wakehursts zu kümmern, schrieb ich weiter meine Briefe. Arme Alice, dachte ich. Warum kann sie nur in ihren Träumen zu uns kommen? Warum hat sie keine andere Möglichkeit, ihren Wünschen Ausdruck zu verleihen? Zumindest kann ich versuchen, sie über das, was hier geschieht, auf dem laufenden zu halten. So erzählte ich denn von meinem Unterricht, von Hugo, von unseren Übungen, von Vater, der mehr denn je durch öffentliche Aufgaben in Anspruch genommen war, von Sophy und Moses, die sich aus zwei süßen Engelchen in ganz gewöhnliche, lärmende, ungezogene Rangen verwandelt hatten. Meine Großmutter, die inzwischen in die Jahre gekommen war und sich viel am Krankenlager meiner Mutter aufhielt, konnte sich weniger um sie kümmern als seinerzeit um Rob, Alice und mich, so daß sie förmlich außer Rand und Band waren.

Vater schickte sie, nachdem er zunächst Hawleys Freischule in Erwägung gezogen und (vielleicht zum Glück) wieder verworfen hatte, in eine kleine Tagesschule, die von einer alten Dame, der Witwe Julians, betrieben wurde. Ihr Mann war einer der Schöffen von Rye gewesen. Um ihre dürftigen Bezüge ein wenig aufzubessern, nahm sie in ihrem Heim (einem Häuschen am Ende der Baddings Lane, direkt an den Klippen) jeweils zehn oder zwölf Kinder auf, an die sie ihr Wissen weitergab, das – wenn man nach dem Erfolg ihrer Bemühungen bei Moses und Sophy schließen durfte – nicht eben umfassend war. Ich mußte die beiden jüngeren Geschwister hinbringen und wieder abholen, und wenn ich sie fragte, was sie an diesem Tag gemacht hatten, rief Sophy wohl: »Moses war heute ganz oben auf der Treppe, und ich war Zweite.« Der Platz auf der Treppe bezeichnete die Rangfolge. Die höchsten Stufen, erläuterte Moses, seien die besten, weil man von dort den schönsten Blick aus dem Fenster zum Fluß habe.

»Warum schickt eigentlich dein Vater die Kleinen schon mit fünf und drei zur Schule, während er dir überhaupt keinen Unterricht hat geben lassen?« fragte Hugo in seiner ruhigen, nachdenklichen Art.

»Weil... ja, vielleicht, weil ich mich immer recht nützlich im Haus gemacht habe, mit dem Tauchen von Binsenlichtern und dergleichen, während Sophy und Moses für die Dienstboten und auch für meine Großmutter eine ständige Plage sind. Außerdem dachte mein Vater, ich würde nicht älter als sieben oder acht werden, da lohnte es nicht, Geld für mich auszugeben. Es war ein großes Glück für mich, Hugo, daß du zu deinem Onkel Allen gekommen bist.«

Von dem Gespenst im Garten sprach ich nicht. Die Geistererscheinung hatte die Einstellung meines Vaters mir gegenüber merklich verändert, obschon er darüber nie ein Wort verlor. James Lamb war ein praktisch gesinnter Mann. Wie oft habe ich ihn sagen hören: »Jedes Ding auf dieser Welt hat seinen Zweck und kann für den eigenen Gebrauch nutzbar gemacht werden.« Zweifellos spielte aus seiner Sicht auch das Gespenst eine vorbestimmte Rolle, deren Bedeutung uns nur noch verborgen war, und deshalb war auch ich als Zeuge dieser Erscheinung von Belang. Das war auch meine Meinung. Ich hatte zwar das Gespenst nicht noch einmal zu Gesicht bekommen, ging aber bisweilen in der Dämmerung langsam durch den kleinen ummauerten Garten oder durch die schmale Gasse, die zum Garten und der Brauerei führte – vielleicht in der Hoffnung auf eine zweite Geistererscheinung oder auch nur eine Bestätigung dessen, was ich zuvor gesehen hatte. Doch beides blieb aus. Und noch immer hatte ich (aus Gründen, die ich mir selbst nicht recht erklären konnte) Hugo nichts von meinem Erlebnis erzählt. Hätte ich es getan, wäre uns viel Kummer erspart geblieben.

Ich behielt das Gespenst für mich. Es war das einzige Geheimnis, das ich vor Hugo hatte.

Ein Winter, ein Sommer und noch ein Winter gingen ins Land, ehe Hugo sich ins Freie wagen durfte. Inzwischen hatte er es herzlich satt, die Zeit ausschließlich in Onkel Allens Haus zu verbringen, und flehte Dr. Wright an, den Hausarrest endlich aufzuheben. Da das Jahr 1729

einen warmen Frühling mit Narzissen im Februar und
Apfelblüten im April brachte, gab der gute Doktor endlich nach.

Meine Beziehung zu Dr. Wright war in jener langen
Zeit auf meiner Seite geprägt von ängstlichem Respekt
(Dr. Wright war ein reizbarer Mann, der aus seinem Herzen keine Mördergrube machte und meinem Vater nicht
wohlgesonnen war) und auf der seinen von fast ärgerli-
cher Verwunderung, versetzt mit barscher Freundlich-
keit. Denn erstens, sagte er, hätte ich angesichts der Umstände meiner Geburt (nicht zuletzt im Hinblick auf die
Tatsache, daß er, der Doktor, dank meines knausernden
Vaters daran nicht beteiligt gewesen war) eigentlich überhaupt kein Recht, noch auf dieser Welt zu weilen. Und
zweitens sei es völlig wider die Natur, daß es Hugo und
mir – besonders mir – stetig besser ging, und zwar nicht
etwa dank seiner Behandlung (denn von Onkel Allen war
ihm lediglich aufgetragen worden, Hugo zu beobachten
und bei ernsthaften Problemen, die glücklicherweise nicht
auftraten, seinen Rat zu geben), sondern dank der Dienste eines unzivilisierten Muselmanns, wie er sich ausdrückte. Vor allem letzteres wurmte Dr. Wright gewaltig,
und wäre er nicht ein so hochintelligenter und recht-
schaffener Mann gewesen, hätte er vielleicht vor den Tatsachen kurzerhand die Augen verschlossen. Daß er es
nicht tat, spricht für ihn. Mit meinem Onkel verstand er
sich sehr gut (soweit das bei den unterschiedlichen Ansichten der beiden Herren und ihrem Hang zur Misan-
thropie möglich war); bisweilen saßen sie stundenlang zusammen und disputierten.

Erst nach Dr. Wrights wohlerwogener Genehmigung also durfte ich Hugo zunächst über die Straße zu einem Besuch in Lamb House und dann ganz allmählich auf weiteren Gängen durch die Stadt begleiten.

Von Lamb House war er begeistert. Was für ein warmherziges, liebenswürdiges Haus, sagte er, mit seinen freundlichen, getäfelten Räumen, der schönen breiten Treppe mit den flachen Stufen, der gesellig-behaglichen Atmosphäre, so recht geeignet als Heim für eine große Familie, in dem Kinder die Hintertreppe hinauf- und die vordere Treppe hinunterstürmten (was ihnen eigentlich nicht erlaubt war), die Mägde beim Backen und bei anderen Verrichtungen in Küche und Keller munter miteinander schwatzten, mein Vater in seinem Kontor gewichtige städtische Probleme erörterte, die Knechte im Hof Holz hackten, Wasser schöpften oder die Pferde pflegten. Und dann gab es ja auch noch meine Mutter in ihrem stillen Krankenzimmer... Auf Zehenspitzen führte ich Hugo zu ihr, aber es war einer ihrer schlechten Tage, sie lag da wie ein Wachsbild, hob nur kurz die Lieder, sagte leise: »Hugo... ja, richtig, Allens Mündel...«, und bedeutete uns mit einer matten Handbewegung, sie wieder zu verlassen, sie sei nicht wohl genug.

»Wie ähnlich sie dir sieht, Toby«, stieß Hugo tief betroffen hervor, während wir die Treppe hinuntergingen. »Du bist ihr wie aus dem Gesicht geschnitten. Das hast du mir noch nie erzählt!«

»Alice ist ihr eigentlich noch ähnlicher«, gab ich leise zurück.

Nachdem Hugo das Haus besichtigt hatte – von den

vier Dachkammern bis zu den gemauerten Kellergewölben –, sagte er, es sei das schönste Haus, in dem er je gewesen sei, ein Haus, das alle Besucher mit offenen Armen aufzunehmen scheine. Das meine er jetzt wohl deshalb, weil er so lange eingesperrt gewesen sei, sagte ich, ein richtiges Urteil könne er aber erst fällen, wenn er auch noch andere Häuser kennengelernt habe. »Das will ich auch, aber dieses Haus ist und bleibt das beste von allen, das weiß ich jetzt schon«, beharrte er. »Es öffnet einem sein Herz, sobald man über die Schwelle tritt. Gehörte es mir, ich würde es nie verlassen.«

Vielleicht, dachte ich bei mir, vermittelte Lamb House dieses Gefühl auch deshalb, weil mein Vater es fünf Jahre nach seiner Hochzeit als Geschenk für meine Mutter gebaut hatte. Womöglich vermittelten Wände und Fenster, Gänge und Stufen etwas von der Liebe und Hoffnung, mit der dieser Bau errichtet worden war. Laut aber sagte ich das nicht. Der Kontrast zur Gegenwart war zu groß. Nicht, daß mein Vater aufgehört hätte, meine Mutter zu lieben; in seiner wortkargen Art liebte er sie gewiß noch immer. Doch war eben alles anders gekommen, als er es sich erhofft hatte.

Lärmend betrat Robert mit seinen Kumpanen das Haus, und Hugo und ich flüchteten rasch in den Garten. Ich erbot mich, ihm die Brauerei zu zeigen (obschon mein Vater es nicht allzu gern sah, wenn wir uns im Sudhaus aufhielten, sofern wir nicht einen bestimmten Auftrag dort hatten), doch der heiße Dunst von Hopfen und Malz, der durchdringende Hefegeruch und der viele bräunliche Schaum stießen ihn ab. Sein Magen war noch immer empfindlich und wehrte sich gegen starke, derbe Gerüche. Wir traten hinaus auf den kleinen Pfad, der am Garten vorbei in die Mermaid Street führte.

Das Gespenst erwähnte ich nicht, obschon es mir natürlich in den Sinn kam.

Wie leicht hätte ich, als wir an der Stelle vorbeikamen, sagen können: »Schau, Hugo, hier habe ich mal einen Geist gesehen.« Doch meine Zunge schien am Gaumen zu kleben, und ich brachte kein Wort heraus.

In der Mermaid Street sagte ich: »Die Straße ist ein bißchen steil, Hugo. Sollten wir nicht allmählich umkehren?« Aber er mochte noch nicht wieder ins Haus, er wollte mehr sehen. So gingen wir denn hügelan zum Church Square und vorbei am Zollhaus bis zum Stadtturm und sahen von den Gun Gardens, wo die großen Kanonen ihre Mündungen drohend auf die französische Küste richteten, über den Hafen zum Meer. Die Welt glänzte wie eine geöffnete Muschel.

»Ein andermal gehen wir hinunter zum Strand«, sagte Hugo und füllte seine Lungen mit der kräftigen Salzluft. »Jetzt, da ich wieder meine Freiheit habe, will ich *überallhin*. Und du mußt mit, Toby!«

Und so geschah es. Zuerst erkundeten wir Rye, ich zeigte ihm alle Winkel und Gassen, die Aussichtspunkte, die geheimen Treppchen, die zu den Klippen führten, die Werften, die Kais, den Marktplatz, das alte Kloster, die unteren Gun Gardens – all jene Orte, an denen ich früher einsam und verlassen herumgeschlichen war, weil ich keinen lieben Menschen hatte, mit dem ich mich an ihnen hätte freuen können. Alice war zu alt für solche Streifzüge und wurde auch zu sehr durch Haushaltspflichten in Anspruch genommen. Jetzt aber schien es mir, als habe die Stadt keine anderen Bewohner als Hugo und mich. Wir bewegten uns in einer isolierten, geheimen Welt, ganz in der Ausschließlichkeit unseres Zweierbundes befangen. Hugo war in Rye ein Unbekannter, und mich streifte nur hin und wieder ein flüchtig-ratloser Blick, der wohl besagen sollte: Wer kann das sein? Der Junge sieht Toby Lamb ähnlich, aber das ist doch nicht möglich… Toby Lamb ist ein armer Hinkefuß, und dieser hier läuft doch recht behende…« So glücklich waren wir bei unseren Erkundungsgängen durch die Stadt, so himmelweit dünkten wir uns von gewöhnlichen Sterblichen entfernt, daß ich einmal zu Hugo sagte: »Wir sind wie zwei Gespenster, niemand kann uns sehen.« – »Vielleicht sind wir ja wirklich Gespenster«, spann er den Faden weiter. »Vielleicht sind wir *jetzt* gar nicht hier, sondern tauchen erst in ein- oder zweihundert Jahren auf…« – »Warum nicht gar in dreihundert, vierhundert Jahren?« lachte ich.

»Ob es Rye in vierhundert Jahren noch gibt?«

»Warum nicht? Es besteht jetzt schon seit über sieben Jahrhunderten. Eduard der Bekenner hat es den Mönchen von Fécamp geschenkt. Du und ich, Hugo, sind bloß Staubkörnchen in der langen Geschichte von Rye.«

»Den Mönchen von Fécamp geschenkt? Ja, gehörte Rye denn ihm? Wie kann man eine Stadt verschenken? Das muß ich in meinen Geschichtsbüchern nachlesen.«

So streiften wir herum, so redeten wir.

Im Herbst sagte mein Vater: »Es scheint euch ja so viel besser zu gehen, Hugo und dir, ihr gleicht jetzt so viel mehr normalen Jungen eures Alters, daß ich überlege, ob ihr nicht in Zukunft, wie dein Bruder, Peacock's Lateinschule besuchen solltet. Oder zumindest du, Toby. Über den Patensohn deines Onkels habe ich nicht zu bestimmen.«

Ich sah meinen Vater groß an.

»Ich soll in die Lateinschule? Soll keinen Unterricht bei Mr. Ellis mehr haben?«

»Du mußt lernen, dich mit anderen Jungen auseinanderzusetzen«, erwiderte mein Vater nachdrücklich. »Ihr seid zuviel allein unterwegs, Hugo und du. Später sollst du mir in der Brauerei zur Hand gehen –«

Ich murmelte etwas von Robert, schließlich würde er, als der Älteste, den Betrieb einmal erben.

»Ja, ja, ich weiß«, sagte mein Vater ungeduldig, »aber in der Brauerei ist Platz für euch beide. Die Geschäfte gehen immer besser, nachdem die niederen Schichten neuerdings in so großen Mengen dieses neue Porterbier trinken. Und ich habe aus sicherer Quelle vernommen, daß die Regierung in Kürze Maßnahmen treffen wird, um den schädlichen Ginhandel einzudämmen, das wird unsere Branche noch weiter beleben. Aber…«, er hüstelte und streifte mich mit einem raschen Blick, »dein Bruder Robert hat nicht viel Begabung fürs Kaufmännische. Mit den Leuten kommt er gut zurecht, das kann er…« Vater verstummte, und ich empfand fast so etwas wie Mitleid mit ihm. Großmutter hatte recht behalten: Robert war und blieb ein Tölpel. Es wäre schlimm für Vater, wenn alles, was er aufgebaut hatte, durch Roberts Beschränktheit und Interesselosigkeit zunichte gemacht würde.

Womöglich, überlegte ich mit etwas melancholischer Ironie, hatte sich mein Vater sogar hin und wieder schon gewünscht, er könnte mich statt Robert als Erben einsetzen. Doch wegen meiner Behinderung ging das natürlich nicht. Außerdem konnte er ja notfalls auch noch auf Moses und den kleinen Jem zurückgreifen.

Die Lateinschule lockte mich ganz und gar nicht, aber das sagte ich wohlweislich nicht laut. Vater hatte seinen eigenen Kopf, und Widerstand war nur dazu angetan, seine Entscheidungen zu festigen.

Statt dessen wandte ich mich an Onkel Allen und bat ihn sehr, sich für mich und für eine Fortsetzung der derzeitigen Regelung zu verwenden.

Dieser Bitte kam er bereitwilligst nach.

»Es wäre die größte Torheit, James, den Jungen jetzt einen Wechsel zuzumuten«, erklärte er rundheraus. »Ellis berichtet von ihnen das Beste, sie sind fleißig und gutwillig, und Toby, der in allem so zurück war, hat Hugo schon fast eingeholt. Sie sind, wie Ellis mir sagt, Jungen vergleichbaren Alters bei Peacock's so weit voraus, daß sie von so einem Schritt nur Nachteile hätten.«

»Aber sie kommen nie mit Altersgenossen zusammen.«

»Und ist das ein Unglück? Ich komme auch nicht mit Altersgenossen zusammen, ohne daß mir etwas abgeht. Meine Altersgenossen in Rye sind bäurische Flegel und interessieren mich nicht im geringsten. In ein paar Jahren, sagt Ellis, könnten wir die beiden in Cambridge anmelden, er schlägt Jesus College vor, wo er selbst war, und ich denke für Toby auch an Gray's Inn, wo ich studiert habe …«

»Du willst die Burschen studieren lassen?« sagte mein Vater so erschüttert, als habe Onkel Allen vorgeschlagen, uns auf die Bermudas zum Haifischfang zu schicken.

»Warum nicht? Sie wären nicht die ersten.«

Mein Vater sträubte sich. Wozu sollte eine so lange Ausbildung gut sein? Onkel Allen erklärte ihm geduldig, daß Hugo und ich, hätten wir nicht miteinander Freundschaft geschlossen, vermutlich inzwischen längst tot wären. (Ich selbst hörte das Gespräch nicht mit an, aber Hugo, der es belauscht hatte, erzählte mir getreulich alles weiter.)

»Ich habe den Eindruck«, fuhr Allen fort, »daß das Schicksal die beiden zu Gefährten bestimmt hat, so daß man sie jetzt nicht trennen darf. Und eine solche Trennung wäre unausweichlich, denn ich gedenke nicht, Hugo in Peacock's Lateinschule zu schicken, eine gewiß treffliche Bildungsanstalt für robustere Naturen, aber für Hugo derzeit ungeeignet. Und für Toby auch, möchte ich denken. Wenn dir allerdings das Geld für Ellis zu viel wird, bin ich gern bereit –«

Mein Vater, dessen Geschäfte guten Gewinn abwarfen, sagte etwas pikiert, Allen solle es gut sein lassen; wenn Ellis mit den Jungen zufrieden sei, könne man ebensogut das Altbewährte beibehalten.

Hugo und ich atmeten auf. Cambridge – oder Gray's Inn – lagen in weiter Ferne, noch hatten wir unsere Freiheit und unseren gütigen Hauslehrer.

»Ob Cambridge oder Gray's Inn«, sagte Hugo, »wir bleiben jedenfalls zusammen.

»Das versteht sich von selbst.«

Im Frühjahr 1730 – ich war inzwischen elf und Hugo dreizehn – begann Onkel Allen sich für Wildpflanzen zu interessieren. Das Studium der Botanik sei schon im klassischen Altertum beliebt gewesen, und es stünde uns wohl an, es den Alten gleichzutun, sagte er. Wer sich mit Wildpflanzen vertraut mache, erwerbe zugleich alle möglichen nützlichen und womöglich lebensrettenden Kenntnisse. Selbst die Gemeine Saudistel werde von Plinius als gesunde, nahrhafte Pflanze gepriesen. Plinius berichtet, wie Theseus sich vor seinem Kampf mit dem wilden Stier, der die Ebene von Marathon unsicher machte, mit einer großen Schüssel Saudisteln stärkte.

»Dann wollen wir seinem Beispiel folgen«, sagte Hugo vergnügt. »Sag uns nur, wo wir Saudisteln finden, Onkel Allen, und wir werden dir herbeischaffen, was du nur vertilgen kannst.«

Allen nahm ihn völlig ernst und erwarb zur Beförderung unserer Studien einen alten Einspänner, eine Art Gig, damit wir unseren Wirkungskreis erweitern und ihm möglichst viele Pflanzenproben bringen konnten. (So weit, daß er sich selbst aufs Land hinausbegeben hätte, ging er in seinem botanischen Eifer denn doch nicht.) Unser altes, klappriges Wägelchen machte uns viel Freude. Sobald wir unsere Aufgaben zur Zufriedenheit von Mr. Ellis erledigt hatten, wagten wir uns darin weit in die Marsch hinein, nach New Romney und Lydd und Brookland, oder landeinwärts nach Appledore und Tenterden und Bodiam, oder wir fuhren ans Meer, nach Winchelsea und Camber, und brachten Onkel Allen große Mengen von Pflanzen und Wurzeln, dazu Muscheln und Meerfenchel und Seeschnecken und sonst allerlei Schleimiges vom Strand, was von Onkel Allen sorgsam registriert und katalogisiert wurde. Auf der Marsch kamen wir mit dem Wagen häufig nicht weiter, denn überall findet man dort Schleusen und Deiche, Fluttore und Siele; dann gingen wir zu Fuß, wateten durch Kanäle oder balancierten über schmale Bohlen. Unser Gefährt konnten wir unbesorgt stehenlassen, denn Fanny, unsere alte Mauleselin, war das trägste Geschöpf auf Gottes weiter Erde und wartete stundenlang geduldig auf einem Fleck, ohne sich zu rühren. Nur mit den von Agnys erbettelten groben braunen Zuckerbrocken, die wir stets in der Tasche hatten, gelang es uns, das vor sich hin dösende Tier wieder in Gang zu bringen.

Die Marsch war für Botaniker ein unerschöpfliches Sammelgebiet. Wir fanden Knabenkraut und Wasserlilien, Hahnenfuß, Blumenbinsen und Schachbrettblumen und scheuchten große Schwärme von Wasservögeln hoch – Moorhühner, Brachvögel, große graue Fischreiher, Schwäne, die zornig zischten, wenn wir uns ihren Nestern näherten, und Hunderte von Entenarten.

Die Marsch war aufregend und voller Geheimnisse, aber die Wälder waren unser größtes Glück.

Ich erinnere mich an eine unserer ersten Ausfahrten. Wir hatten Fanny an ein Gatter gebunden, um ein Wäldchen bei Udimore zu erkunden. Es war April, die Haselsträucher hatten dicke Knospen, die Vögel sangen aus voller Kehle, und so weit das Auge reichte, bedeckte ein blauer Teppich den Boden. Es war kein lichtes Himmelblau, sondern ein dunkler, intensiv leuchtender Ton, der in der Luft zu vibrieren schien. Ein frischer, gurkenähnlicher Duft wehte uns entgegen.

»Was ist denn das?« fragte Hugo staunend.

»Das sind Waldhyazinthen.«

»Soviel Farbe auf einmal hab ich in meinem ganzen Leben noch nicht gesehen. Es kommt einem unrecht vor, darauf zu treten. Aber wie anders sollen wir in den Wald kommen?«

Wir bahnten uns möglichst behutsam einen Weg, wobei es natürlich nicht ausbleiben konnte, daß wir Hunderte von Blüten zertraten. Aber es waren so viele da, daß es vielleicht nichts ausmachte.

»Warum ist eigentlich die Natur manchmal so verschwenderisch und stellt sich dann wieder so geizig an?« überlegte Hugo. »Warum gibt es so viele Waldhyazinthen und von dir und mir jeweils nur ein Exemplar?«

»Für die Natur sind wir beide allen anderen Jungen in Rye wohl recht ähnlich…«

»Was sind das für Vögel, die so lärmen?«

»Nachtigallen.«

Der Wald war erfüllt von ihren schnarrenden Lauten.

»Das ist also das Lied der Nachtigallen? Ich habe viele Gedichte über sie gelesen und dachte immer, sie singen sanft und melodisch. Und nur in der Nacht.«

»Wahrscheinlich freuen sie sich an der warmen Sonne. Genau wie wir.«

Agnys hatte uns ein Picknick mitgegeben – kaltes Huhn und Apfeltörtchen, weil heute Samstag, ein halber freier Tag, war –, und wir setzten uns auf einen bemoosten Baumstamm und stärkten uns.

»Kann man auf der Welt glücklicher sein?« fragte Hugo.

Ich war ganz seiner Meinung. Wenn nur Alice auch hier sein könnte…

»Und trotzdem wünschte ich mir, wir wären Brüder«, fuhr er fort und kam damit ganz seltsam meinen eigenen Überlegungen entgegen. »Neulich habe ich von einem Ritual gelesen, das bei manchen Balkanvölkern üblich ist. Um einen Freundesbund noch mehr zu festigen, schließen sie Blutsbrüderschaft. Von diesem Moment an sind auch die Familien – Brüder, Vettern, Eltern – wie durch Blutsbande vereint.«

»Und was muß man bei diesem Ritual machen?« Ich hatte plötzlich Herzklopfen, meine Zunge fühlte sich dick an, und meine Stimme war heiser.

»Es ist ganz einfach. Man wickelt eine Schnur um den Finger, bis er anschwillt, dann sticht man in die Fingerkuppe und läßt einen Blutstropfen auf ein Stück Brot oder Zucker fallen. Danach essen die beiden Freunde jeweils das Brot oder den Zucker des anderen und schwören sich Blutsbrüderschaft auf immer und ewig.«

Ich zitterte plötzlich. »Sollen wir das machen, Hugo? Du und ich?«

»Hast du ein Stück Schnur?«

»Natürlich.«

Ich hatte immer Schnur bei mir, wir brauchten sie zum Bündeln von Pflanzen und manchmal auch, um Fannys mürbes Zaumzeug zu flicken. Ich holte das verschlungene Knäuel aus der Tasche, und wir wickelten uns ein Stück Schnur um den Zeigefinger. Hugos Finger waren lang und mager, es dauerte lange, bis sich das Blut in der Fingerspitze gesammelt hatte. Dann zog er eine Nadel aus dem Halstuch und stach zu; ich tat es ihm nach. Zwei Stück Zucker aus dem Vorrat für Fanny lagen bereit. Wir ließen die Blutstropfen darauf fallen und beobachteten, wie die grobe braune Masse sie aufsog. Dann tauschten wir die Zuckerstücke und aßen sie feierlich auf.

»Ich schwöre, Toby, von heute an dein Bruder zu sein.«

»Und ich schwöre, für immer und ewig der deine zu sein, Hugo.«

Ich sah in das blasse Gesicht mit dem leuchtendblonden Haarschopf, und plötzlich wurde mir das Pathos dieses Rituals bewußt und ich mußte lachen. Hugo stimmte ein, und wir ließen uns rangelnd und raufend von dem Baumstamm in den Teppich aus Waldhyazinthen fallen.

Auf dem Heimweg sagte Hugo: »Jetzt ist Alice ebenso meine wie deine Schwester.«

Ich empfand einen seltsamen Anflug von Ärger und antwortete nicht. Doch dann sah ich zu Hugo hin, merkte, daß mein Schweigen ihm unbehaglich war, und sagte leichthin: »Ja, das stimmt, Hugo«, als hätte ich mir die Sache sorgfältig überlegt. Und weiß Gott, das hatte ich auch.

Ich glaube, es war im folgenden Jahr, als Hugo eines Tages sagte: »Warum besuchen wir nicht einmal deine Schwester Alice?«

Inzwischen war Fanny, unsere Mauleselin, an Altersschwäche gestorben; an ihre Stelle war ein kräftiges, kurzbeiniges kleines Pferd getreten, das williger und beweglicher war, sonst wäre so ein Plan kaum durchführbar gewesen. So aber sagten wir uns, die Fahrt nach Tunbridge Wells und zurück könne, wenn wir am Samstag rechtzeitig aus den Federn kämen (das Glück wollte es, daß Mr. Ellis auf zwei Wochen zu seiner Mutter nach Exeter gefahren war und uns für die Zeit seiner Abwesenheit mit einer Reihe von Aufgaben und Übungen versorgt hatte), nicht länger als jeweils zwei oder allenfalls drei Stunden dauern.

Wir brachen früh auf, ohne etwas von unserer Absicht verlauten zu lassen. Mittlerweile war ich dreizehn, und Hugo war fünfzehn, und wir fanden, daß wir in diesem Alter solche Entfernungen gut allein zurücklegen konnten. Insgeheim aber war ich mir sicher, daß die Erwachsenen sich lautstark entrüstet und uns die Expedition streng untersagt hätten. Wir ließen uns von Agnys Verpflegung geben und machten uns auf den Weg.

Hugo war bester Laune, und mir ging es genauso. Der Anblick neuer, unbekannter Landstriche stimmte uns heiter. Und dann das freudige Wiedersehen, das mich erwartete…

»Endlich lerne ich Alice kennen«, sagte Hugo. »Wie mag sie wohl aussehen? Was meinst du, Toby, sieht Sophy ihr ähnlich?«

Die jetzt zehnjährige Sophy war zu einem sehr hübschen Mädchen mit einer kecken kleinen Nase und üppigen dunklen Ringellocken herangewachsen, das gern und oft lächelte.

»Nein«, sagte ich, »nein, das finde ich nicht. Alice hatte… etwas Besonderes. Sie war nicht direkt hübsch, aber wenn man ihr ins Gesicht sah, erblickte man ihr ganzes Herz.«

Meine Stimme schwankte. War dieses Unternehmen nicht am Ende doch eine große Torheit? Wenn nun die Wakehursts sehr aufgebracht waren? Wenn Alice den Besuch unschicklich fand? Je mehr Meilensteine an uns vorüberzogen, desto schwerer wurde mir das Herz. Und die Fahrt war länger, als wir gedacht hatten. Als wir die Außenbezirke von Tunbridge Wells erreicht hatten, war es schon Mittag vorbei.

Die Stadt liegt inmitten von heidebewachsenem Hochland in einer kleinen Senke. Jerrom hatte mir oft genug geschildert, wo das Haus der Wakehursts war, und wir fanden es, nachdem wir ein paarmal nach dem »großen modernen Haus mit dem schmiedeisernen Gitter« gefragt hatten, ohne Mühe.

»Vielleicht erkundige ich mich erst einmal, Hugo, du wartest am besten hier beim Wagen.«

Ganz recht war ihm das nicht. »Meinetwegen«, sagte er widerstrebend. »Aber bleib nicht zu lang aus.« Er stellte das Gig so, daß er mich auf meinem Weg zum Eingang beobachten konnte.

Ich klingelte. Nach längerem Warten öffnete eine schlampige, verschlafen aussehende Magd die Tür.

»Was beliebt?« fragte sie und rieb sich gähnend die Augen.

»Ist… ist Miss Alice Lamb zu Hause?«

»Miss Alice *wer?* Ach so, Sie meinen Miss Alice? Hab sie nie Lamb nennen hören. Nein, die ist nicht da.« Schon wollte sie mir die Tür vor der Nase zuschlagen, da brachte ich trotz meiner Enttäuschung und in der Hoffnung, später vielleicht doch noch zum Ziel zu kommen, schnell heraus: »Wann kommt sie zurück?«

»Da können Sie lange warten, junger Herr. Die sind alle rüber nach Paris.«

Mit hängenden Schultern kehrte ich zu Hugo zurück und teilte ihm mit, daß wir einen Narrengang getan hatten.

»Wenn wir schon mal hier sind, können wir zumindest die Stadt besichtigen«, schlug er vor. Doch die Zeit war fortgeschritten. Selbst wenn wir gleich umdrehten und so schnell, wie unser Pferdchen traben wollte, den Heimweg antraten, kamen wir viel zu spät zum Abendessen, und die Wahrheit über unseren Ausflug würde ans Licht kommen.

»Warum mir Jerrom davon wohl nichts gesagt hat?« überlegte ich, während unser armes Pferd sich über die langen Meilen quälte, deren landschaftliche Reize uns jetzt, beim zweiten Sehen, nicht mehr zu fesseln vermochten. »Er muß es gewußt haben. Sie sind schon zwei Monate fort, sagt die Magd.«

»Er hat es dir nicht gesagt, weil er dann einen Penny pro Woche verloren hätte«, meinte Hugo. »Wahrscheinlich händigt er die Briefe der Magd aus.«

Das mochte stimmen. Es ist recht entmutigend, wenn sich herausstellt, daß jemand einem nicht etwa einen Freundschaftsdienst erwiesen, sondern aus selbstsüchtigen Motiven gehandelt hat.

»Ich bin sehr enttäuscht, daß ich Alice nicht gesehen habe«, sagte Hugo.

Enttäuscht? Das Wort war völlig unzureichend für meinen tiefen Kummer, meine Verzweiflung, das sinnlos bittere Aufbegehren, das in meiner Brust brannte. Eine ganze Woche hatte ich an kaum etwas anderes gedacht, hatte mir ausgemalt, wie es wäre, wieder mit Alice zusammenzusein, mich endlich selbst davon überzeugen zu können, daß sie gesund war und sich ihres Lebens freute. Mir war, als hätten mir Feinde absichtlich diese Falle gestellt und lachten jetzt über meine Niederlage.

Als wir verspätet, hungrig und staubbedeckt zu Hause eintrafen, gab es natürlich großen Verdruß. Mein Vater war besonders zornig, und selbst Großmutter Grebell mochte sich nicht für uns verwenden.

»Wie konntet ihr nur so etwas Unbesonnenes tun? Wir haben uns die größten Sorgen gemacht, sahen euch schon tot in einem Entwässerungsgraben liegen. Sich einfach auf den Weg zu machen, ohne anzufragen, ob der Besuch genehm wäre – das ist unerzogen, gedankenlos und leichtfertig. Man sollte nicht denken, daß ihr eine sorgfältige Erziehung genossen habt…«

Ich bezog wieder einmal tüchtige Prügel von meinem Vater. Wenn es nach ihm ginge, sagte er, würde uns der Wagen genommen werden, da wir nicht verantwortungsvoll damit umzugehen wüßten. Für das kleine Pferd war die Fahrt viel zu weit gewesen, es lahmte erbärmlich. Und wenn nun die Wakehursts zu Hause gewesen wären, was in aller Welt hätten sie wohl mit uns angefangen?

»Das war bei Gott ein schlechter Streich, und die bessere Meinung, die ich mir von dir gebildet hatte, ist fürs erste wieder dahin«, erklärte er, und Robert lachte hämisch, wenn er an mir vorbeikam, und sang zu meiner Erbitterung: »Wie weit ist's wohl nach Tunbridge Wells…« Hugo kam straffrei davon, denn Onkel Allen hielt nichts vom Schelten, sondern sagte nur milde, es sei ein recht törichtes Vorhaben gewesen, und daß wir nun auf das Stadtgebiet beschränkt waren, bis das Pferd nicht mehr lahmte, würde uns hoffentlich vor Augen führen, daß wir lernen müßten, überlegter vorzugehen.

Als ich abends meiner Mutter gute Nacht sagte, flüsterte sie (laut sprechen konnte sie nicht mehr): »Es war sehr unrecht von dir, daß du Alice besuchen wolltest, Toby. Und es geschieht dir recht, daß sie nicht da war.«

»Es tut mir sehr leid. Nur… ich habe mich so sehr nach ihr gesehnt.«

Müde und unglücklich legte ich meinen Kopf einen Augenblick auf die Bettdecke. Sie berührte mit den Fingern flüchtig meine Wange.

»Armer Toby. Ich weiß, wie dir zumute ist. Nur ein Herz aus Stein könnte es dir nicht nachfühlen. Aber es ist besser, daß Alice nicht da war. Dein Besuch hätte ihr nur vor Augen geführt, daß du dich frei bewegen kannst, während sie –«

Meine Mutter hustete unter Schmerzen, dann fuhr sie fort: »Sie hätte auch gesehen, daß das Glück dir in den letzten Jahren hold war. Du bist kräftiger, gesünder geworden. Nimm einmal an, Alice wäre es nicht so gut ergangen? Eben deshalb, weil bei dir eine Besserung eingetreten ist? So etwas gibt es…« Und wie im Selbstgespräch setzte sie hinzu: »Ich bitte Gott, daß mein Leiden James gesund und munter erhält…«

»Was willst du damit sagen, Mutter? Wenn ein Mensch gesund ist, muß doch der andere deshalb nicht krank und elend sein…«

Doch jetzt fiel mir ein, daß Großmutter etwas Ähnliches über das Gleichgewicht zwischen Mitgliedern einer Familie gesagt hatte.

In diesem Augenblick kam mein Vater ins Zimmer, als habe er seinen Namen vernommen.

Ungehalten sagte er: »Du sollst dich doch nicht so anstrengen, Minnie (so redete er bisweilen meine Mutter an). Geh zu Bett, Toby. Und trockenes Brot zum Frühstück, verstanden?«

»Ja, Vater.«

Schweren Herzens legte ich mich schlafen, hatte ich doch noch gesehen, wie mein Vater sich dort, wo ich eben noch gestanden hatte, niederwarf. »Wie soll ich es ertragen, Minnie?« stieß er hervor. »Was soll ich ohne dich anfangen?«

Robert als der Älteste hatte jetzt ein eigenes Zimmer, und ich teilte meine Kammer mit Moses und dem siebenjährigen Jem. Beide schliefen schon, und ich war heilfroh darüber.

Unsere nächste Eskapade – wenn man sie denn so nennen will – hatte sehr viel ernstere Folgen. Noch immer muß ich qualvoll aufstöhnen, wenn ich daran denke. Doch stammte der Plan gottlob von meinem Vater, so daß er, ein strenger, aber gerechter Mann, nicht so sehr uns als sich selbst schwere Vorwürfe machte.

Moses hatte im Dezember, kurz vor Weihnachten, Geburtstag. In diesem Jahr wurde er neun. Wie Robert war er lebhaft und voller Tatendrang, interessierte sich mehr fürs Reiten, Fischen, Reifenrollen, die Hasenjagd oder das Fußballspiel als für seine Lektionen. Doch war er sehr viel intelligenter als Robert, lernte gut, wenn es denn sein mußte, und lief neuerdings ständig hinter Hugo und mir her, um uns nach allem möglichen auszufragen.

Hugos Haltung meinen jüngeren Geschwistern gegenüber war recht zwiespältig. Er konnte sie, wenn er wollte, mit Erfindungen, Spielen, Wortgeklingel und Grillen aufs köstlichste unterhalten, ja verzaubern. In zehn Minuten hatte er mehr Einfälle als ich in ebenso vielen Tagen. Aber er mochte sie nicht sehr. »So, das reicht«, sagte er ungeduldig, nachdem er wahre Schätze an Witz und Erfindungsreichtum zutage gefördert hatte. »Lauft jetzt, stört mich nicht mehr.« Er wäre nicht traurig gewesen, hätte er sie viele Wochen lang oder überhaupt nicht mehr gesehen. Den Kindern aber schien dieser Mangel an Zuneigung nicht aufzufallen. Kaum war er da, umringten sie ihn und bettelten um Lieder und Rätsel.

Es heißt, Kinder spürten instinktiv, wer sie liebt und wer nicht. Nach meinen Erfahrungen mit Hugo und den jüngeren Geschwistern kann ich das guten Gewissens verneinen. Dabei war er nie unfreundlich zu ihnen, er machte nur deutlich, daß ihm nichts an ihrer Gesellschaft lag.

Moses bettelte unablässig, wir sollten ihn auf eine unserer Expeditionen mitnehmen. Bislang hatten wir ihm diese Bitte immer mit der durchaus triftigen Begründung abgeschlagen, daß unser Vater es nie erlauben würde.

»Du bist zu klein, würde er sagen. Außerdem würdest

du uns lästig fallen, müde werden und dich langweilen, würdest jammern und quengeln.«

»Nein, bestimmt nicht.«

Zum Geburtstag hatten die Kinder immer einen Wunsch frei, einen Besuch im Kasperletheater etwa oder einen Ausflug zum Schloß von Winchelsea. Moses wünschte sich eine Ausfahrt mit Hugo und mir.

»Mit neun ist man dafür nicht mehr zu klein.«

Moses hatte in den vergangenen Monaten für seine Verhältnisse fleißig gelernt, und mein Vater war geneigt, ihm den Wunsch zu erfüllen. Hugo und ich waren wieder in Gnaden aufgenommen, die unbesonnene Fahrt nach Tunbridge Wells war vergessen, viele Monate waren seither ins Land gegangen.

Ich sträubte mich dagegen, Moses mitzunehmen, und wußte, daß es auch Hugo nicht recht war.

»Es ist Winter, Vater, er wird frieren in dem offenen Wagen. Sehr schnell wird er seinen Entschluß bereuen, und dann fängt er an zu quengeln und will nach Hause. Außerdem ist er so erregbar und schwer zu bändigen.«

So war es wirklich.

»Wenn er sich eine Grille in den Kopf setzt, kann er so wild und ungebärdig sein wie ein junges Füllen«, fuhr ich fort. Auch das stimmte. Moses war gewöhnlich die Sanftmut selbst und konnte sehr lieb zu seiner Schwester Sophy und Klein Jem sein, aber wenn er sich erregte, geriet er ganz außer sich, wirbelte herum, lachte und schrie, hob für einen Jungen seiner Größe viel zu schwere Lasten und zerschlug, was ihm unter die Finger kam. Später bereute er es stets bitter.

»Dann müßt ihr Großen eben dafür sorgen, daß er nicht außer Rand und Band gerät«, sagte mein Vater trocken. »Euch geht vieles zu sehr nach dem eigenen Kopf, das ist nicht gut für Burschen in eurem Alter, und das habe ich auch schon oft zu deinem Onkel Allen gesagt. Jetzt laßt einmal sehen, wie ihr mit Verantwortung umgehen könnt. Es dauert nicht mehr lange, bis ihr sie im Ernst übernehmen müßt.«

Ja, dachte ich rebellisch, nur die Verantwortung für eine Familie wird mir das Leben nicht abfordern – und dafür darf ich mich bei dir bedanken.

Doch der Wille meines Vaters war Gesetz, und so mußte Moses' Geburtstagswunsch erfüllt werden. Ehe wir losfuhren, knöpfte ich ihn mir vor und forderte ihn nachdrücklich auf, sich nicht zu wild und stürmisch zu betragen, was er feierlich versprach. Als er seinen Platz im Wagen einnahm, schaute er ernst und trauervoll drein, daß Hugo lachen mußte und sagte, er sähe aus, als sei er auf dem Weg zu seiner eigenen Hinrichtung.

»An dieser Straße hat man Verbrecher in Ketten zur Schau gestellt, wußtet ihr das?« fügte Hugo hinzu, während wir über die Landstraße nach Winchelsea rollten. »Ein gewisser Thomas Robinson ist hier aufgehängt worden, weil er seine Frau mit gemahlenem Glas vergiftet hat.«

Er erzählte von weiteren Verbrechen und Straftaten, über die er in einer alten Stadtchronik gelesen hatte. Moses hörte respektvoll und mit unverändert ernstem Gesicht zu, woraufhin Hugo plötzlich anfing zu singen: »Henker, Henker, laß nach den Strick...«, und: »Sie nen-

nen mich den Henkerhans«, und ähnliche Stücklein, die
er im Hafen bei den Matrosen aufgeschnappt hatte, bis
Moses lachend einfiel. Im Nu war die Büßerstimmung wie
weggeblasen.

Die Nacht war bitterkalt gewesen, in der Brauerei hatte
man Kohlebecken aufgestellt, um die Bottiche mit der
Würze nicht zu sehr abkühlen zu lassen, weil sonst der
Hefepilz stirbt. Und der Tag war nicht wärmer. Dicker
Rauhreif lag gleich Schnee über der Marsch, die kreuz und
quer von hellbraunen Riedgras- und Binsenstreifen
durchzogen war, an denen man den Verlauf der Deiche
ablesen konnte. In den Hecken sang kein Vogel, nur von
fern hörten wir den Schrei der Möwen und Brachvögel,
und ein großer Reiher flog vorbei und ließ sein »Änk!
Änk! Änk!« erschallen. Der Himmel war bleigrau, nur
hin und wieder sah man tief am Horizont flüchtig eine
kleine rote Sonne.

Vor zwei Tagen hatte es gestürmt, und wir wollten am
Strand nach Wrackteilen und Strandgut, Treibholz, Spar-
ren und anderen Schätzen suchen. Es war dies keine ernst-
zunehmende Bildungsexpedition, sondern ein Ausflug,
der, wie wir meinten, mehr Moses' Fähigkeiten entsprach.

Agnys hatte jedem von uns eine große Fleischpastete
mitgegeben, in die sie auf Anraten Gabriels ein wenig
Branntwein gegossen hatte. »Das macht den Burschen
schön warm«, hatte Gabriel gesagt. »Besser noch wär's ja,
ihnen ein halbes Glas Branntwein in die Stiefel zu gießen.
Ein trefflicher Fußwärmer, sag ich dir.« Agnys aber hatte
sich empört gegen eine derart sündhafte Vergeudung gei-
stiger Getränke gewehrt.

An der oberen Flutlinie stiegen wir aus. Die Fleischpasteten ließen wir im Wagen, und unser Pferd Bendigo banden wir an einen schweren Balken, das das Meer auf den kiesigen Strand geworfen hatte.

»Jetzt hört zu«, sagte Hugo, der bei solchen Anlässen recht herrisch sein konnte, »ich suche unten am Wasser, du, Toby, nimmst die obere Flutlinie, und du, Moses, die Mitte.«

Wir gingen los. Es herrschte Ebbe, vor uns lag das vereiste, schimmernde Watt, auf dem die Hinterlassenschaft des Sturmes verstreut war. Es war so kalt, daß der Meeressaum gefroren war, was ich noch nie gesehen hatte; riesige Eisschollen bildeten unten am Wasser einen weißen Fries.

Da der Strand so groß und so leer war, lagen beträchtliche Entfernungen zwischen uns, und ich merkte, daß Moses sich, durch mehrere hundert Ellen von uns getrennt, recht einsam und verlassen vorkam. So hatte er sich das nicht vorgestellt, der Ärmste. Zuerst schritt er flott aus und sah sich um, nach einer Meile aber wurde er langsamer, ließ den Kopf hängen und schleifte die Füße nach.

»Moses wird sich bald langweilen«, hatte ich vorher zu Hugo gesagt, und er hatte gelassen erwidert: »Um so besser. Dann plagt er uns nicht mehr ständig, daß wir ihn mitnehmen sollen.« Ich überlegte, ob es Absicht gewesen war, daß Hugo so viel Raum zwischen uns gelegt hatte. Ja, vermutlich. Meist wußte Hugo sehr genau, was er tat.

Nur das Ende dieser Expedition hatte er natürlich so nicht beabsichtigt.

Mir tat der arme Moses leid, der niedergeschlagen, die Hände in den Taschen (offenbar hatte er nichts gefunden, was das Mitnehmen lohnte), über den Strand stapfte, und ich rief ihm zu: »Komm und hilf mir suchen, wenn du magst!« Vergnügt kam er angerannt. Hier oben an der Flutlinie war tatsächlich mehr zu finden, und bald stieß er zu seiner Genugtuung auf einen beschädigten Elfenbeinfächer, während ich ein kleines Holzfaß mit Käse, ein Federbett (das aber vom Salzwasser so durchweicht war, daß es keinen Wert mehr hatte), einen Ankerschaft und eine Feuerzange fand.

Sehr bald fing Moses an, sich über die Kälte zu beklagen. Seine Zähne schlugen hörbar aufeinander, er war schon ganz blau angelaufen. Weil ich nicht wollte, daß er an seinem Geburtstag am Ende noch krank wurde, sagte ich: »Lauf mit den Sachen zum Wagen, so schnell du kannst, da wird dir warm!«, und gab ihm meine Fundstücke. »Hugo und ich gehen noch eine Viertelmeile weiter (ich wußte, daß Hugo so schnell nicht würde umkehren wollen), und dann suchen wir in der anderen Richtung. So, und jetzt ab mit dir.«

Moses nickte schlotternd und rannte mit unserem Beutegut den hellen, schimmernden Strand entlang. Ich winkte Hugo zu und deutete auf Moses. Er zuckte die Schultern, als wollte er sagen: Was hast du denn erwartet? Nach einer Viertelmeile machte ich Hugo ein Zeichen, daß ich jetzt umkehren würde. Ich ging bis zur Strandmitte, wo Moses gesucht hatte, fand eine hölzerne Schale mit einem Sprung, die er übersehen hatte, und eine Glasflasche, die er wohl hatte liegenlassen, weil sie beschädigt war.

Als ich zu unserem Wagen kam, hüpfte Moses vergnügt

herum. Er hatte sich einen alten roten Überwurf meiner
Großmutter um die Schultern geschlungen, mit dem wir
uns während der Fahrt die Füße gewärmt hatten.

Er schien bester Laune, und als ich meine Schätze in den
Wagen legte, sah ich auch, warum.

»Moses! Hast du etwa alle drei Fleischpasteten gegessen?«

Er ließ den Kopf hängen. »Ent-entschuldige, Bruder
Toby. Ich habe eine gegessen, und dann… sie waren so
gut… dann konnte ich nicht wieder aufhören.« Trotzig
fügte er hinzu: »Schließlich… wo ich doch heute Geburtstag hab…«

»Du Schlingel! Und wir? Warte nur, ich werde dich –«
Nur halb im Ernst ging ich auf ihn zu. Er stieß einen gespielten Schreckensschrei aus und lief lachend den kiesigen Hang zu den Dünen hoch.

Ich sah mich nach Hugo um, der uns vom Strand aus
beobachtete, deutete ihm an, daß ich Moses nachlaufen
würde, und machte mich an die Verfolgung.

Mein kleiner Bruder hatte Spaß an dem Spiel gefunden.
Keuchend und lachend stieß er hervor: »Du kriegst mich
nicht, du kriegst mich nie!«, hüpfte herum wie ein Der-
wisch, schwenkte die Arme und den roten Überwurf und
rannte die kalten, rutschigen Dünen herauf und herunter.
Zumindest wird ihm dabei warm, dachte ich.

Ob Hugo sich darüber im klaren war, daß Moses etwas
angestellt hatte, oder ob er dachte, wir trieben nur ein
Spiel miteinander, weiß ich nicht. Jedenfalls hatte er sich
offenbar entschlossen mitzutun und lief durch die Dünen
in der Absicht, Moses in den Rücken zu fallen. Hugo,

groß und schlank wie er war, konnte viel schneller rennen als ich, zumal mich dabei mein lahmes Bein noch immer behinderte.

Bald war Hugo nicht mehr zu sehen. Ich ging meinem kleinen Bruder nach, was nicht schwierig war, weil seine Spuren sich im Sand deutlich abzeichneten.

Hinter den Dünen lag ein breiter Kiesstreifen, dahinter begann die Marsch, die teils grasbewachsen, teils morastig und mit Tümpeln durchsetzt war. Da gab es Teppiche von Strand- und Grasnelken, Seekohl und Seefenchel, Glaskraut und all die anderen fleischigen Pflanzen, die überall dort gedeihen, wo Salzwasser kommt und geht. Heute aber, an diesem bitterkalten Tag, war die ganze Fläche mit Rauhreif bedeckt und schimmerte geisterhaft in dem grauen Licht. Landeinwärts verliefen zwei tiefe Wassergräben, die eine Meile weiter westlich ins Meer mündeten. Um an den Strand zu kommen, hatten wir einen Umweg nach Osten machen und zwei Holzbrücken überqueren müssen.

So war denn Moses der Rückzug abgeschnitten, falls es ihm nicht gelang, Hugo zu entwischen und zu den Brücken zu fliehen.

»Bleib stehen, Moses!« rief ich. »Ich bin dir nicht mehr böse. Du hast ja recht, es ist dein Geburtstag. Komm zurück.«

Jetzt sah ich ihn wieder, wie er sich stolpernd und rutschend auf dem Kiesstreifen mühte. Die Leute, die mit dem Sammeln von Strandgut ihr Leben fristen, binden sich auf diesen manchmal mehreren Meilen breiten Kiessträngen sogenannte Bremsbretter unter die Füße.

Moses hatte ohne dieses Hilfsmittel seine liebe Not, dann aber gelang es ihm mit einem kühnen Sprung, den Kiesstrand zu überwinden. Strahlend drehte er sich um und schwenkte den roten Überwurf wie ein Sieger.

Erst jetzt bemerkte er Hugo, der einen großen Bogen um eine Düne geschlagen hatte und ihm viel näher war als ich.

In diesem Moment rissen die Wolken auf, und ein breites goldenes Sonnenband ließ die weißgraue Landschaft, die vereisten Dünen, die bereifte Marsch aufleuchten. Der mitten in dieser Sonnenbahn stehende große, schlanke Hugo mit dem hellblonden Haar muß wie ein Racheengel ausgesehen haben, zumal er jetzt in einer gespielten Drohgebärde die Hände hob.

Moses schrie auf – auch ihm war es nicht ganz Ernst damit – und setzte sich wieder in Bewegung.

Was beide nicht bemerkten, weil sie sich gegenseitig beobachteten, was ich aber voller Entsetzen erblickte, war einer der bösartigen Bullen, die manche Landwirte auf den Marschen weiden lassen, weil sie dort Menschen kaum gefährlich werden können. Die Tiere streifen ungehindert über das Marschland, und meist kann man ihnen, wenn man sie rechtzeitig sieht, leicht aus dem Wege gehen. Dieses große schwarze Ungetüm mit breiter Brust, flinken kurzen Beinen und sichelförmigen weißen Hörnern aber war durch unser Geschrei aufmerksam geworden und trottete jetzt zielstrebig auf Moses zu.

»Moses!« rief ich. »Hierher, schnell! Der Bulle!«

Er blickte sich um, bemerkte die Gefahr, schnappte hörbar nach Luft und rannte in meine Richtung.

Der Bulle lief jetzt so schnell, daß er meinen Bruder erreichen mußte, ehe der bei mir angelangt war.

Auch Moses hatte das begriffen und machte in seiner Verzweiflung wieder kehrt, während Hugo und ich von verschiedenen Punkten aus schreiend und armeschwenkend auf den Bullen zuliefen, um ihn abzulenken.

Das Tier blieb einen Augenblick stehen und sah uns an, dann aber nahm es, vielleicht angelockt durch den flatternden roten Überwurf, die Verfolgung meines Bruders wieder auf. Jetzt erblickte ich direkt vor meinem Bruder eine neue Gefahr in Gestalt einer glatten weißen Fläche.

»Moses! Um Himmels willen, der Graben!«

Ohne auf mich zu hören, lief Moses auf das schimmernde Weiß zu, das nicht Sand war, sondern eine dünne Eiskruste über einem der Siele, die parallel zum Strand verliefen.

Das Eis gab nach – es konnte nicht sehr dick sein, dazu war die Strömung darunter zu stark –, und Moses verschwand in der schwarzen Tiefe.

Der Bulle brüllte enttäuscht, blieb am Grabenrand stehen, scharrte mit den Füßen und schüttelte den mächtigen Kopf.

Hugo bemühte sich mit dem Mut der Verzweiflung, den Bullen pfeifend, schreiend und gestikulierend von dem Graben wegzulocken, bis sich das gewaltige Tier, verblüfft von dem Verschwinden seines ersten Opfers, dem zweiten zuwandte.

Ich lief zu der Stelle, an der Moses untergegangen war.

Weder Hugo noch ich konnten schwimmen. Seebäder waren damals noch nicht in Mode. Und im Fluß zu schwimmen, im Rother oder im Tillingham, wie es manche Jungen machten, hatte uns Dr. Wright streng verboten, das Wasser rufe Fieber hervor und würde all unsere früheren Beschwerden wiederkehren lassen, sagte er.

Ich watete in den Graben, bis mir das Wasser bis zum Kinn ging, und tastete in der unglaublich kalten, schnellen Strömung herum. Rufend, schluchzend und schlucksend bahnte ich mir einen Weg durch die Eisdecke.

»Moses, wo bist du? Moses, sprich zu mir! Moses!«

Es war reiner Zufall – denn meine Hände waren längst gefühllos geworden –, daß ich einen Zipfel des roten Überwurfs zu fassen bekam. In der Mitte war der Graben so tief, daß mein Kopf unter Wasser geriet. Wild um mich schlagend griff ich einen Arm oder ein Bein, ich wußte nicht was, und zog und zerrte mit aller Kraft, die Hacken in den glitschigen Boden gestemmt, an meiner viel zu schweren Last.

»Warte, ich komme«, hörte ich Hugo rufen, als ich wieder hochtauchte, und dann war er da, jeder von uns bekam einen Arm meines Bruders zu fassen, und mit vereinten Kräften zogen wir ihn hoch. Ihn über den Strand zu schleppen schien fast unmöglich, doch wir schafften es.

»Sprich, Moses! Kannst du sprechen?«

Nein, er sprach nicht. Sein Kopf hing schlaff herunter. Wasser kam aus dem geöffneten Mund. Seine Augen waren geschlossen.

»Wir müssen ihn umdrehen und ihm auf den Rücken schlagen«, keuchte ich. Gesagt, getan. Wieder kam ein Schwall Wasser aus seinem Mund, aber er regte sich nicht, sprach kein Wort. Starr vor Entsetzen sahen wir uns an.

»Ich… ich hole den Wagen«, sagte Hugo mit brüchiger Stimme. »Wenn wir ihn schnellstens heimbringen… vielleicht kann Dr. Wright… wenn er gleich ins Bett kommt…«

Ich denke, wir wußten beide von Anfang an, daß die Sache hoffnungslos war, doch spielten wir auf dem ganzen Heimweg eine verzweifelte Komödie und trieben den armen Bendigo (den es ohnehin in den warmen Stall zog) zu größter Eile an. Am Fuße der Mermaid Street sagte Hugo heiser: »Ich gehe schon mal vor und… und sage Agnys, sie soll Großmama Grebell holen…« Seine Stimme brach, aber dann straffte er entschlossen die Schultern und stieg mit raschen Schritten hügelan.

Noch heute vermag ich kaum an das Ende dieses Tages zu denken. Mein Vater war, wie gesagt, streng, aber gerecht, er tadelte uns nicht über Gebühr. Wenn Agnys keinen Branntwein in die Fleischpasteten gegeben hätte, wenn Moses sie nicht alle drei verschlungen hätte, wenn der Bulle nicht just in diesem Moment aufgetaucht, das Eis nicht gebrochen wäre… So hätte ich die Litanei fortführen können, aber kein Wenn änderte etwas an dem traurigen Tatbestand.

»Wie bist du mit dem Bullen fertiggeworden«, wollte mein Vater von Hugo wissen, »damit du Toby zu Hilfe kommen konntest?«

»Ich ging dicht an ihn heran und konnte ihn auf festeres Eis locken. Er brach ein, und ich machte, daß ich wegkam, während er im Graben herumzappelte. Ertrunken ist er nicht, Bullen können wohl schwimmen, aber das Wasser hat seine Angriffslust ein wenig abgekühlt.«

»Soso.« Mein Vater streifte Hugo mit einem eigenartigen Blick. Er hatte sich nie viel aus ihm gemacht; von jetzt an behandelte er ihn mit widerwilligem Respekt.

Mich aber konnte der Vater noch Monate nach dem Unglück kaum ansehen, und ich wußte wohl, was er dachte: Wenn nur Toby ertrunken wäre und nicht Moses, der so aufgeweckt, behend und gutherzig war und den nichts daran gehindert hätte, Vater vieler kleiner Lambs zu werden.

Hugo und ich zogen uns eine schwere Erkältung zu, kamen mit knapper Not an einer Lungenentzündung vorbei und waren mehrere Wochen ans Bett gefesselt, so daß wir uns nicht sehen konnten. Ich wurde in eins der Gästezimmer im Erdgeschoß verlegt, weil das Dr. Wright die Visite erleichterte, und verbrachte dort die meiste Zeit kreuzunglücklich und völlig allein.

Hin und wieder setzte sich Großmutter Grebell zu mir, abe sie blieb nie sehr lange.

»Es ist hart für dich, Toby«, sagte sie. »Du wirst es nun tapfer tragen müssen. Ganz unter uns aber: Ich denke, daß Moses früher oder später zu Schaden gekommen wäre, er war immer zu ungestüm.«

»Früher oder später«, wiederholte ich bedrückt. »Warum aber mußte es gerade jetzt sein? Und in meinem Beisein?«

Sophy besuchte mich nie. Moses war ihr Lieblingsbruder gewesen. In jüngeren Jahren hatten sie ständig zusammengesteckt und auch jetzt noch soviel Zeit wie möglich miteinander verbracht. Sophy war inzwischen aus der Schule genommen worden und eifrig damit beschäftigt –

wie seinerzeit Alice –, die Kunst der Haushaltsführung zu erlernen.

Etwas Außergewöhnliches geschah, während ich das Bett hütete: Ich bekam einen Brief von meiner Schwester Alice.

Ich hatte ihr geschrieben, sobald ich wieder eine Feder halten konnte, ihr die ganze traurige Geschichte erzählt und den Brief wie üblich Jerrom Bayes anvertraut, ohne auf eine Antwort zu hoffen. Vielleicht waren die Wakehursts ja noch in Frankreich. Doch war es mir zur Gewohnheit geworden, Alice zu berichten, was mich beschäftigte, und daran hielt ich fest, auch wenn sie mir nicht antwortete. Den Vorfall zu Papier zu bringen linderte meinen Schmerz ein wenig.

Und dann reichte mir eines Abends Agnys zusammen mit der Abendsuppe zu meiner größten Verwunderung ein gefaltetes Blatt Papier.

»Das hat mir Jerrom für dich gegeben, Toby. Muß wohl ein Brief von Miss Alice sein. Was schreibt sie denn nach so langer Zeit?«

Die arme Agnys plagten schwere Gewissensbisse wegen des Branntweins in ihren Fleischpasteten. Zum Ausgleich schenkte sie mir besonders viel Zuwendung und Mitgefühl. Sie blieb an meinem Bett stehen, während ich die kurze Mitteilung las.

Lieber Bruder es tuht mir sehr leit von dem armen Moses und deinen Sorgen zu höhren. Ein Herz aus Stein könnte darüber weinen. Ich fühle aufrichtich mit dir, deine Schwester Alice.

Eine flüchtig hingekritzelte Botschaft voll Fehler.

»Worte vergeudet sie keine«, murrte Agnys und zog die Nase hoch. »Und Tinte und Papier auch nicht.« Sie hielt einen Augenblick inne, dann setzte sie nachdenklich hinzu: »Ich find's ja wunderlich, daß sie nicht mehr schreibt. Miss Alice hatte immer so ein weiches Herz und hatte Sie mächtig gern, Master Toby. Da hätte sie Ihnen doch auch einen längeren Brief schicken können.«

»Vielleicht hat sie bei diesen Wakehursts zu viel zu tun.«

»Geld ist die Wurzel allen Übels«, sagte Agnys und ging mit meiner Suppenschale hinaus.

Ich schob das Blatt unter mein Kissen. Und als mich nachts wieder jener schreckliche Traum heimsuchte, als ich zum hundertsten Mal die Ereignisse am Wassergraben durchlebte, als ich zitternd erwachte und mir sehnlichst wünschte, ich sei nicht Toby und die letzten vierzehn Tage hätte es nie gegeben, schenkte mir der Gedanke an Alices Brief unter dem klumpigen Wollkissen ein wenig Trost.

Hugo erzählte ich nichts von diesem Schreiben.

Als wir uns wiedersahen und unsere Studien wieder aufnehmen konnten, worüber wir herzlich froh waren, ergab sich keine geeignete Gelegenheit dazu. Und später wurde es immer schwieriger, eine zu finden. Was hätte ich sagen sollen? »Übrigens, Hugo, ich habe einen Brief von meiner Schwester Alice bekommen…« Undenkbar! Also behielt ich es für mich.

Zwei weitere Jahre gingen recht harmonisch dahin. Der jetzt siebzehnjährige Robert war von der Lateinschule abgegangen und hatte seine Arbeit in der Brauerei aufgenommen; ein Studium zu verlangen wäre ihm nie eingefallen. Doch auch seine jetzige Tätigkeit gefiel ihm nicht sonderlich. Mit Arbeit hatte er nie viel im Sinn. Die Taschen voller Geld, eine Rotte bewundernder Kumpane um sich herum – so stellte er sich ein gutes Leben vor.

Nach Moses' Tod gruben sich tiefe Furchen in das Gesicht meines Vaters, zwei gingen von den Nasenflügeln zu den Mundwinkeln, zwei weitere standen nun ständig zwischen seinen Brauen. Dabei war James Lamb noch nicht einmal vierzig, ein Mann in den besten Jahren. Der jetzt achtjährige Jem war seine Hoffnung und seine Freude.

Hugo war in Cambridge angemeldet worden und sollte zu Michaelis sein Studium aufnehmen. Da ich zwei Jahre jünger war, mußte ich wenigstens noch ein Jahr warten, und bei dem Gedanken an ein Leben ohne Hugo wurde mir recht trübselig zumute. Onkel Allen nannte uns noch immer ›Orest und Pylades‹, auch wenn unsere Freundschaft nach Moses' Tod nicht mehr ganz so freimütig und unbeschwert war. Das Unglück hatte Räume des Schweigens zwischen uns geschaffen.

Mir fehlte Moses mehr, als ich sagen kann. Er hatte Lamb House mit seinem Leben, seinem Lachen erfüllt, war immer schnell mit einem freundlichen Wort, einer Frage, einem Scherz, einem Lied, einem Hilfsangebot bei der Hand, war nie bösartig, unfreundlich oder absichtlich unnütz gewesen. Oft hatte er zwischen meinem Vater (der bei allem Gerechtigkeitssinn streng auf Disziplin achtete und wenig Humor hatte) und anderen Familienmitgliedern vermittelt.

Meine Trauer um Moses ging tief, doch spürte ich, daß Hugo sie nicht nachempfinden konnte. Er hatte sich nie bemüht, meinen Bruder richtig kennenzulernen, hatte ihm nie besondere Beachtung geschenkt. Nicht etwa aus Böswilligkeit, nein, er interessierte sich einfach nicht für einen Burschen, der so viel jünger war als ich. Vielleicht, so dachte ich bisweilen bei mir, war unsere Freundschaft nur durch den glücklichen Zufall zustande gekommen, daß Hugo bei seiner Ankunft in diesem Land zuallererst mir begegnet war.

Meine Kindheit endete nicht allmählich, sondern in einer jähen Katastrophe. Über die Ereignisse, die dazu führten, und ihre Wechselwirkungen will ich jetzt berichten.

Ich erinnere mich deutlich an den Septembersamstag, an dem alles begann. Wieder einmal stand ich auf dem kleinen Hof an der Westseite von Lamb House. Diesmal war ich damit beschäftigt, Holz für den Winter zu hacken. Holzhacken ist eine friedliche Betätigung, sofern einen niemand hetzt und antreibt. Man benötigt dazu einen Hammer und einen recht schweren Eisenkeil, aber nicht allzu viel Kraft. Die Kunst besteht darin, die schwächste Stelle im Holz zu entdecken. Am Ende des Scheits befindet sich stets ein mit bloßem Auge kaum wahrnehmbarer Sprung oder Riß, in dem man den Keil festmachen muß, und dann genügt häufig ein entschlossener Schlag, um das Holz zu spalten, indes der Eisenkeil klirrend auf die Steine fällt.

Dieser beruhigenden Tätigkeit gab ich mich nun schon geraume Zeit hin. Klein Jem war herausgekommen und hatte gefragt, ob er mir helfen dürfe, und ich gestattete ihm freundlich einen Versuch, wohl wissend, daß es ihm nicht einmal gelingen würde, den Hammer zu heben. Bald trottete er wieder davon und versuchte Sophy zu überreden, mit ihm in die Gun Gardens zu gehen. Robert, der sich zu seiner großen Freude am Samstagnachmittag nicht ums Braugeschäft zu kümmern brauchte, hatte sich mit seinen Kumpanen zur Hasenjagd verabredet und im Vorbeigehen nur bemerkt, es sei erfreulich, mich einmal bei einer nützlichen Arbeit statt über meinen Büchern hocken zu sehen. Ich hatte ihn keiner Antwort gewürdigt. Hugo sollte in Kürze zu einer wichtigen Unterredung aus dem Haus gehen, wir würden dann später noch zusammensein.

Während meine Hände die Scheite drehten und wendeten und meine Augen nach der passenden Stelle zum Ansetzen des Keils suchten, waren meine Gedanken mit einer Erzählung beschäftigt, die ich gern geschrieben hätte.

Mr. Ellis hatte Hugo und mir Jonathan Swifts Meisterwerk *Gullivers Reisen* geliehen, und ich überlegte, von einem lebhaften Drang zur Nachahmung erfüllt, ob es mir nicht gelingen könnte, eine ähnliche Satire zu verfassen, die aber statt in einem Phantasieland wie Lilliput und Brobdignag unter ganz gewöhnlichen Menschen angesiedelt war.

So war ich denn mit mir und dem Leben ganz zufrieden, während ich versuchte, mir über die Grundzüge meiner Erzählung klarzuwerden, und zugleich nach der Schwachstelle in meinen Scheiten suchte, um sie mit wissenschaftlicher Präzision entzweizuschlagen. (Bisweilen leistet das Holz einen Moment Widerstand, man hört ein protestierendes Stöhnen, wenn die Holzfasern sich voneinander lösen. Dann heißt es geduldig warten, bis man instinktiv den Augenblick für den letzten Hieb erkennt, der das Holz von oben bis unten spaltet.)

Ich hatte meinen Hammer gerade zu diesem entscheidenden Schlag gehoben, als eine leise Stimme hinter mir sagte: »Toby?«

Ich wandte mich um. In dem Torweg, der zur Gasse führte, stand eine Dame.

Auf den ersten Blick war sie sehr vornehm anzusehen in ihrem Reifrock und einer Rüschenrobe mit lauter Biesen und Falten und Falbeln (oder wie man das nennt), viel vornehmer als die Damen in Rye. Auf dem hochgetürmten gepuderten Haar saß ein großer Hut, über den Schultern lag ein betreßter Überwurf. Das Gesicht – mit einem roten Klecks auf beiden Wangen – kam mir bekannt vor, und ich sah sie noch verwundert an und überlegte, warum sie wohl zum Hintereingang und nicht zur vorderen Haustür gekommen war und ob sie meinen Vater sprechen wollte, der sicherlich in der Brauerei war (denn der Samstag galt ihm nicht anders als jeder gewöhnliche Arbeitstag), da sagte die Dame:

»Kennst du mich nicht, Toby? Ich bin Alice.«

»Alice?!«

Ich versuchte, einen freudigen Ton in meine Stimme zu legen, fürchte jedoch, daß die Bestürzung stärker war.

Solange ich denken konnte, hatte ich wider jede Vernunft, wider jeden Instinkt blindlings auf die Rückkehr meiner geliebten Alice gehofft.

Jetzt aber war diese Hoffnung dahin. Diese prunkvoll gekleidete, verhärmte Frau mit den harten Zügen war nicht meine Alice, die hatte man mir ein für allemal geraubt.

»Ich… ich habe dich zuerst gar nicht erkannt«, stotterte ich. »Es… es ist kaum glaublich. Wie schön du gekleidet bist!«

»Das liegt an der Kleidung«, versetzte sie ungeduldig.

Natürlich waren es nicht die Kleider, die sie mir unkenntlich gemacht hatten. Ich war jetzt fünfzehn, demnach mußte Alice zwanzig sein. Diese Dame aber sah zehn, zwanzig Jahre älter aus. Alice war ein niedliches, rundes kleines Ding gewesen, diese Dame war dürr wie ein Gerippe und sah mit ihrer spitzen Nase, dem kantigen Kinn und den eingefallenen Wangen Großmama Grebell erschreckend ähnlich. Statt der dunklen Locken erblickte ich einen dick gepuderten Aufbau, unter dem die eigentliche Haarfarbe nicht zu erkennen war. Alice hatte ein freundlich-bescheidenes Gesicht gehabt und gern und oft gelächelt. Diese Fremde hingegen sah streng und argwöhnisch drein und wie jemand, der gründlich von der Welt enttäuscht ist.

Allerdings lächelte auch sie jetzt, wenngleich es nur ein flüchtiges Zucken der Lippen war, während sie mich musterte.

»Wie gerade du dich hältst, Toby. Und wie ansehnlich du geworden bist. Das hätte ich nie für möglich gehalten. Wo ist mein kleiner Hinkefuß geblieben?«

Auch ihre Stimme war schriller als früher. Wahrscheinlich, dachte ich bei mir, ist sie von mir ebenso enttäuscht wie ich von ihr. Ich nahm ihre Hände, wollte ihr die Wange küssen, aber sie drehte den Kopf weg.

»Laß das, du verdirbst meine Schminke.«

Schminke… »Hast du Cousine Honoria mitgebracht?« fragte ich ein wenig gekränkt, »und Hauptmann Wakehurst? Soll ich Vater rufen?«

»Nein, ich bin allein«, erwiderte sie. »Warte noch, sag Vater noch nicht Bescheid. Ich bin endgültig heimgekehrt, Toby. Hilfst du mir, das Gepäck zu holen? Oder sag Gabriel Bescheid… Es war zu schwer zum Tragen, ich habe es unten an der Poststation stehenlassen.«

Ich sah sie fassungslos an. »Du willst wieder hier leben?«

»Du scheinst nicht begeistert zu sein. Nach all den Briefen, die du mir geschrieben hast… ›Du fehlst mir, Alice…‹ – ›Ich wünschte, du kämst zurück, Alice…‹ Und jetzt das! Freust du dich nicht, mich zu sehen?«

»Natürlich freue ich mich, Alice«, stotterte ich. »Es ist nur… nur so unerwartet. Du hast also meine Briefe bekommen? Von Anfang an?«

»O ja«, sagte sie, und das klang wieder recht gereizt. »Sie wurden mir getreulich vorgelesen.«

»Aber… erklär mir doch, Alice…« Ich bemühte mich verzweifelt, unser früheres Verhältnis wiederherzustellen, so zu tun, als sei alles wie damals. »Warum bist du so plötzlich wieder heimgekommen? Ohne uns Bescheid zu sagen? Hast du dich mit Cousine Honoria zerstritten? Oder mit Hauptmann Wakehurst?«

»Er ist tot«, sagte sie schroff. »Und Cousine Honoria war krank. Aber jetzt geht es ihr wieder besser.«

»Hauptmann Wakehurst tot?« Ich war wie vom Donner gerührt. »Woran ist er denn gestorben?«

»Er ist vom Pferd gestürzt. Auf der Jagd. Er war immer ein wilder Jäger«, sagte sie seltsam unbeteiligt.

»Auf der Jagd? Ja, hat denn die Saison schon begonnen?«

»Nein, das war im März. Jetzt will Cousine Honoria wieder heiraten. Sie – oder vielmehr ihr künftiger Gatte – hat keine Verwendung mehr für mich. So bekam ich denn meinen Marschbefehl.« Um Alices Lippen zuckte es. »Ich wäre stets eine unwillkommene Erinnerung an vergangene Zeiten gewesen.«

So viele Fragen lagen mir auf der Zunge, aber ich wußte kaum, wo ich anfangen sollte. (Unvermittelt mußte ich daran denken, wie ich in dem eisigen Wasser des Grabens nach der schlaffen Hand von Moses getastet hatte; heute hatte ich das gleiche Gefühl der verzweifelten, hoffnungslosen Suche in einer leeren Unendlichkeit – und in Erwartung des Schlimmsten.)

»Haben sie – haben sie dich gut behandelt, Alice?« fragte ich schüchtern.

»Nein, Toby. Sie haben sehr übel an mir gehandelt.«

Die dunkelbraunen Augen sahen mich gerade an, aber ich konnte nicht in ihnen lesen.

»Doch das ist ja nun vorbei«, fuhr sie fort. »Und Cousine Honoria wird, wie gesagt, wieder heiraten. Einen Gentleman, der sich in jeder Beziehung von Hauptmann Wakehurst unterscheidet, den ehrwürdigen Pfarrer Samuel Gates, einen sehr frommen, gottesfürchtigen christlichen Herrn. Er hofft, eine große Familie zu gründen. Und natürlich hat er vielerlei christlich-mildtätige Verwendung für Cousine Honorias Vermögen.«

Ich überlegte, daß Cousine Honoria, wenn Hauptmann Wakehurst im März verunglückt war – und warum hatte sich niemand die Mühe gemacht, uns davon in Kenntnis zu setzen? –, verdächtige Eile gehabt hatte, sich nach einem neuen Ehepartner umzusehen. Wir schrieben schließlich erst September. »Aber… aber ich dachte, Cousine Honoria könne keine Kinder bekommen«, stammelte ich. »Haben sie dich denn nicht deshalb adoptiert?«

»Das erwies sich als Irrtum«, sagte Alice trocken. »Die Schuld lag offenbar bei dem Herrn und nicht bei der Dame.«

Ich fragte mich, woher sie das wissen konnten. »Aber ist sie nicht jetzt schon zu alt für Kinder?«

»Das wird sich sehr bald zeigen«, sagte Alice. »Und wenn sie im Kindbett stirbt – nun, dann ist Mr. Gates ein sehr wohlhabender Witwer.«

Unruhig sah sie sich in dem kleinen Hof um. Es war ein freundlich-bescheidener Ort. Das Kopfsteinpflaster war mit Splittern und Spänen, den Spuren meiner Tätigkeit, übersät. An der Hauswand wuchsen Goldlack und Baldrian, winzige Mücken tanzten in den schrägen Strahlen der Spätnachmittagssonne.

»Wie oft dachte ich bei mir, daß ich dieses Haus nie wiedersehen würde«, sagte Alice. »Ich bin doch recht froh, hier zu sein. Es scheint sich nicht geändert zu haben, ja, es scheint einen willkommen zu heißen. Wie geht es meiner Mutter? Am besten begrüße ich sie wohl gleich einmal…«

Sie näherte sich der Tür.

»Unsere Mutter ist sehr krank, Alice«, sagte ich rasch. »Ihr Anblick wird dich erschrecken.«

Aber kaum weniger als meine Mutter der deine, dachte ich bei mir. Doch konnte ich Alice den Besuch im Krankenzimmer nicht verwehren; mein Vater hätte es vermutlich getan.

Alice zögerte noch.

»Wo ist Großmutter Grebell?«

»Sie ist vor drei Wochen gestürzt und hat sich die Hüfte gebrochen. Jetzt hütet sie in Onkel Allens Haus das Bett.«

»Wie schade«, sagte Alice ohne allzu große Anteilnahme. Ich hatte den Eindruck, daß sie vor allem bedauerte, Großmutter nicht als Vermittlerin zwischen sich und unseren Eltern nutzen zu können. Ihre nächste Bemerkung bestätigte meine Vermutung.

»Ich habe Angst davor, zu Mutter zu gehen. Aber einmal muß es ja sein…«

In dieser entschlossenen Härte fand ich meine schüchterne kleine Alice von früher nicht wieder. Sie ging rasch zur Hintertür. »Du kümmerst dich um das Gepäck, Toby?« rief sie noch über die Schulter.

Ich mußte dreimal gehen, um ihre zahlreichen Kisten und Koffer zu holen, dann brachte ich alles in die Küche. Dort fand ich Agnys und Polly (beide mit Trauermiene, als kämen sie gerade von einer Beerdigung) in leisem, erregtem Gespräch vor.

»Ist Alice oben bei Mutter?« unterbrach ich sie. »Vielleicht stelle ich das Gepäck am besten in eins der Gästezimmer, sie kann jetzt wohl kaum noch mit Sophy in der Dachkammer schlafen.«

»Ach, Master Toby«, schluchzte Agnys, »ach, Master Toby…« Und dann legte sie sich die Schürze über den

113

Kopf und weinte bitterlich. Auch auf Pollys wettergegerbten Zügen sah ich Tränenspuren.

»Daß ich das noch erleben muß«, schluchzte Agnys. »wenn ich denke, was für ein liebes kleines Ding sie war... meine arme Missy...«

Wortlos umarmte ich Agnys. Ich hatte keinen Trost für sie. Dann trug ich zwei Koffer nach oben, denn ich fand, es sei nicht ratsam, wenn Alice zu lange bei meiner Mutter bliebe. Oben angekommen, hörte ich einen Jammerlaut aus dem Krankenzimmer, und Alice kam heraus. Sie war blaß und erschüttert. Die beiden roten Kleckse auf ihren Wangen leuchteten wie Mohnblüten.

»Wie schlecht es ihr geht... warum hast du mir das nie geschrieben?« sagte sie halblaut.

Ich hatte es ihr immer wieder geschrieben, aber das geschriebene Wort ist wohl nie so überzeugend wie der eigene Augenschein.

»Ich stelle deine Sachen hier hinein, Alice. Und jetzt gehe ich in die Brauerei hinüber und hole Vater.«

Polly und Agnys brachten frische Wäsche, und Agnys ging in Mutters Zimmer; ich hörte sie schelten und jammern.

Schweren Herzens überbrachte ich Vater die Nachricht. Er konnte es kaum fassen.

»Retourniert wie eine Ware, die man nicht haben will? Das nenne ich unverfroren...«

»Hauptmann Wakehurst ist tot, er hat sich bei der Jagd den Hals gebrochen, und Cousine Honoria will sich wieder verheiraten, und deshalb, sagt Alice –«

»Da hat sie sich ja sehr gesputet«, knurrte mein Vater

und sprach damit aus, was ich gedacht hatte. »So bekommen wir denn Alice zurück, und die Gewöhnung an Luxus und Wohlleben dürfte alles sein, was sie mitbringt. Warum hat man ihr nicht einen Mann gesucht? Ist sie denn so häßlich geworden?«

Zornschnaubend stürmte er an mir vorbei. Bedrückt dachte ich an den drohenden Zusammenstoß zwischen James Lamb und seiner Tochter. Feigling, der ich war, drückte ich mich noch eine Weile auf dem Hof herum. Von den Hopfenfeldern in Kent wurde gerade Ware angeliefert, die Hopfensäcke waren prall gefüllt wie Wurstdärme und verströmten einen wunderbaren, harzig-aromatischen Duft. Aus einem Sack, den mein Vater hatte öffnen lassen, um die Qualität zu prüfen, wehte grünlichgelber Staub. (Die Hopfenernte war in diesem Jahr etwas spät, dafür aber reichlich gewesen.)

Ich ging noch einmal in das Sudhaus mit dem Steinboden und den Backsteinpfeilern zurück, betrachtete im Zwielicht die großen glockenförmigen Kufen mit Porter, die Fässer und Tönnchen mit leichterem Bier – und gab mich vagen Wünschen hin. Alles müßte anders sein, dachte ich. Und: Am liebsten wäre ich wieder ein Kind… Dabei hatte ich keine glückliche Kindheit gehabt.

Schließlich ging ich dann doch hinüber ins Haus. Es dämmerte schon, als ich am Eingang zu dem kleinen ummauerten Garten vorbeikam. Ich dachte an den Franzosen. Spukte er wohl noch herum? War er vielleicht gerade wieder da, und ich konnte ihn nur nicht sehen? Waren wir Menschen ständig, ohne es zu wissen, von den Geistern jener Menschen umgeben, die vor uns gelebt hatten, die, im Leben unglücklich und gescheitert, nach ihrem Tod ruhelos über die Erde wandeln, ihre Mißerfolge beklagen und sich äußern, uns etwas sagen, etwas weitergeben wollen?

Werde auch ich eines Tages hier spuken?

Ich betrat das Haus durch die Küche und fand dort Sophy vor, zu der sich Klein Jem gesellt hatte. Sie sah so verstört drein, als habe auch sie den Geist des Franzosen gesehen.

»Ist diese Dame wirklich unsere Schwester Alice?« wisperte Sophy. »Sie ist sehr vornehm, aber überhaupt nicht so, wie ich sie in Erinnerung hatte.«

»Du warst ja damals auch erst vier. Ja, es ist wirklich Alice, inzwischen ist sie eine feine Dame geworden.«

»Das behagt mir aber nicht«, sagte Sophy, die sehr offenherzig sein konnte.

»Du wirst dich bald daran gewöhnen und in ihr unsere liebe Alice wiedererkennen«, sagte ich ohne große Überzeugung.

»Sie ist mit Vater im Kontor, mich haben sie weggeschickt«, beklagte sich Sophy.

»Ohne Zweifel haben sie Dinge zu besprechen, die nur sie beide angehen. Mich wollen sie ja auch nicht dabeihaben«, tröstete ich sie und erwog, rasch zu Hugo zu gehen und ihm Bescheid zu sagen. Er war bei Mr. Ellis gewesen, um seinen künftigen Cambridge-Tutor kennenzulernen, einen Studienfreund unseres Lehrers, der bei ihm zu Besuch weilte, mußte aber eigentlich inzwischen wieder zu Hause sein.

Im Grunde hatte ich es ganz und gar nicht eilig, Hugo

von der Heimkehr meiner Schwester in Kenntnis zu setzen. Bedrückt gestand ich mir ein, daß ich mich dieser neuen, harten Alice schämte, die so gar nicht meinen Beschreibungen entsprach. Doch irgendwann mußten die beiden sich ja kennenlernen, es war sinnlos, es auf die lange Bank zu schieben.

Ich war auf dem Weg zur Haustür, als von oben ein Schrei ertönte. Agnys lief mir nach, ihr Gesicht war bleich und angsterfüllt.

»Der Herrin geht es sehr schlecht. Seien Sie so lieb, Master Toby, und laufen Sie gleich zu Dr. Wright, ich schicke inzwischen zu unserem Herrn. Länger als ein paar Minuten mag ich die Herrin nicht allein lassen…«

Ich eilte zu Dr. Wright, der an der Ecke East Street und Market Square wohnte, glücklicherweise zu Hause war und sogleich mitkommen konnte. Er begab sich sofort in das Zimmer meiner Mutter, wo sich inzwischen auch mein Vater eingefunden hatte, und von der Diele her hörte ich ihre leisen, besorgten Stimmen.

Im Kontor sah ich Alice mit gesenktem Kopf und übereinandergeschlagenen Armen am Fenster stehen. Sie blickte zur Kirche hinüber und klopfte mit einer scharlachroten Schuhspitze auf den Fußboden.

Als ich eintrat, sah sie auf. »Was für eine Heimkehr!« sagte sie traurig, aber auch mit leiser Ironie. »Jetzt kann mein Vater zu Recht sagen, ich hätte meine Mutter ins Grab gebracht.«

»Ist sie… ist…«

»Was weiß denn ich? So, wie sie aussieht, macht sie's nicht mehr lange.«

Wie erschreckt von ihren eigenen Worten biß sie sich auf die Lippen und legte die Handflächen an die Wangen.

Ich hörte drüben bei Onkel Allen die Haustür schlagen und wandte mich um. Hugo kam rasch, mit hocherhobenem Kopf und freudigem Gesicht, über die Straße.

»Wer ist denn das?« flüsterte Alice. Hugo war vor unserer Türe angekommen und wie gewohnt eingetreten, ohne zu klopfen.

Für eine Antwort blieb keine Zeit. »Hugo!« rief ich, denn er mußte uns durch die geöffnete Kontortür sehen. »Komm herein, ich möchte dich meiner Schwester Alice bekannt machen.«

Er blieb, noch immer mit freudig-erregtem Gesicht, unter der Tür stehen.

»Schwester Alice ist endlich gekommen? Wie schön! Was für eine wunderbare Nachricht!«

Ich wandte mich zu Alice um und sah zu meinem Erstaunen, daß sich seine Stimmung offenbar auf sie übertragen hatte. Ihre Wangen waren rosig, die Augen glänzten, von einer Minute auf die andere war sie zu einer strahlenden Schönheit geworden. Eben noch hatte ich überlegt, wie ich mich für diese arme, elende Frau entschuldigen sollte, die einst meine runde, fröhliche Schwester gewesen war. Jetzt starrte Hugo sie an wie eine engelsgleiche Erscheinung.

Sie begannen sogleich, sich angeregt zu unterhalten. Ob sie auf einen Tag gekommen sei, wollte er wissen, oder für eine Woche, und sie stand ihm bereitwillig Rede und Antwort. Leise verließ ich das Kontor und ging nach oben.

Mein Vater und Dr. Wright standen auf dem Gang und sprachen in gedämpftem Ton miteinander. Auf der obersten Stufe blieb ich, weil ich ihr Gespräch nicht unterbrechen wollte, zögernd stehen, aber da wandte mein Vater sich um und sah mich. Sein Gesicht sah zum Fürchten aus.

»Toby«, sagte er, »deine Mutter ist nicht mehr.«

Ich holte tief Atem. Wie sehr wünschte ich mir, ich hätte nicht zum Arzt laufen müssen, sondern an ihrer Seite sein können, als sie starb. Aber was hätte das geändert? Ich griff nach den Händen meines Vaters, aber er entzog sie mir mit einiger Heftigkeit und sagte: »Du solltest... du solltest es den anderen sagen. Sophy und George. Sie sind unten. Wo ist Robert?«

»Er ist ausgegangen.«

»Wo –«, setzte mein Vater an. »Nein, laß gut sein. Sag auch den Dienstboten Bescheid.« Dann wandte er sich wieder dem Arzt zu. Er zitterte wie ein wundgerittener Gaul, und ich sah, daß Dr. Wright ihn besorgt musterte.

Mit schwerem Herzen ging ich zuerst ins Kontor, wo Alice und Hugo miteinander schwatzten, als seien sie seit zwanzig Jahren gute Freunde.

Ich sagte ihnen, was geschehen war, und sie sahen mich betroffen an. Dann entschuldigte ich mich und überbrachte dem übrigen Haushalt die traurige Nachricht.

Unmittelbar nach dem Tod meiner Mutter erlitt mein armer Vater eine Art Zusammenbruch. Er wurde wieder zum Kind, greinte und zitterte und verlor gänzlich die Beherrschung über sich und seinen Körper. Der Arzt verabreichte Opiate, mit vereinten Kräften brachten Polly, Agnys und ich ihn zu Bett, und dort lag er hilflos und wimmernd mehr als zehn Tage. Er mußte mit einem Löffel gefüttert und gewaschen werden wie ein Säugling. Und dann war er mit einem Schlag wieder wohlauf. Eines Morgens stand er auf, zog sich an wie gewohnt, kam zum Frühstück und sprach nie wieder von seiner Erkrankung, ja, erinnerte sich ihrer vielleicht nicht einmal mehr. Auch von meiner Mutter sprach er nie und fragte nicht nach der Beerdigung, die natürlich ohne ihn hatte stattfinden müssen. Und doch hatte er sie sehr lieb gehabt. Ich weiß noch, wie er manchmal, ehe sie bettlägerig wurde, schweigend neben ihr saß und ihre Hand hielt. Nach seiner kurzen Krankheit wurde er sehr still, sprach nur noch, wenn es unbedingt nötig war, und nie über Nebensächliches. Doch fiel uns allen auf, daß sich seine Ausdrucksweise vergröbert hatte. Er benutzte jetzt Kraftausdrücke wie »Bei G–« und »Verd–«, die ihm früher nie über die Lippen gekommen wären.

In der Nacht nach dem Tod meiner Mutter hatten Alice und ich neben der reglosen, verhüllten Gestalt gesessen. Mein Vater war unter der Wirkung der vom Arzt verabreichten Beruhigungsmittel eingeschlafen. Robert war sehr spät und stockbetrunken heimgekommen und hatte, als er hörte, was geschehen war, so schrecklich krakeelt, daß ich mir nicht anders zu helfen wußte, als ihm ein großes Glas Branntwein einzuflößen, woraufhin er glücklich eindämmerte. Hugo war mit seinem Onkel in dessen Haus hinübergegangen, um Großmutter Grebell die traurige Kunde zu bringen, und meine jüngeren Geschwister hatten sich in den Schlaf geweint. Auch die tiefbekümmerten Dienstboten (denn trotz ihres schweren Leidens war meine Mutter ihnen immer eine gute Herrin gewesen) lagen längst im Bett. Ich aber hatte das Gefühl, daß jemand in der letzten Nacht, die sie in dem für sie gebauten Haus verbringen würde, bei meiner Mutter wachen müßte.

»Ich bleibe bei dir«, sagte Alice unerwartet. »Außerdem könnte ich ohnehin nicht schlafen. Was meinst du, ob Vater auch stirbt?«

Der Arzt glaubte es nicht, und ich war seiner Meinung. Vater hatte eine kräftige Konstitution und war kerngesund, dies war nur eine vorübergehende Schwäche.

In dieser Nacht erzählte mir Alice, was ihr im Haus von Cousine Honoria widerfahren war. Die Geschichte taugt nicht zum Weitererzählen, selbst Alice unterbrach sich hin und wieder und sagte: »Eigentlich ist das nichts für deine zarte Seele, Toby, aber wenn ich dieses Leben ertragen konnte, wirst du es wohl auch ertragen können, mir zuzuhören.«

Das fiel mir nun allerdings schwer. Immer wieder mußte ich den Blick von Alice abwenden, während sie erzählte.

»Warum bist du nicht weggegangen?« fragte ich. »Warum bist du nicht geflohen, hast uns nicht um Hilfe gebeten?«

»Du Dummkopf, wie hätte ich fliehen sollen? Ich war doch erst zwölf. Sie hätten mich zurückgeholt und mich noch übler behandelt. Und euch um Hilfe bitten? Ich konnte nicht schreiben. Er las mir deine Briefe vor…«

Bei diesen Worten durchfuhr mich ein so schneidender Schmerz, daß ich eine ganze Weile kein Wort herausbrachte. Dann sagte ich heiser: »Gab es denn keinen Menschen, an den du dich hättest wenden können? Ihre Bekannten, Freunde…«

»Ihre Freunde waren genauso schlimm. Schlimmer. Ich könnte dir erzählen… – aber nein, lieber nicht. Die Wakehursts hatten überall verbreitet, ich sei eine notorische Lügnerin… es sei sinnlos, sie anzuschwärzen, sagten sie zu mir, niemand würde mir Glauben schenken… selbst meine Familie würde mir nicht glauben, wenn ich ihr schriebe…«

»Du hast also dann doch noch lesen und schreiben gelernt?«

»Habe ich dir nicht einen Brief geschrieben? Ja, jetzt«, fuhr sie mit bitterem Spott fort, »bin ich nicht mehr die ängstliche, unwissende kleine Alice, die so leicht in Tränen ausbrach. Die haben sie mir gestohlen, ein für allemal. Ich habe vieles gelernt in diesen Jahren. Vor allem aber – und das war das schlimmste –, mich damit abzufinden, daß niemand mir meine Geschichte glauben würde. Du, Toby, glaubst mir ja auch nicht…«

Sie bedachte mich mit einem kalten Blick.

»Doch, natürlich glaube ich dir.«

»Nein. Im Grunde deines Herzens möchtest du, daß ich lüge, damit du dich meinetwegen nicht zu sorgen brauchst. Doch dieses Haus glaubt mir«, sagte Alice und sah sich um. Der Morgen war gekommen, und hinter der Kirche, die in dem ungewissen Licht nur als graue Masse zu erkennen war, stand ein drohender roter Morgenhimmel. »Das Haus heißt mich willkommen«, fuhr sie fort. »Es hat sich nicht geändert – im Gegensatz zu seinen Bewohnern. Du, Toby, hast es dir mit deinem Freund Hugo gutgehen lassen, du warst glücklich und zufrieden, und mein Vater hat es zu Wohlleben gebracht… schöne neue Kleider, glänzende neue Möbel…« Ihre Stimme war voller Groll, als sei jede Veränderung, die während ihrer Abwesenheit eingetreten war, so etwas wie Verrat.

»Nein, Alice, da machst du dir ganz falsche Vorstellungen«, sagte ich bittend. »Der Tod von Moses…«

»Ja, Moses«, wiederholte sie mit weicherer Stimme, aber dann setzte sie hinzu: »Du hattest ja als Trost deinen Freund Hugo.«

»Den darfst du mir nicht neiden, Alice. Ich habe mich so sehr nach dir gesehnt, ich dachte, ich müsse sterben vor Kummer.«

»So leicht stirbt es sich nicht, Toby! Ich habe sie manchmal über die Sklavenschiffe sprechen hören. Einen Teil ihres Vermögens verdankt Cousine Honoria dem Sklavenhandel in der Karibik. Ich erfuhr, wie eng die Sklaven in den Schiffen zusammengedrängt waren. Und wie viele starben. Und daß die übrigen dennoch einen hübschen Gewinn abwarfen. Und ich überlegte, ob die Geister der toten Sklaven nicht eines Tages zurückkommen würden, um die Menschen, die einen solchen Handel ersannen, mit ihrem Spuk zu verfolgen. Ich war eine Sklavin, Toby, ich war ebenso rechtlos wie diese armen Menschen, begreifst du das? Du aber hattest deine Freiheit… konntest lernen…«

»Ich habe dir all die Jahre über geschrieben. Wir wollten dich besuchen, Hugo und ich… aber du warst nicht da…«

»Ja, das habe ich gehört. Hinterher.« Sie lachte rauh. »Törichte Knaben! Nur gut, daß wir in Paris waren. Ein schöner Besuch wäre mir das gewesen…«

»Wie ist denn Paris?« fragte ich in der Hoffnung, sie damit milder stimmen, ablenken zu können.

Doch sie erwiderte: »Sie haben mich in der Wohnung eingesperrt, ich habe nichts von der Stadt gesehen. Wie gesagt: Ich war ihre Sklavin. Mir scheint, die Dienstboten sind auf… Komm, machen wir einen Gang durch die Stadt.«

Wir traten auf den kleinen Hof. Es war ein schöner, kalter Morgen. Rauhreif lag auf dem Moos zwischen den Pflastersteinen und auf dem Holz, das ich gestern gehackt hatte. Ich dachte daran, wie friedlich ich vor mich hingearbeitet und mir dabei meine Geschichte zurechtgelegt hatte. Hammer und Keil lagen an ihrem Platz im Holzschuppen.

Plötzlich fiel mir etwas ein. »Ich habe noch dein schönes Glas.« Behutsam holte ich den grünen Glaskern aus seinem Astlochversteck und reichte ihn Alice. Sie hielt ihn einen Augenblick in der Handfläche und betrachtete ihn mit ärgerlich gerunzelter Stirn. Dann sagte sie: »Auch dieses Stück Glas hat sich nicht verändert. Dir hat es mehr Glück gebracht als mir, Toby…« Und ehe ich eingreifen oder protestieren konnte, hatte sie das glatte, glänzende Ding auf den Hackstock gelegt. Mühelos hob sie den Hammer und zermalmte den Glasbrocken mit einem heftigen Schlag zu Staub. Dann ließ sie den Hammer fallen und wischte sich die Hände ab. »Jetzt komm.«

Beim Gang über die Gasse, die zum Garten führte, erzählte ich ihr von dem Geist des Franzosen. Wollte ich ihr imponieren? Oder wollte ich ihr klarmachen, daß auch andere ihr Päckchen zu tragen hatten? Ich weiß es nicht…

»Vielleicht werden wir auch mal zu Gespenstern«, sagte ich.

»Aber nicht ich! Dieses eine Leben genügt mir vollauf!«

Doch betrachtete sie mit sichtlichem Wohlgefallen die Häuser mit den roten Ziegeldächern, während wir durch die Watchbell Street und über den Church Square zu den Gun Gardens schlenderten, wo die großen Kanonen stehen und der Blick weit auf die Marschen und die glitzernde See hinausgeht. »Ja, dies alles hier vermag das Menschenherz anzurühren. Wie unser Haus.«

»Ich möchte nie anderswo leben«, sagte ich zustimmend. »Allenfalls in Winchelsea, in der ›Schönen Aussicht‹.«

Sie wandte sich um und musterte mich.

»Was hast du vor, Toby, wenn du erwachsen bist?«

»Heiraten kann ich nicht…«

»Richtig, das hatte ich vergessen«, sagte sie halblaut und fügte bitter hinzu: »Dein Schicksal ist immer noch besser als so manche Ehe, das laß dir gesagt sein. Und wovon willst du leben?«

»Ich werde Vater in der Brauerei helfen, schon jetzt führe ich die Bücher fast selbständig, John Sawnders kommt allmählich in die Jahre.«

Von meinen literarischen Neigungen sagte ich Alice nichts, ich hatte das Gefühl, daß sie meine Pläne nicht sehr günstig aufgenommen hätte.

»Ich muß zur Brauerei«, sagte ich nach einer Weile. »Die Nacht war sehr kalt, ich habe Kohlebecken zwischen die Gärbottiche gestellt, aber jetzt ist es wärmer geworden, und die Maische darf nicht zu schnell arbeiten.«

Alice folgte mir wortlos in das große Sudhaus mit dem Steinfußboden und betrachtete interessiert die acht großen Gärbottiche aus Eichenholz, in denen aus Maische und Hefe das Bier entstand. Da ich noch nicht ganz ausgewachsen war, mußte ich mich auf zwei Backsteine stellen, um über den Rand sehen zu können. Alice, die größer war, brauchte diese Hilfe nicht, sie ging von Bottich zu Bottich und besah sich die schaumige Oberfläche, die in manchen Behältern geronnen war wie Käse, in anderen zu Knoten zusammengeballt wie Blumenkohl.

»Warum ist der Schaum in einigen Bottichen dunkler als in anderen?« fragte sie nach einer Weile interessiert. Jetzt kam sie mir schon mehr vor wie jene Alice, die uns vor acht Jahren verlassen hatte.

»Das ist Porter, es wird mit dunkel gebranntem Malz gemacht. Vater verkauft zur Zeit recht viel davon.«

»Und das hier?«

»Dünnbier. Lehne dich nicht über den Rand, Alice, die Dämpfe sind ungesund und können tödlich sein.«

Sie zuckte ungeduldig die Schultern, trat aber doch einen Schritt zurück. Der alte Amos Fynall, unser Nachtwächter, löschte bereits die Kohlebecken.

Er begrüßte mich, und ich sagte ihm, daß meine Mutter gestorben und Vater vor Kummer erkrankt war.

»Die arme Herrin. Aber für sie war es eine Erlösung, möcht ich denken«, sagte er und sah fragend zu Alice hin.

»Und meine Schwester Alice ist wieder da, Amos. Erinnerst du dich nicht mehr an sie?«

»Heiliger Himmel«, stieß der Alte hervor, »ja, jetzt, wo ich genauer hinsehe… Das ist jetzt lange her, daß Sie Ihren Papa geplagt haben, weil Sie mit in die Brauerei wollten. ›Das ist kein Ort für kleine Mädchen‹ hat er immer gesagt und Sie nie mitgenommen, da konnten Sie noch so viel betteln.«

»Das stimmt«, sagte Alice nachdenklich. »Ich hatte es ganz vergessen. Nicht einmal meine Mutter durfte hier herein.«

Daß sie gewissermaßen in verbotenem Revier wilderte, schien sie zu belustigen. »Jetzt bin ich jedenfalls da«, sagte sie und hielt sich noch eine Weile im Sudhaus auf. Sie fragte, wie die Maische gemacht wurde – mit gemälzter Gerste und heißem Wasser –, in welchem Stadium man Hefe und Hopfen zufügte, wie das Bier geklärt wurde (mit Fischblasen, wie ich ihr sagte) und woher wir Hefe und Wasser bekamen.

Die Hefe, erklärte ich ihr, kam von unserem eigenen Hefepilz, den mein Vater seit Jahren züchtete, weil er nirgendwo einen hatte kaufen können, der besser für die Gärung getaugt hätte. Auch das Wasser kam aus unserer eigenen Quelle. Vor sieben Jahren hatte er sich, weil ihm das Wasser aus dem Stadtbrunnen zu brackig war, sechs Faden tief einen eigenen Brunnen bohren lassen. Es war schönes, klares Wasser, das noch nie versiegt war.

»Sechs Faden?« sagte Alice. »Das sind achtzig Fuß.«

»Du kannst aber flink rechnen, Alice«, sagte ich, und sie warf mir einen spöttischen Blick zu und meinte, das habe sie nach Hauptmann Wakehursts Tod gelernt, als Base Honoria so krank war.

»Ihre Dienstboten waren eine räuberische Bande, die sie nach Strich und Faden betrogen.«

Alice wollte den Brunnen sehen, und der alte Amos führte sie in einen Innenraum und hob mit Hilfe eines Seils und eines Gegengewichts den schweren Eichendeckel.

»Die Quelle ist noch nie ausgetrocknet«, erklärte er stolz. »Nicht mal in dem Dürresommer vor drei Jahren. Gehen Sie nicht zu nah ran, Missy!«

Indessen kamen die Brauereiarbeiter, und ich brachte Alice hinaus, denn ich merkte, daß es ihnen – genau wie meinem Vater – nicht recht war, wenn ein weibliches Wesen im Sudhaus herumlief. Sie sah sich noch ein paarmal um und sog tief die hopfenduftende Luft ein. »Eine angenehme Art, seinen Lebensunterhalt zu verdienen. Besser als der Sklavenhandel ist es allemal. Mich wundert, daß mein Vater nicht ausgeglichener ist.«

»Er hat viel durchgemacht«, sagte ich.

»Nicht zuletzt durch seine eigene Schuld.«

Während wir vom Haupteingang der Brauerei zur West Street gingen, verschlechterte sich ihre Stimmung wieder, doch dann begegneten wir Hugo, der gerade aus dem Haus meines Onkels kam. Er strahlte Alice an. »Deine Großmutter möchte dich sehen, Cousine Alice.«

»Cousine? Nun, ganz wie du meinst, Vetter Hugo.« Auch sie lächelte, während sie ihm in Onkel Allens Haus folgte.

Ich betrat Lamb House. Ein Satz aus meiner Kindheit

war mir in den Sinn gekommen. »Sie hat sich das Leben genommen«, hatte Polly von dem Schatz des Franzosen gesagt, »es heißt, sie habe gemahlenes Glas geschluckt.« Die Erinnerung an den glitzernden Glasstaub, zu dem Alice das Fensterauge zermalmt hatte, ließ mich nicht los. Es mußte schleunigst aufgefegt werden, damit es nicht Klein Jem auf einem seiner Streifzüge in die Hände fiel.

Doch als ich in die Diele trat, rief Agnys mir zu, der Pfarrer wolle mich wegen Mutters Beerdigung sprechen.

»Wäre das nicht Roberts Sache?«

Agnys zog die Nase hoch. »Robert liegt im Bett und schnarcht.«

Also ging ich zum Pfarrhaus, und als ich endlich dazu kam, in dem Holzschuppen nach dem Rechten zu sehen, hatte jemand das Glaspulver schon beseitigt.

In den zehn Tagen, die auf Mutters Tod folgten, übernahm in unserem Anwesen Alice das Regiment, was, wie sie sagte, nichts Neues für sie war, denn sie hatte schon nach Hauptmann Wakehursts unerwartetem Ableben ähnliche Pflichten übernehmen müssen. So befand sie sich denn nach der Genesung unseres Vaters bereits in einer starken Position. Uns allen fehlte die Großmutter sehr. Sie war noch immer bettlägerig, die Hüfte wollte nicht recht heilen, und ganz gesund wurde sie nie mehr. Inzwischen hatte Alice sich in Lamb House unentbehrlich gemacht.

Meinem Vater war das nicht genehm. Er wurde noch schweigsamer und verschlossener; hin und wieder ertappte ich ihn dabei, wie er mit dem gleichen Ausdruck wie früher mich jetzt Alice ansah – als könne er ihren

Anblick kaum ertragen. Aber er sagte nichts. Immerhin sorgte sie dafür, daß wir unsere Ordnung und Bequemlichkeit hatten und im Haushalt alles in geregelten Bahnen verlief. Robert hingegen leistete sich seit dem Tode meiner Mutter die ärgsten Exzesse; er zechte, er spielte, er ging zu Hahnenkämpfen; einmal wurde er dabei gefaßt, wie er in einer gemeinen Schenke bei Playdon Falschgeld unter die Leute brachte. Mein Vater schwebte seinetwegen ständig in tausend Ängsten und drohte mehr als einmal, ihn aus dem Haus zu jagen.

Es war wohl unvermeidlich, daß Hugo sich in Alice verliebte. Und sie schien seine Gefühle zu erwidern. Auf uns Geschwister war sie noch immer böse. Wir hatten in der Zeit, als sie so unglücklich gewesen war, ein gutes Leben geführt, und das konnte sie nicht vergessen; zumindest mich hat sie es nie vergessen lassen.

Hugo aber trug sie nichts nach; für ihn war Alice eine Art Engelsgestalt von fast überirdischer Schönheit, und unter seinem Blick wurde sie tatsächlich schön. Sie war das erste weibliche Wesen, das er je genauer angesehen hatte (denn die jungen Damen in Rye interessierten ihn nicht), ihm war, als sei sie von himmlischem Licht umgeben.

»Warum hast du sie nie richtig beschrieben, Toby?« fragte er immer wieder. »Du hast mir gesagt, sie sei ein rundes unscheinbares kleines Ding. Dabei ist sie so schön! Sie ist wie eine lodernde Fackel.« Und in diesem Stil ging es weiter – sie war eine Wachskerze, eine Tigerin, ein brennender Busch, eine Säule aus Licht.

»Kannst du nicht Hugo wieder ein bißchen zur Ver-

130

nunft bringen?« fragte mich Onkel Allen unter vier Augen. »Er ist ja völlig vernarrt in deine Schwester. Seit drei Wochen hat er kein Buch mehr angerührt. Dabei sagte Ellis, Dr. Milliken sei sehr angetan von Hugo, er finde ihn vielversprechend, beide setzten so große Hoffnungen auf ihn…«

Als ich Hugo fragte, wie das Gespräch mit seinem Tutor verlaufen sei, erhielt ich nur eine kurze, unbefriedigende Antwort. »Ach so, Cambridge… ich weiß noch gar nicht recht, ob daraus was wird. Es kostet mich drei Jahre meines Lebens – und wozu? Für ein armseliges Stück Papier. Cambridge, das bedeutet doch nur stumpfsinniges Pauken, man liest Bücher, die man genausogut zu Hause lesen könnte. Jetzt, wo deine Schwester wieder da ist, mag ich nicht fort von hier.«

Und Alice? Was hielt sie wirklich von Hugo? Seine Verehrung schmeichelte ihr und machte sie glücklich, besonders nach den Schreckensjahren bei den Wakehursts. Aber ob sie ihn liebte, vermag ich beim besten Willen nicht zu sagen.

Hugo war inzwischen ein recht stattlicher junger Mann geworden. Sein Gesicht war nicht ausgesprochen hübsch, wirkte aber durch den Ausdruck von Intelligenz, Herzlichkeit und Offenheit sehr einnehmend. Sein Haar war leuchtend blond wie eh und je, seine Zähne weiß und ebenmäßig. Noch immer war er hager und schlaksig, hatte aber inzwischen einen ordentlichen Schuß getan, so daß er sogar meinen Bruder Robert um etliche Zoll überragte. Und er kleidete sich gut – nicht stutzerhaft, aber mit korrekter Eleganz. All das gefiel meiner Schwester Alice. Sie gingen miteinander spazieren, redeten und lachten. Mit Vorliebe zeigte sie sich mit ihm in der Stadt, gemächlich schlenderten sie über die Market Street und um den Church Square herum. Es schien, als empfinde sie das als kleine Entschädigung für die geraubte Kindheit.

Falls sie wußte, was man sich in Rye über sie erzählte – und was Agnys und Polly mir voller Entrüstung hinterbrachten – »Was mag der Alice Lamb wohl widerfahren sein… kommt nach Hause wie ein Gerippe, man muß sie schlimm behandelt haben… hat ihre Muter in den Tod getrieben, so heißt es… na, das ist mir so eine… merkwürdig, daß die Wakehursts keinen Mann für sie gefunden haben… jetzt ist sie schon mindestens zwanzig, da kriegt sie bestimmt keinen mehr ab…« –, falls sie um den Klatsch wußte, der über sie in Umlauf war, ließ Alice es sich nicht anmerken. Heiter und unbeschwert ließ sie sich mit Hugo sehen; das war ihre Antwort.

Und dann sagte sie eines Tages nach dem Abendessen zu meinem Vater: «Hugo und ich möchten heiraten, Papa.«

Mein Vater geriet in Wut, wie stets, wenn sich Veränderungen abzeichneten, die seinen Seelenfrieden bedrohten. Doch nach und nach gelang es Alice, ihn zu überreden.

»Du möchtest doch sicher nicht, daß ich dir für den Rest meines Lebens zur Last falle…«

»Und wer wird sich um den Haushalt kümmern, wenn du gehst?« fragte er, was recht unvernünftig war, da er ja nicht hatte voraussehen können, daß sie nach Mutters Tod diese Aufgabe übernehmen würde.

»Sophy wahrscheinlich, aber das schert mich nicht. Ich

habe nicht die Absicht, auf immer und ewig die Wirtschafterin bei dir zu spielen«, erklärte Alice ungerührt.

»Wie redest du denn mit mir?«

»Wenn du nicht möchtest, daß ich Hugo heirate, Vater, bin ich auch gern bereit, statt dessen deine Brauerei zu führen. Daran hätte ich gewiß Freude, und ich würde es viel besser machen als Robert und auch als Toby, der wohl seine Pflicht tut, aber nicht mit dem Herzen dabei ist. Ihm steht der Sinn nach Höherem.« Alice warf mir einen bösen Blick zu.

»Die Brauerei führen? Bist du von Sinnen, Kind?« In Vaters Zügen arbeitete es wie in einem seiner Gärbottiche. »Eine Frau, die einen Betrieb führt? Das kommt überhaupt nicht in Frage…«

»Nein? Auch gut… Ich hatte im Grunde keine andere Antwort erwartet. Glücklicherweise fällt Hugo in vier Jahren ein recht ansehnliches Vermögen zu. Vielleicht geben die Vermögensverwalter es auch eher frei, sofern sie mit einer Heirat einverstanden sind. Wenn du mir also eine kleine Mitgift zugestehen und Onkel Allen dazu bringen könntest, die Verbindung zu billigen, Vater, kämen wir ganz gut zurecht. Sonst können wir uns immer noch in der ›Schönen Aussicht‹ niederlassen.« Alice lächelte ein wenig bitter.

»Laß mir Zeit«, stieß mein Vater hervor. »So etwas läßt sich nicht übers Knie brechen. Ich werde es mir überlegen.«

Nachdem Alice das Zimmer verlassen hatte (vermutlich, um Hugo Bericht zu erstatten), sagte ich: »Du kannst diese Ehe nicht gutheißen, Vater.«

Er sah mich an, als habe einer der Löffel angehoben zu sprechen.

»Das dürfte nun wirklich nicht deine Sache sein, Toby!«

»Es ist sehr wohl meine Sache. Alice ist meine Schwester, ich habe sie früher einmal sehr lieb gehabt. Hugo ist mein Freund. Sie ist fast drei Jahre älter als er, was an sich schon von Übel wäre. Viel schlimmer aber ist, daß sie ihn wohl nicht wirklich liebt. Sie nützt ihn nur aus.«

»Das ist seine Sache«, erwiderte mein Vater. »Oder die deines Onkels Allen. Ich trage keine Verantwortung für Hugo.«

»Du weißt genau, daß die Verbindung eine Schande wäre, Vater! Ein Skandal! Hugo ist noch ein Knabe, er hat keine Erfahrung mit dem Leben und mit... mit Frauen. Er hat immer nur hier in Rye gelebt, hat nichts von der Welt gesehen –«

»Er hat Indien gesehen«, wandte mein Vater ein.

»Das er mit acht Jahren verlassen hat. Ihm winkt eine glänzende Karriere. Er ist ein kluger Kopf, er könnte Gelehrter werden. Mr. Ellis sagt, daß Dr. Milliken viel von ihm hält. All das hinzuwerfen bei der ersten –«

Mir blieb das Wort im Halse stecken.

»Das ist für mich nicht von Belang«, sagte mein Vater, der wieder einmal um so halsstarriger wurde, je mehr Argumente ich ins Feld führte.

»Höre, Vater«, sagte ich in meiner Verzweiflung, »du weißt genau um das wahre Ehehindernis. Du mußt dir doch klar darüber sein, was Alice bei... bei diesen Wakehursts widerfahren ist.« Ich sah ihn an, und er erwiderte meinen Blick mit steinernem Gesicht. »Alice ist nicht die richtige Frau für Hugo«, sagte ich mit bebender Stimme.

»Ich habe keine Vorstellung, wovon du redest.« Mein Vater hob eine Hand und fuhr fort, ehe ich etwas sagen konnte: »Überdies ist dies ein äußerst unpassendes Thema für dich, Toby, und ich muß mich sehr über dich wundern, ja, ich bin geradezu erschüttert. Du erhebst da unerhörte Anschuldigungen gegen deine Schwester, die … die kein recht denkender Mensch auch nur über die Lippen bringen dürfte, von einem Jungen in deinem Alter ganz zu schweigen. Du solltest dich schämen, zumal sie nicht hier ist, um sich zu verteidigen.«

»Dann schicke nach ihr.«

»Schweig, Toby! Ich will kein Wort mehr hören.«

»Aber wenn die Anschuldigungen zutreffen?« fragte ich heiser.

Die Antwort meines Vaters bestand darin, daß er das Zimmer verließ.

Ich wandte mich an Onkel Allen, bei dem ich mich nicht ganz so freimütig äußerte wie bei meinem Vater, wohl aber betonte, meiner Meinung nach könne oder wolle Alice Hugo nicht glücklich machen, und ich hielte diese Ehe für ein großes Unglück.

»Derzeit ist sie lieb und nett zu ihm, weil er ihr zu Füßen liegt und sie so etwas noch nie erlebt hat. Doch irgendwann hat das mal ein Ende, er wird seine früheren Beschäftigungen wiederaufnehmen, das wird Alice kränken und verärgern, und dann wird sie ihn sehr schlecht behandeln.«

»Ich fürchte, du hast recht, Toby«, sagte Onkel Allen.

»Aber was soll ich tun? Ich bin nicht Hugos Vormund, sondern nur sein Pate. Ich kann ihn lediglich beraten, nach dem Gesetz vermag ich nichts über ihn. Die Vermögensverwalter kümmern sich ausschließlich um sein Geld. In vier Jahren wird er ein reicher Mann sein, inzwischen kann er sich notfalls von ihnen ein Darlehen geben lassen. Wenn er sich dazu entschließt, sind mir die Hände gebunden – sofern dein Vater kein Ehehindernis geltend macht und entsprechende Schritte unternimmt.«

Doch es war klar, daß mein Vater sich täglich mehr mit dem Gedanken an diese Verbindung aussöhnte, wurde er doch auf diese Weise Alice mit Anstand los, ja, für sie war es sogar eine recht gute Partie, und wenn sie erst verheiratet war, würde auch der Klatsch bald verstummen.

Ich versuchte, mit Hugo zu reden, aber er war seltsam verstimmt und hielt mich auf Abstand.

»Warum bist du nicht mehr mein Freund, Toby? Warum benimmst du dich wie ein Neidhammel? Ich dachte immer, daß ich dich besser kenne und dich lieber habe als jeden anderen Menschen auf der Welt, aber jetzt begreife ich dich nicht. Weißt du, was Alice mir erzählt hat? Daß du im Garten von Lamb House ein Gespenst gesehen hast. Warum hast du mir das nie erzählt? Du verschweigst mir, daß es in deinem Garten ein Gespenst gibt…«

»Ich bitte dich, Hugo! Das war so unwichtig, es ist Jahre her, damals warst du noch gar nicht in Rye. Wie kommst du jetzt darauf?«

»Weil es sehr wohl wichtig ist. Warum hast du mir das nie erzählt?« wiederholte er, bockig wie ein Kind.

»Ich … es ist schwer zu erklären …«, stotterte ich, mit so vielen anderen Sorgen belastet, die mir weit schwerwiegender erschienen. »Ich denke mir … es war einfach eine Privatgeschichte, eine Art Familienspuk. Das ist doch Nebensache. Aber diese Verbindung zwischen dir und Alice … sie scheint mir so übereilt, so schlecht beraten … könnt ihr nicht wenigtens ein, zwei Jahre warten, bis du dich ein wenig umgesehen, bis du dein Examen gemacht hast?«

»Eben, ein Familienspuk«, sagte Hugo erbittert, meine Frage völlig ignorierend. »Mich willst du in eurer feinen Familie nicht haben. Ich bin nicht gut genug für deine Schwester. Daß ich dein Blutsbruder bin, scheinst du vergessen zu haben. Erinnerst du dich nicht mehr an unseren Schwur?«

Ich sah Hugo betroffen an. Jener Schwur, den wir als Knaben getan hatten, war mir in der Tat völlig entfallen.

»Du willst deine Schwester nicht mit mir teilen. Und noch etwas: Du hast mir nie erzählt, daß sie nach dem Tod von Moses an dich geschrieben hat. Auch das mußte ich erst von ihr erfahren, auch das war dir offenbar nicht wichtig. Was hast du noch für Geheimnisse vor mir, Toby?«

»Hugo, das Gespenst war … war nur eine flüchtige Erscheinung. Wahrscheinlich eine reine Illusion, die allenfalls zwei Sekunden währte.«

»Und an der du mich trotz unserer acht Jahre währenden Freundschaft nicht teilhaben ließest …« Ich hatte Hugo noch nie so zornig, so gekränkt erlebt. Er war wie ein Fremder. »Du schlägst deinem Vater nach, Toby«, sagte er erbittert. »Du bist ein Knauser.«

»Mach, was du willst… dann bin ich eben ein Knauser!« Tief getroffen drehte ich mich um und ging meiner Wege, ohne ihn zu fragen (was eigentlich in meiner Absicht gelegen hatte), was und wieviel Alice ihm über ihr Leben in Tunbridge Wells erzählt hatte. Ich sollte ihn nie wiedersehen. Onkel Allen überredete ihn schließlich, wenigstens für ein Trimester nach Cambridge zu gehen. Wenn Hugo dazu bereit sei, sagte er, würde er, Allen, seinen Einfluß bei Hugos Vermögensverwaltern geltend machen, damit ihm zu Weihnachten ein Teil seines Erbes vorzeitig ausgezahlt werde.

So verließ Hugo denn Rye, vielleicht innerlich durchaus bereit, all das Neue, das Cambridge zu bieten hatte, wenigstens einmal in Augenschein zu nehmen. Er ging, ohne sich von mir zu verabschieden, und ich sehnte mich nach ihm mit jedem Atemzug. Zum erstenmal waren wir länger als zehn Tage voneinander getrennt. Und das ärgste war, daß wir in Unfrieden voneinander geschieden waren.

Alice gab mir die Schuld daran, daß er fortgegangen war.

»Du bist nur eifersüchtig, weil ich dir deinen Freund weggenommen habe«, ereiferte sie sich. »Du hast Allen gegen mich eingenommen, du neidest uns unser Glück. All die Jahre hieß es ›Hugo und ich taten dies, Hugo und ich taten jenes, Hugo und ich…‹ Was meinst du wohl, wie mir zumute war, wenn ich das hörte? In meiner Situation? Darauf hast du nie einen Gedanken verschwendet…«

»Doch, Alice, natürlich. Ich habe dich nie vergessen. Ich habe dir doch immer geschrieben…«

»Aber jetzt«, fiel sie mir ins Wort, »geht es einmal andersherum, damit wirst du dich abfinden müssen. Du magst, da du selbst keine Kinder haben kannst, bei unserem ersten Sohn Pate stehen.« Sie warf mir einen bitterbösen Blick zu.

»Alice!«

»Du bist unser Feind, Toby! Du hast Onkel Allen so lange beredet, bis Hugo auf seinen Druck hin nach Cambridge gegangen ist. Aber er kommt zu mir zurück, das weiß ich gewiß.«

»Sag, Alice, hast du Hugo jemals erzählt, was... was du mir erzählt hast?« fragte ich zaghaft.

»Nein. Und ich werde es auch nicht tun. Das alles ist jetzt vorbei und abgetan. Mit unserem künftigen Leben hat es nichts zu schaffen. Wenn Männer heiraten, erzählen sie ihren Frauen auch nichts von ihrer Vergangenheit. Meinst du, Hauptmann Wakehurst hat Cousine Honoria –«

»Aber du mußt es Hugo sagen, Alice. Du bist nicht das, was er denkt. Wie kannst du ihn nur so täuschen?«

Sie maß mich mit einem wilden Blick.

»Soll denn die Ungerechtigkeit nie aufhören? Soll ich, weil man mir als Kind übel mitgespielt hat, für den Rest meines Lebens auf Glück verzichten müssen?«

»Alice, du bist nicht die, für die Hugo dich hält. Du betrügst ihn. Denke doch nicht nur an dich selbst. Bedenke, was du Hugo schuldig bist.«

»Ich schulde ihm nichts. Weder ihm noch irgendeinem Menschen auf der Welt. Mir ist die Welt mein Glück schuldig geblieben, und diese Schuld werde ich eintreiben.

Du bist wetterwendisch, Toby. Früher einmal war ich dein ein und alles, jetzt aber mißgönnst du Hugo und mir die gemeinsame Zukunft, nur weil du nicht heiraten kannst.«

Das war so unwahr, so abwegig – da ich nicht den mindesten Wunsch hegte, eine Ehe einzugehen –, daß es mir die Sprache verschlug, und nachdem ich begriffen hatte, daß ich weder mit Argumenten noch mit gutem Zureden weiterkam, schüttete ich dem Pfarrer mein Herz aus. Mit ernster Miene hörte er mich an.

»Das ist eine schwere Bürde, Toby«, sagte er, als ich fertig war, »und es ist mir leid um dich. Da dein Vater sagt, er werde nichts unternehmen… Hast du zu Gott gebetet?«

»Ja, aus aller Kraft.«

»Fest steht, daß Hugo über die Fakten nicht im unklaren gelassen werden darf«, sagte er. »Es wird dir wohl nichts weiter übrigbleiben, als ihm zu schreiben. So schmerzlich es sein, so sehr es dir widerstreben mag – das ist deine Pflicht. Er muß wissen, was sie war, ehe er sich endgültig bindet.«

So schrieb ich denn an Hugo und hatte das Gefühl, Verrat an ihm, an mir selbst, an Alice, ja, sogar an Gott zu begehen.

Ich erhielt nie eine Antwort auf meinen Brief, er schien sich im leeren Raum verloren zu haben wie all die Briefe, die ich einst an Alice geschrieben hatte. Doch weiß ich aufgrund der nachfolgenden Ereignisse, daß er ihn erhalten haben muß.

Drei Wochen später weckte mich Agnys eines Morgens um halb fünf und fragte ganz verstört: »Wissen Sie, wo

Miss Alice sein kann, Master Toby? Ihr Bett ist unbenutzt. Die Kinder haben sie nicht gesehen… und Polly auch nicht… und Dickie sagt, gestern abend ist ein Brief für sie gekommen, den hat er ihr gegeben…«

Würgende Angst hatte mich erfaßt. »Alice hat einen Brief bekommen? Woher?«

»Wie soll ich das wissen, Master Toby?« sagte Agnys, die nicht lesen konnte.

Ich lief in Alices Zimmer und sah mich um. Ihr Flittertand hing an den Haken, das Bett war gemacht, alles war ordentlich und aufgeräumt.

Mein Vater lag noch im ›Königszimmer‹ in seinem Bett und schlief. Ich ging hinunter, sah mich im Speisezimmer um, in der Wohnstube, im Kontor, das auf die West Street hinausging und in dem sich Alice und Hugo kennengelernt hatten. Am Kaminsims lehnte ein Blatt Papier, auf dem TOBY stand.

Zaudernd griff ich danach, als sei es eine Schlange, die mich gleich beißen würde.

»Lieber Bruder«, las ich, »das ist der zweite Brief, den Du von mir bekommst, und der letzte. Nach dem, was Du Hugo mitgeteilt hast, ist alles aus zwischen uns. Er ist erzürnt, weil er es, wie er schreibt, nicht ertragen kann, wenn man ihm etwas verheimlicht. Hätte ich ihm meine Geschichte erzählt, schreibt er, hätte er sie – und mich – hingenommen, aber jetzt sei es zu spät. Wir seien beide hinterhältige Heimlichtuer, schreibt er, und er könne es nicht ertragen, hintergangen zu werden. Hoffentlich bist Du jetzt zufrieden, Toby. Mein Leben, für das ich noch eine Hoffnung sah, liegt erneut in Scherben. Ich werde nicht hierbleiben und einen Haushalt führen, in dem ich mich nicht mehr zu Hause fühle. Sage meinem Vater, ich wäre mit Freuden in seinem Betrieb tätig geworden, und wenn das nächste Gebräu seiner Kundschaft zu bitter ist, hat er sich das selbst zuzuschreiben. Und Du, Toby, wirst mich nie vergessen. Alice.«

Mein Gott, dachte ich, die Brauerei! Durch den düsteren Morgen lief ich zum Sudhaus. Die ganze Nacht hatte es geregnet und gestürmt, jetzt wurde es nur zögernd hell.

Unterwegs kam ich an einer männlichen Gestalt vorbei, aber in dem schlechten Licht konnte ich nur einen Umriß erkennen.

In der großen Halle ging der alte Amos mit einem Binsenlicht von Bottich zu Bottich und strich mit einem Maischholz den Schaum ab, wenn er überzulaufen drohte.

»Ist… ist alles in Ordnung, Amos?« stammelte ich.

»Aber ja, Master Toby«, erwiderte er überrascht. »Hier hat sich nichts getan. 's war 'ne tüchtig kalte Nacht, aber da hat's schon kältere gegeben…« Froh über meine Gesellschaft, schwatzte er weiter, aber ich fiel ihm ins Wort.

»War Miss Alice hier?«

»War sie, Master Toby, war sie. Vor einer Stunde. Polly will in der Küche was von mir, hat sie gesagt, aber da hat sie sich wohl geirrt, denn wie ich hin bin, war's gar nicht wahr…«

»Und als du wiederkamst, war Miss Alice nicht mehr da?«

»Nein, Master Toby, war sie nicht…«, erwiderte er ein wenig ängstlich.

Ich hastete von Bottich zu Bottich, doch die Oberfläche schien bei allen unberührt. Und wie hätte Alice in eins dieser großen Gefäße gelangen können, die höher waren als ich?

Amos humpelte, von meiner Angst angesteckt, besorgt hinter mir her. »Was ist denn, Master Toby? Was meinen Sie, was sie getan hat? Sie würde sich doch nicht an der Würze zu schaffen machen? Doch nicht Miss Alice…«

Mir war eine schlimmere Befürchtung gekommen, und ich lief durch die Lagerhalle, wo in den großen Fässern das Porterbier langsam zur Reife gelangte, zum Brunnen.

Der schwere Eichendeckel war am Gegengewicht hochgezogen worden und stand noch offen.

»Kurios«, sagte der alte Amos. »Möcht wissen, was mit dem Deckel da ist…«

Nun stand für mich fest, daß wir nicht mehr nach Alice zu suchen brauchten. Da unten war sie, sechs Faden tief…

Abends, als alles vorbei war, dachte ich an den Mann, dem ich auf dem Weg zur Brauerei begegnet war. Mit abgewandtem Kopf, das Cape lässig über die Schulter geworfen, war er an mir vorbeigegangen, als wolle er mit meinen Angelegenheiten nichts zu schaffen haben.

Es ist zu spät, dachte ich. Zu spät, um Hugo von ihm zu erzählen.

Hugo kam nie wieder nach Rye. Er blieb in Cambridge, machte einen glänzenden Abschluß, brachte es zum ›Fellow‹ und ging dann zurück nach Indien, wo seine Eltern gelebt hatten. Wie ich höre, hat er sich einen Namen als Historiker und Geograph gemacht. In jungen Jahren hat er auch einen Roman geschrieben, *Das steinerne Herz.* Ich ließ es mir angelegen sein, dieses Werk zu erwerben und zu lesen, was mir recht schmerzlich war, denn es schien mir eine Travestie von Ereignissen zu sein, die ich deutlich anders in Erinnerung hatte. Außerdem muß ich gestehen, daß ich es nicht sehr gut geschrieben fand.

Meinem Onkel Allen fehlte Hugo zunächst sehr, doch wußte er sich dann – nach dem Tod meiner Großmutter – auch wieder allein recht wohl zu beschäftigen. In dem Jahr, bevor Hugo nach Cambridge ging, wurde er zum vierten Mal zum Bürgermeister von Rye gewählt.

Nach Alices Tod litt mein Vater jahrelang an heftigen Kopfschmerzen und Verwirrungszuständen. In dieser Zeit kümmerten sich mein Bruder Jem und ich gemeinsam um die Brauerei. (Mein Bruder Robert war 1736 nach einem wilden Zechgelage tot zusammengebrochen.) 1741 wurde ich Ehrenbürger der Stadt Rye, 1742 wurde mein Bruder Jem die gleiche Anerkennung zuteil. Nach etlichen Jahren erholte sich mein Vater von seinen Depressionen und Minderwertigkeitsgefühlen, erlitt aber nach dem Mord an Onkel Allen 1742 einen Rückfall. Daß man Allen versehentlich – anstelle meines Vaters – erstochen hatte, genügte, um ihn erneut aus dem prekären Gleichgewicht zu bringen. (Über diesen Mord ist an anderer Stelle ausführlich berichtet worden, so daß ich hier nur kurz darauf einzugehen brauche.) Der Täter war Breads, ein geisteskranker und trunksüchtiger Metzger, der seit langem mit meinem Vater wegen zu hoher Rechnungen im Streit lag und seine Tat nicht leugnete. Als mein Vater im Bezirksgericht den Fall aburteilte und den Elenden fragte, ob er noch etwas zu sagen habe, deutete Breads auf ihn und schrie: »*Den* hab ich gemeint, und wenn ich könnt, würd ich ihn auf der Stelle umbringen!« Die Leiche des gehenkten Breads wurde an der Landstraße von Rye nach Winchelsea zur Schau gestellt, wie zweihundert Jahre zuvor die des Frauenmörders Robinson.

Daß mein Vater mehrere Monate brauchte, um über dieses erschütternde Ereignis hinwegzukommen, leuchtet wohl ein. Anfügen möchte ich noch, daß in der Mordnacht meine liebe Mutter, die damals schon etliche Jahre tot war, meinem Vater weinend und händeringend im Traum erschienen war und ihm verkündet hatte, ihr geliebter Bruder sei in höchster Not.

Mehr gibt es eigentlich nicht zu berichten. In späteren Jahren plagte mich mein lahmes Bein wieder fast so sehr wie in meiner Kindheit. Die Prophezeiung des Franzosen hat sich insofern erfüllt, als ich nie die erhoffte Schriftstellerlaufbahn eingeschlagen habe. Diese Chronik (die ich nur für mich selbst schrieb) ist der längste Text, den ich je zustande brachte. Wenn er fertiggestellt ist, werde ich mich damit amüsieren, ihn in ein kleines Geheimfach zu legen, das ich im Westzimmer habe anfertigen lassen. Dies war einst Alices Zimmer und ist jetzt mein Arbeits- und Schlafzimmer (die übrigen Räume bewohnen Jem und seine Familie). Eine solche Chronik jetzt zu veröffentlichen würde ich nicht wagen. Die Ereignisse, über die darin berichtet wird, sind zu schrecklich, die handelnden Personen unseren Nachbarn, unserer Familie nur zu vertraut. So aber, wie man eine Wunde reinigen oder in ein stickiges Zimmer Gottes frische, stärkende Luft einlassen muß, verlangt dieses Leid danach, erzählt und gehört zu werden. Ich flehe darum, daß in kommenden Jahren eine Freundeshand unsere Geschichte aus ihrem Versteck erretten und dem unbestechlichen Blick der Nachwelt unterbreiten möge.

Mein Leben war lang, aber schal. Jetzt, anno 1779, habe ich das Amt des Bürgermeisters von Rye inne, was mir jedoch nur geringe Genugtuung bereitet. Um so lieber gedenke ich jener Tage vor fünfzig Jahren, als Hugo und ich zusammen durch Rye streiften oder mit unserem Wägelchen zum Hyazinthenwald fuhren, und ich höre Hugo sagen: »Vielleicht sind wir auch nur das Rohmaterial für eine Gespenstergeschichte.«

Wer mag wohl diese Geschichte einst unter die Leute bringen?

Der Schatten auf der Gasse

2 Henry

Unser Freund war von dem Haus gerufen worden – es gibt kein anderes Wort dafür. Ob er sich dagegen gesträubt hatte, sollte sein sorgsam bewahrtes Geheimnis bleiben. Auch wenn Lamb House, diese bezaubernd geschmackvolle, in jeder nur möglichen Hinsicht ›richtige‹ Zuflucht für seine späteren Jahre hin und wieder schmerzliche Erinnerungen an Kinderstubendisziplin, an das durch die Mutter und Tante Kate verkörperte Weiberregiment, an Hauslehrerinnen, an den geliebten, aber autokratischen älteren Bruder, an Alleinsein und Versagung wecken mochte, auch wenn es sich künftig eher als Gefängnis denn als Zuflucht, als eher kritisch abweisend denn als freundschaftlich bergend erweisen sollte, so wußte er doch unerschütterlich von Anbeginn, daß sie, das Haus und er, füreinander bestimmt waren. Warum aber war das so?

»Ich neige stark dazu, ja, ich fühle mich nachgerade dazu verurteilt, es zu nehmen«, jammerte er gutgelaunt. Er begriff sehr wohl, daß das Haus ihn angesprochen und nicht passiv auf seine Annäherung gewartet hatte. Den Gründen ging er zunächst nicht nach. Bewundert als Bild, das er in Edward Warrens Refugium in der Cowley Street gesehen hatte, später bei Sommerbesuchen in Point Hill oder der Old Vicarage von der Ecke Vicarage Street und

West Street aus liebevoll betrachtet, hatte Lamb House ihm gewinkt, hatte ihn fast unmerklich in seinen Bann gezogen. Über die Motive stellte er, wie so mancher Liebende vor ihm, keine Vermutungen an. Ohne Zweifel hatte er es begehrt, doch immer gewissermaßen aus der sicheren Position romantischer Freiheit, gänzlich ohne ernsthafte Befürchtungen, sich je erklären zu müssen; und dann war eines Tages »wie ein Schlag in den Magen« jener aufregende, jener überwältigende Brief des Eisenwarenhändlers Wilson gekommen (gerade zwei Tage zuvor hatte unser Freund sich mit seinen Sehnsüchten Warren anvertraut) und die Kunde gebracht, das Haus sei frei, sei ungebunden, warte sozusagen darauf zu erfahren, was unser Freund mit ihm vorhabe.

»In der Tat schien hier Telepathie im Spiel zu sein«, sagte er zu Warren. Er sei, so schrieb er seinen Vettern, »von einer übernatürlichen Macht genötigt worden, die mich aller Qual einer Entscheidung oder Alternative enthebt. Es ist mir vorbestimmt, den Pachtvertrag zu unterschreiben.«

Was dann auch Ende September 1897 geschah. Für einen jährlichen Pachtzins von hundertsechsundfünfzig Pfund würde Lamb House auf einundzwanzig Jahre, das heißt bis zu seinem fünfundsiebzigsten Lebensjahr, ihm gehören, ein Haus fast im Mittelpunkt des Städtchens Rye, dieses »anspruchslosen Arkadien«, ein Haus mit jeweils vier Räumen auf drei Etagen (dazu Vorratskammer, Keller und ›Nebengelasse‹), dem viertausend Quadratmeter großen ummauerten Garten, Warmhaus, Kalthäusern, ›Gartenraum‹, mit Pfirsichbäumen, dem uralten

Maulbeerbaum, gepflasterten Innenhof, efeubewachsener roter Backsteinfassade, fast zweihundert Jahre alten Geistern und Erinnerungen.

»Ich mag mein kleines altes Haus und meinen kleinen alten Garten«, erklärte er – fast so, als müsse er seine Neuerwerbung gegen herabsetzende Äußerungen in Schutz nehmen. Nun kann man gewiß sagen, ein Stadthaus mit zwölf Zimmern und großem Garten biete reichlich, ja überreichlich Platz für einen unverheirateten Literaten, doch galt seine Liebe seit Jahren entschieden nobleren, imposanteren Behausungen – ›Landsitzen‹, italienischen Palazzi, französischen Schlössern. »Ich vertrage ziemlich viel Gold«, so seine entwaffnende Feststellung Desmond McCarthy gegenüber. Fawns, Poynton, Newmarch, Gardencourt, Lockleigh, Branches, Bly, Matcham, Covering End, Bounds, Eastwood, Weatherend – derlei Namen ziehen sich mit der Prachtentfaltung einer königlichen Prozession durch alle seine Werke. Er kannte diese Häuser aus eigener Anschauung, er konnte sie beschreiben, hatte dort glanzvolle Wochenendparties erlebt.

Und doch müssen wir uns fragen, ob seine Namensgebung in allen Fällen authentisch ist. Klingen Fawns, Bounds und Branches absolut echt? Oder haben sie nicht etwas leicht Synthetisches, was sie in bedenkliche Nähe von Vorortmuff à la Mon Repos und Donroamin rückt?

Es konnte nicht ausbleiben, daß reale wie fiktionale Herrenhäuser dieser Art sein Urteil über Lamb House beeinflußten. Verglich unser Freund es wohl, wenn er von seinem ›unauffällig bescheidenen Charme‹ sprach, im Geist mit Chatsworth, Wilton, Cliveden? Oder lag eine

Spur von Scheinheiligkeit in der fast entschuldigenden Schilderung eines Domizils, das in Wahrheit den Vergleich mit Dr. Slopers stattlichem Heim am Washington Square nicht zu scheuen brauchte?

Falls das Haus sich deswegen kränkte, ließ es sich das damals jedenfalls nicht anmerken.

Um seine zwölf Zimmer geschmackvoll einzurichten, benötigte unser Freund zusätzliche Mittel, da er nicht die Absicht hatte, De Vere Garden, das er zunächst weiterhin als seine Londoner Unterkunft beibehalten wollte, allzu rücksichtslos zu plündern. »Ich habe zwei Landkarten, fünf Drucke und eine Kommode gekauft«, schrieb er. Die breite Treppe wurde mit schlichtem grünen Drogett belegt. Mrs. Warren hatte versprochen, sich um die Vorhänge zu kümmern.

Ein neuer Roman, *The Awkward Age,* war seit geraumer Zeit projektiert und nahm nun in seinem Kopf Gestalt an, vorerst aber sollte ein kürzeres Stück für die Zeitschrift *Colliers* ihm zu »etwas gutem Mahagoni und Messing, einigem Chippendale und Sheraton, etlichen verschossenen Gobelins« verhelfen. Er plante eine Geschichte, »ein kleines Buch«, wie er es nannte – über zwei einsam in einem altehrwürdigen Herrenhaus auf dem Land lebende mißbrauchte Kinder, die unseligerweise Zugang zu sündigen Geheimnissen der Erwachsenenwelt erhalten haben. Edward White Benson, Erzbischof von Canterbury, hatte ihm vor Jahren zu der Idee verholfen –, mit einer Anekdote oder eher einem Fragment über Kinder, die von zwei bösen Geistern ins Verderben gelockt werden.

Warum aber drängte unmittelbar nach der Unterzeichnung des Pachtvertrages für Lamb House ausgerechnet diese Erzählung an die Oberfläche seines Bewußtseins? Ist es denkbar, daß er bereits damals etwas von der Botschaft der Kinder spürte, die in einer längst versunkenen Epoche dort gelebt hatten? Hatte er möglicherweise die Geschichte von dem Franzosen im Garten gehört? Meinte er, wenn er leere Räume betrat, in denen die schöne Täfelung von Tapeten befreit werden mußte, Zimmer in den oberen Etagen inspizierte, wo Handwerker sich anschickten, Verbesserungen an der veralteten Sanitäreinrichtung vorzunehmen, wenn er durch die hübsche Terrassentür des Speisezimmers sah, eine einsame, ausgesperrte Gestalt – etwa einen Peter Quint – zu erblicken?

Ausdrückliche Hinweise auf derlei übernatürliche Einflüsse gibt unser Schriftsteller nicht. *Die Drehung der Schraube (The Turn of the Screw)* wurde fertiggestellt und erschien von Januar bis April 1899 bei Collins. Im Juni erfolgte der Umzug nach Lamb House, und fast unmittelbar darauf setzte der kaum mehr abreißende Strom der Besucher ein. Oliver Wendell Holmes, Mrs. Fields, Sarah Orne Jewett, die Bourgets, die Curtises, Edward Warren, die Gosses, Howard Sturgis und im Oktober, als der sommerliche Ansturm nachgelassen hatte, Jonathan Sturgis, der zwei Monate blieb.

»Ich wünschte, ich könnte Ihnen ein Bild von dieser kleinen, roten, spitzgiebeligen, fast mittelalterlichen Stadt mit ihrem Deich und ihrer normannischen Burgruine vermitteln, die Ypres Castle heißt und von den Einheimischen ›Wippers‹ genannt wird. Gleich einem angelsächsischen Mont Saint-Michel erhebt sich der Ort aus der graugrünsandfarbenen Romney Marsh, schon längst von der See verlassen, aber noch immer mit dem Geruch und dem Kolorit des Meeres in den stillen braunen Straßen«, schrieb Jonathan an William Fuller.

Jonathan war ein feinfühliger Gast, der seinen Freund und Gastgeber nie während der Arbeitsstunden im Gartenraum behelligte, sondern ihm abends das Neueste über die literarischen und gesellschaftlichen Entwicklungen in London und New York erzählte.

Im Käfig (In the Cage) war nach dem Einzug in Lamb House fertiggestellt worden, *The Awkward Age* – auch dies eine Geschichte über die Konfrontation junger Menschen mit den abscheulichen Geheimnissen der Erwachsenenwelt – kam gut voran. Der spanisch-amerikanische Krieg und die Affäre Dreyfus waren zu jener Zeit Randerscheinungen, ferne Probleme, die nur sacht den Küstenstrich an unseres Freundes stillem Binnenmeer bewegten. Lamb House verhielt sich still und wartete ab; noch blieben ihm ja fünfzehn Jahre, um seine Botschaft zu verkünden. Derzeit umfing es seinen neuen Herrn wie in einer innigen Umarmung, wobei dieser nicht recht wußte, ob es die eines Ehepartners oder eine eher brüderliche oder mütterliche Geste war. Mit großem Gusto wurde *The Great Good Place* geschrieben, *The Awkward Age* abgeschlossen. Unser Freund besaß die beneidenswerte Gabe, beim Schreiben zwischen einem größeren und einem kleineren Werk wechseln zu können, wovon letztlich beide profitierten.

Das Haus verhielt sich still.

1899 dann rührte es sich zum erstenmal, spätabends,

während der Hausherr am Schreibtisch saß (die Hausangestellten lagen längst im Bett) und in seiner Studierstube, dem sogenannten ›grünen Zimmer‹, die Fahnen von *The Awkward Age* korrigierte.

»Der Wind dröhnt in dem alten Schornstein, fährt jaulend und kreischend um die alten Mauern. Ich aber sitze in meiner kleinen warmen weißen Studierstube, und die göttliche Unruhe regt sich erneut in mir.« Er trug sich mit Plänen für eine Italienreise, auf der er die Idee für »einen starken kurzen Roman« in sich reifen lassen wollte und mit einem fest umrissenen Plan zurückzukehren hoffte.

Nachdem er die Fahnen glücklich durchgearbeitet hatte, noch letzte Anmerkungen formuliert und vor der Abreise seine persönlichen Papiere geordnet hatte, sah er zu seiner Bestürzung, daß zwischen den Dielenbrettern der kleinen warmen weißen Studierstube Spiralen beißenden blauen Holzrauches aufstiegen und das Zimmer in bedenklichen Dunst hüllten. Und wurde nicht die kleine Studierstube noch wärmer, als sie von Rechts wegen hätte sein dürfen?

Erschrocken weckte er die Bediensteten, die trunksüchtigen Smiths, die in der Etage über ihm schliefen (und deren Alkoholismus sich zu jener Zeit noch in Grenzen hielt). Smith hackte in der Ecke am Kamin zwei Dielenbretter auf, und eine dicke Rauchwolke quoll aus der Öffnung. Unter dem Fußboden schwelte sacht und tückisch ein ganzer Deckenbalken vor sich hin. Vermittels Eimerladungen von Wasser und nasser Schwämme konnte die Glut erstickt werden, allerdings nicht auf Dauer. Morgens um zwei Uhr fünfundvierzig sah der noch immer mit seiner Korrespondenz beschäftigte Meister zu seinem Entsetzen Flammen aus der Öffnung schlagen und weckte erneut die Dienstboten. Jetzt mußte die Feuerwehr anrücken; die Feuerwehrleute waren genötigt, Speisezimmer und Decke durchzubrechen, um an den Brandherd zu gelangen.

Handelte es sich womöglich um einen Hilferuf des Hauses? Oder hatte es sich – gleich einer beleidigten Ehefrau – wegen des rechtfertigend-entschuldigenden Wortes vom ›unauffällig bescheidenen Charme‹ gekränkt und kindische Vergeltung geübt?

Unser Freund ließ sich durch diese kleine Kalamität nicht davon abhalten, Anfang März die vorgesehene Reise auf den Kontinent anzutreten. Er verbrachte zunächst vierzehn Tage in Paris und erhielt dort Edmund Warrens Mitteilung, welche Reparaturen erforderlich geworden waren. Kamin und Schornstein des Speisezimmers (denn dort hatte das Unheil seinen Anfang genommen) mußten instand gesetzt, angesengter Lack und Rußflecken beseitigt werden. Alles würde bis zur Rückkehr des Meisters, für die ein Termin noch nicht feststand, fertiggestellt sein.

Nun aber kam eine völlig unerwartete Nachricht von Warren: Ein Dokument, ein Manuskript, bestehend aus zahlreichen handgeschriebenen, leicht angerußten, aber noch leserlichen Seiten, war in einem verborgenen Alkoven oder kleinen Wandschrank gefunden worden, den man im Zuge der notwendigen Schreinerarbeiten im ›grünen Zimmer‹ freigelegt hatte. Es schien sich um eine Art Tagebuch zu handeln. Was, wollte Warren von seinem Freund wissen, sollte mit dem Fund geschehen, der, da er auf seinem Grund und Boden aufgetaucht war, zumindest für die Dauer des Pachtvertrages ihm zustand.

»Frag Bellingham«, lautete die telegrafische Antwort unseres Freundes, der sich gerade anschickte, gen Süden weiterzureisen. Sein Ziel war Le Plantier, Paul Bourgets Villa bei Hyères. Dort erreichte ihn Warrens Antwort. Die Bellinghams hätten nicht das mindeste Interesse an einem alten, rußfleckigen handgeschriebenen Tagebuch; falls unser Freund den Wunsch habe, es zu behalten, könne er damit nach Belieben verfahren. Letzterer wies Warren an, das Manuskript zunächst im Schreibtisch seines mittlerweile wiederhergestellten Arbeitszimmers einzuschließen; er würde es nach seiner Heimkehr in Muße lesen und bewerten. »Vertraue es nur ja nicht der Post an«, schrieb er und bewies damit viel gesunden Menschenverstand. »Hat es sich so lange geduldet, kann es auch noch ein Weilchen länger warten.« Dennoch mußte ihn die Kunde von so einer Entdeckung recht seltsam berühren. In *Asperns Nachlaß (The Aspern Papers)* hatte er vor zehn Jahren den erschreckenden, fast diabolischen Einfluß als Andenken gehüteter, heftig begehrter, böswillig zerstörter alter Liebesbriefe auf menschliches Tun geschildert. Es war ein eigenartiger Zufall, daß er fünf Jahre später in der Erzählung *Sir Dominic Ferrand* über den Fund von Papieren berichtete, die in einem alten Schreibtisch verborgen gewesen waren und in rätselhafter Weise auf das Leben des Finders einwirken sollten.

War die Geschichte dabei, sich zu wiederholen? Würde sein eigenes Leben eine ähnliche Wendung nehmen?

Was war das für eine Chronik, die ihn in Rye erwartete? Über wessen längst vergangene Kümmernisse, Triumphe, Verbrechen oder alltägliche Verrichtungen berichtete sie? In Gedanken mit dieser Nachricht beschäftigt – vielleicht auch noch ein wenig derangiert durch das kleine Drama in Rye –, widerfuhr ihm ein erstaunliches, für ihn sehr untypisches Mißgeschick: Er, der sonst so Sorgsame und Rücksichtsvolle, setzte die Vorhänge in Paul Bourgets Gästehaus in Brand. Glücklicherweise entstand kein großer Schaden, doch wirft der Vorfall vielleicht auch ein bezeichnendes Licht auf den leichten Mißklang in der Beziehung zwischen Gast und Gastgeber, denn Paul Bourget nahm in der Affäre Dreyfus eine entschieden katholisch-konservative Haltung ein, während unser Freund mit der gleichen Entschiedenheit die entgegengesetzte Ansicht vertrat.

»Ich bin seit einer Woche hier und reise morgen oder übermorgen ab. Die Stimmung ist recht gespannt«, schrieb er an seinen Bruder William, nachdem er die Schönheiten und Annehmlichkeiten des Hanggrundstückes gepriesen und hinzugefügt hatte: »Das arme kleine Lamb House verhüllt sein Haupt in Demut und Trauer.« Dennoch gestand er, daß er Heimweh habe. »Nie wieder will ich es verlassen!«

Er reiste nach Genua und Venedig (wo er Station machte, um eine Erzählung für Lady Randolph Churchill zu schreiben) und weiter nach Rom, wo er den hübschen jungen norwegisch-amerikanischen Bildhauer Hendrik Andersen kennen- und liebenlernte. Spontan kaufte er eins seiner Werke, eine kleine Terrakottabüste. »Ich werde sie im Speisezimmer von Lamb House aufstellen«, sagte er und lud den Bildhauer ein, ihn dort zu besuchen. Weiter ging es nach Capri, Vallombrosa, Florenz, wo er ein leichtes Erdbeben miterlebte. Inzwischen war das sommerlich heiße Europa staubig und unerquicklich geworden.

Am 7. Juli sehen wir unseren Reisenden freudig den Kanal überqueren und im Heimathafen Folkestone landen. Er war Rye und Lamb House fast vier Monate ferngeblieben. »Welche Lust, in mein restauriertes und renoviertes Refugium zurückzukehren«, schrieb er beglückt, nachdem er es sich in dem frisch getünchten Lamb House mit seinem grünen Garten wieder bequem gemacht hatte. Und dort, in dem abgeschlossenen Schreibtischfach, lag das gerettete Manuskript und wartete auf ihn. Doch nahm er es – vielleicht überraschenderweise – nicht sogleich heraus, um es zu studieren.

Zunächst mußte die Büste des Alberto Bevilacqua aus der inzwischen angelangten Kiste befreit und an einem Ehrenplatz in der Wandnische des Speisezimmers aufgestellt werden; wenig später traf der attraktive Bildhauer höchstpersönlich ein. Da war nur noch ein kleines Mißverständnis zu klären: Andersen hatte gedacht – gehofft –, unser Freund würde eine Eloge auf ihn schreiben und in einer englischen Zeitschrift erscheinen lassen. Diesen Gedanken mußte der junge Mann sich aus dem Kopf schlagen. Seine Büste im Speisezimmer aber, so wurde ihm versichert, würde gewiß viele berühmte Bewunderer finden. Der Besuch währte nur kurz – drei Tage –, die Wirkung auf den Gastgeber aber war nachhaltig. »Es fiel mir lächerlich schwer, mich von Dir zu trennen, als wir an jenem Vormittag im vergangenen Monat traurig zusammen zu dem schlichten, freundlichen kleinen Bahnhof gingen… viel einsamer als gedacht kehrte ich zurück… Du fehlst mir noch immer – und zwar viel mehr, als ich angesichts der kurzen Spanne Deines Hierseins für möglich gehalten hätte. Dein armer, hilfloser, ferner, aber Dich liebender Henry James.«

Über viele Jahre setzten diese Briefe sich fort, währte der Kummer, die tief empfundene, nie gestillte Sehnsucht.

Indessen brachte unser armer Freund, einsam wie er war, vom Sturm der durch Hendriks Besuch hervorgerufenen Gefühle hin- und hergerissen, weder genügend Interesse noch die erforderliche Energie auf, das rußige Manuskript aus seinem zweiten Grab im Schreibtischfach zu holen und sich seiner Lektüre zu widmen. Mochte es bleiben, wo es war, samt dem, was es womöglich an Verwicklungen und Verantwortung brachte; mochte es getrost noch einige Wochen in seinem Schreibtisch liegen. So zauderte er.

Doch jetzt bedrohte gleich von zwei Seiten neue beunruhigende und unvorhergesehene Kunde seinen Seelenfrieden. William, der ältere Bruder, den er seit sieben Jahren nicht mehr gesehen hatte, war krank. Er litt an einem schweren Herzklappenfehler und hatte beschlossen, von Neuengland zur Kur in das deutsche Bad Nauheim zu reisen.

Und Bellingham, der Besitzer und Vermieter von Lamb House, war gestorben, seine Witwe hatte keine Verwendung für die Immobilie, der Sohn war entschlossen, sein Glück im Klondyke zu machen (wo der arme Mensch viel zu früh das Zeitliche segnen sollte), und der Besitz wurde dem derzeitigen Pächter für zehntausend Pfund zum Kauf angeboten.

Seine ganze Kindheit und Jugend hindurch hatte der jüngere Bruder im Schatten des tätigen, aufgeweckten, zielstrebigen Älteren gestanden, der ihm nur fünfzehn Monate voraus hatte, aber aufgrund seines so ganz anderen Naturells befreundet war mit »Jungen, die gern wetterten und fluchten« und die den Jüngeren seiner Vorliebe für Bücher wegen ›Schlappsack‹ nannten. In all seinen Werken hatte unser Schriftsteller jüngere Brüder mit besonderer Nachsicht behandelt, während er mit älteren bisweilen recht kurzen Prozeß machte. Nur zu gut erinnerte er sich noch an jene Tage, als William laut prahlend auf Abenteuer ausging, indes er, der Jüngere, auf der Fensterbank saß und *Das Leben Constables (Life of Constable)* von Leslie las; erinnerte sich, wie er später, als Heranwachsender, begriffen hatte, daß er sich nur in Williams Abwesenheit guter Gesundheit erfreute und genug Energie aufbrachte, um sich mit Hilfe der Schriftstellerei erfolgreich im Leben zu behaupten; sobald der ältere Bruder zurückkehrte, stellten sich bei unserem Freund die rätselhaften Gebrechen – Rückenschmerzen, Mattigkeit und Depressionen – wieder ein. Es schien, als könnten die beiden Brüder nicht gleichzeitig daheim und gleichzeitig wohlauf sein. Ging es dem einen gut, kränkelte der andere. In der Familie gab es eine These, daß Krankheiten von einem Familienmitglied auf das andere überwechselten, daß der Erfolg des einen durch Fehlschläge des anderen ausgeglichen wurde.

Dazu kam Williams Einstellung zum Werk unseres Freundes. Nur zu oft stellten die kritischen Bemerkungen des Älteren, die auf den ersten Blick durchaus ermutigend klangen, ein vernichtendes Urteil dar. Die Geschichte war »zu dünn«, der Stil zu verstiegen, die Figuren in seinen Theaterstücken verbrachten zu viel Zeit damit, Erklärungen über sich selbst abzugeben. Daß in einigen dieser Argumente ein Körnchen Wahrheit steckte, machte die Sache nicht besser. Das Sperrfeuer der Kritik hielt an, solange sie lebten, auch nachdem der Jüngere längst als ein Meister seines Fachs anerkannt war. »Könntest du dich nicht, um deinem Bruder eine Freude zu machen, einmal hinsetzen und ein Buch schreiben, dessen Handlung sich nicht in Schalheit oder Zwielicht verliert?« bat William, nachdem er die *Goldene Schale (The Golden Bowl)* gelesen hatte, und der Jüngere antwortete für seine Verhältnisse recht scharf: »Ich versichere dir, lieber William, daß es mich sehr verdrießen würde, wenn dir mein Buch gefiele.«

Im persönlichen Zusammensein mit William aber war unser Freund stets milde und versöhnlich, kehrte er zum Status des willfährigen Jüngeren zurück; brüderliche Rivalität hatten sie nie zwischen sich aufkommen lassen, ihre Zuneigung war herzlich und aufrichtig. Williams ernsthafte Erkrankung ängstigte unseren Helden sehr: Er sah das eigene Leben bedroht, machte sich auch um sein Herz die größten Sorgen.

Gleichzeitig aber schickte er dem Bruder – ohne zu überlegen, ob es ratsam sei, William bei seinem derzeitigen angegriffenen Gesundheitszustand mit geschäftlichen

Problemen zu behelligen – einen aufgeregten zehnseitigen Brief, in dem er alle Argumente anführte, die für den Erwerb von Lamb House sprachen, aber wohl auch seinen Rat erbat. Der kränkelnde, deprimierte William erwiderte, der Preis scheine ihm überhöht. Sogleich kam die entrüstete Antwort aus England: »Du magst es mir nicht zutrauen, aber ich weiß recht gut, worauf ich mich hier einlasse…«

Im August 1899 nahm unser Freund kurzerhand eine Hypothek auf und kaufte Lamb House; wie sich herausstellte, war die Summe, die er als Eigenkapital aufzubringen hatte, geringer als befürchtet. Und im Oktober verließ William, einigermaßen erholt, Deutschland, um mit seiner Frau Alice und seiner Tochter Peggy einen Besuch in Rye zu machen.

William, aus Neuengland an Großzügigkeit und viel Raum (drinnen und draußen) gewöhnt, empfand Lamb House, das er zum erstenmal betrat, als recht klein und beengt, ja, ganz Rye als winzig und klaustrophobisch.

»Bei den meisten Häusern fragt man sich, wie dort Kinder heranwachsen konnten«, schrieb er. In Lamb House sei alles »sehr einfach und reduziert«. Sein Zustand verschlechterte sich wieder, er bekam Schmerzen in der Brust und mußte eilends nach London gebracht werden, wo er in De Vere Gardens Wohnsitz nahm und einen Herzspezialisten konsultierte, der ihm eine Kur in Malvern empfahl. Im Dezember aber kamen William James und seine Familie nach Rye zurück, wo sich der neue Besitzer von Lamb House – geängstigt, enerviert, zermürbt von diesen Sorgen (er beschreibt Williams Buch als »eine überaus

161

starke Belastung, eine fürchterliche Strapaze«) und dem ständigen Hin und Her – nicht auf ein längeres durchgehendes Werk hatte konzentrieren können. Statt dessen hatte er, um rasch an Geld zu kommen, etliche Kurzgeschichten geschrieben.

Und er hatte sich endlich dazu durchgerungen, das vergilbte, rußfleckige, eselsohrige Manuskript aus seinem Versteck zu holen und zu lesen. Denn jetzt konnte er es – ebenso wie das Haus – in der Tat als sein Eigentum betrachten.

Über mehrere winterliche Novembertage war unser Freund damit beschäftigt, Toby Lambs Tagebuch zu entziffern und in sich aufzunehmen. Die Schrift war dünn und krakelig, das Papier fleckig und schmutzig. Als unser Freund beim *finis* angelangt war und die letzte Seite umgeschlagen hatte, befand er sich in einem sonderbar tranceähnlichen, ja, fast scheintodartigen Zustand. Das dringende Bedürfnis, die Rückkehr zur Normalität noch weiter hinauszuschieben, ließ ihn gewissermaßen geistig den Atem anhalten. So viele Fragen entzogen sich dem bewußten Wissen, auf so vieles würde es nie eine Antwort geben. So lange als möglich ging er jeder Entscheidung in dieser Sache aus dem Wege.

Die Lektüre selbst hatte ihm in seinem derzeit besonders sensiblen Bewußtseinszustand zu willkommener Entspannung verholfen. Natürlich setzte sehr bald (schon war das halb unbewußt geschehen, die ihm eigene Gabe hatte sich beim Lesen wie von selbst gemeldet) jene exzeptionelle Kritikfähigkeit ein, die keinen Roman, keine Novelle, keinen einzigen Satz unwidersprochen ließ und die seine Freunde und Kollegen stets verdroß, wenn sie, ihr neues Werk zur Billigung vorlegend, in reichem Maße mit wohlabgewogener Kritik und vielfältigen Verbesserungsvorschlägen bedacht wurden, statt mit dem rückhaltlosen Lob, an dem allein zu diesem Zeitpunkt dem Autor gelegen ist. Tobys Tagebuch hätte, so hatte unser Freund von Anfang an erkannt, so viel besser gelingen können, wenn der arme Junge nur mehr spezifiziert und lokalisiert, revidiert und umstrukturiert hätte. Womöglich wäre es gar ein kleines Meisterwerk geworden, hätte er die eine oder andere Änderung vorgenommen, die unserem Freund sogleich in die Augen sprang, während er sich den Text ›einverleibte‹. Es zuckte ihm in allen Fingern, zur Feder zu greifen und die entsprechenden Korrekturen vorzunehmen. Er hatte einmal gesagt, daß er zum Lesen von Romanen nicht tauge. »Ich beginne sogleich, sie still für mich zu schreiben.« Der junge Toby mochte vor allem für sich selbst geschrieben haben, doch schließlich und endlich hatte der Bedauernswerte nach eigenem Bekunden doch Schriftsteller werden wollen. Seine kleine Arbeit hätte wertvolle Einsichten vermitteln, hätte ein echtes Fenster in die Vergangenheit werden können (unser Freund konnte nicht umhin, an Toby als einen jungen Mann zu denken, obschon er ein relativ fortgeschrittenes Alter erreicht hatte). Insbesondere gab es da *eine* Änderung, die sofort eine bedeutende Verbesserung dargestellt, der bescheidenen Erzählung mehr Saft und Kraft gegeben, sie gewissermaßen weiter ›geöffnet‹, verbreitert und vertieft hätte…

Neben diesen kritschen Erkenntnissen aber meldeten

sich Überraschung und staunendes Wiedererkennen. Denn vieles aus Tobys Geschichte deckte sich mit dem persönlichen Erleben unseres Freundes und trat ihm in seltsam eindringlicher Vertrautheit entgegen. Toby war, wie er, ein jüngerer Bruder; Toby war, wie er, versehrt, war durch einen Brandunfall zum Krüppel geworden, hatte nie seine Rolle als Mann voll ausleben können. Dann aber hatte Toby, gestärkt und gestützt durch die goldene Segnung der Freundschaft, gegen seine Behinderung ankämpfen, sie fast besiegen können – nur um in späteren Jahren erneut von ihr heimgesucht zu werden. Toby hatte, wie unser Freund, eine geliebte Schwester Alice gehabt – und hier wurden die Parallelen in beider Leben noch augenfälliger. Tobys Schwester war im Gegensatz zu Henrys Alice nicht daheim geblieben, sondern in jungen Jahren in die Erwachsenenwelt hinausgestoßen worden, in der sie unheilbare Wunden davongetragen hatte. Welches Los, überlegte unser Freund bekümmert, war wohl schwerer zu tragen gewesen? Welch schändliche Behandlung Alice Lamb im einzelnen erfahren hatte, mochte er sich nicht vorstellen. (In dieser Beziehung hatte Tony Lamb echte schriftstellerische Einsicht bewiesen. »Solange die Ereignisse verschleiert sind, kann die Phantasie sich austoben und sich alle möglichen Schrecknisse ausmalen; wird aber der Schleier gelüftet, ist jedes Geheimnis dahin und mit ihm das Gefühl des Grauens«, hatte unser Freund einmal scharfsinnig bemerkt, als er über seine Technik der Andeutungen sprach.) Toby hatte keine Schleier gelüftet, und unser Freund, dem es infolgedessen freistand, sich alle möglichen Schrecknisse auszumalen, zog es vor, die

Augen vor ihnen zu verschließen. Um die Heimsuchungen seiner Alice, der armen Alice James, wußte er hingegen nur zu gut – um den würgenden Jammer, den ein verlorenes, vergeudetes Leben hervorruft, die seelische Qual, der schließlich das tatsächliche körperliche Kranksein fast wie eine Rettung aus höchster Not erscheinen mußte.

»Ich spüre das schändliche granitene Ding in meiner Brust«, hatte Alice James triumphierend verkündet und den Krebs begrüßt wie ein Soldat, der sich eines Ordens freut als Zeichen dafür, daß er Tapferkeit vor dem Feind bewiesen hat und daß der Kampf nun ein für allemal vorbei ist.

Welches Los war schwerer zu tragen, überlegte unser Freund erneut. Alice Lamb hätte, wäre ihr die Gelegenheit dazu gegeben worden, noch zeigen können, was in ihr steckte. Sie hätte gern die Brauerei ihres Vaters geführt; Alice James hatte man nie Gelegenheit gegeben zu zeigen, was in ihr steckte. Nicht einmal ihre Briefe waren – im Gegensatz zu denen ihrer rührigen Brüder – des Aufhebens für wert befunden worden. Vermutlich enthielten sie wenig Wissenswertes; was hatte sie schon mitzuteilen außer ihren eigenen rastlos quälenden Gedanken? »Wenn man nur passiv am Leben teilnehmen kann, setzt die nackte, krude Leere der hiesigen Natur, in der nichts von einem eigenen Ich ablenkt, der Seele zu, und der Vorgang des Gesundens wird Pflichtübung statt Vergnügen«, notierte sie. »Ich bin nun schon so lange tot und mühe mich lediglich darum, eine Stunde nach der anderen hinter mich zu bringen… daß jetzt nur noch die leere Erbsenschote endgültig verdorren muß.«

Ließen sich schmerzlichere Worte als diese denken? Wohl kaum, überlegte der Bruder.

Die Geschichte von Alice Lamb hatte in ihm peinigende Erinnerungen an die Geschichte von Alice James geweckt, die erst vor sieben Jahren in London gestorben und in Woking eingeäschert worden war, gestorben mit zweiundvierzig Jahren nach einem halben Leben in Krankheit und Enttäuschung.

Und dann die Geschichte von Toby und Hugo; eigenartigerweise ertappte unser Freund sich dabei, daß er Hugo Grainger mit den äußeren Merkmalen Hendrik Andersens ausstattete.

Toby hatte Hugo als hochgewachsen mit leuchtendblondem Haar geschildert. Hendrik, der geliebte Hendrik, war »von prächtiger Statur«, skandinavisch blond und blauäugig. Ständig stand unserem armen Freund sein Bild vor Augen; und in Toby Lambs an Liebe so armem Leben hatte Hugo wohl eine ähnliche Rolle gespielt. Welche Qualen mußte Toby tagtäglich ausgestanden haben, als Hugo nach Cambridge gegangen war. »Ich sehnte mich nach ihm mit jedem Atemzug«, hatte er geschrieben, und unser Freund konnte den schmerzlichen Verlust aus ganzer Seele nachempfinden.

Der tragische, vermeidbare Tod des kleinen Moses war ein weiteres Bindeglied, erinnerte er doch an das traurige, viel zu frühe Ende des geliebten jüngeren Bruders Wilky James, der nach den im amerikanischen Bürgerkrieg erlittenen Verletzungen nie wieder ganz gesund und vor sechzehn Jahren als Achtunddreißigjähriger gestorben war.

Hatte das Haus aus solchen Erwägungen heraus so laut nach unserem Freund gerufen?

Schließlich war da noch das Gespenst; doch war die Einstellung unseres Freundes Geistererscheinungen gegenüber durchaus zwiespältig. Gewiß, er selbst hatte etliche Gespenstergeschichten geschrieben, doch was er in ihnen anstrebte, was ihn bei seiner Jugendlektüre von Poe, Hawthorne, Dickens, Wilkie Collins, Mérimée, Sheridan Le Fanu, Hoffmann und Balzac angesprochen hatte, war nicht die herkömmliche, stöhnend mit den Ketten rasselnde Spukgestalt, sondern die Schilderung gespenstischer Schrecknisse und spukgeplagter Menschen »ohne abgeschmackte Buhmann-Effekte«; und eben dieses Ziel hatte er sich bei seiner nächsten Gespenstergeschichte gesetzt, die *The Sense of the Past* heißen sollte. Er war häufig in Häusern gewesen, in denen es spukte, hatte in Châteaux und Palazzi logiert, um die sich Geschichten von übernatürlichen Vorkommnissen rankten, in unheimlichen Turmzimmern geschlafen (in denen man gern die unverheirateten männlichen Gäste unterbrachte); auch in Lamb House sollte ja, wie die Einheimischen erzählten, ein Gespenst herumgeistern. Der Vater unseres Helden hatte vor fünfundfünfzig Jahren, als Henry noch ein Baby war, in einem Cottage bei Windsor eine Begegnung mit dem Übernatürlichen gehabt. Er war einer unsichtbaren Gestalt gewahr geworden, die »im Raum hockte und von deren unreinem Wesen lebensgefährliche Strahlungen ausgingen«. Der Schock hatte die Gesundheit von Henry James senior auf Monate zerrüttet. Den älteren Bruder William hatte während seines Medizinstudiums jäh und ohne Vorwarnung »eine schreckliche Lebensangst« ergriffen. Wie bei seinem Vater hatte sich diese Angst personifiziert, und zwar in Gestalt eines geistesgestörten Patienten, den er einmal im wirklichen Leben gesehen hatte, eines schwarzhaarigen jungen Burschen mit grünlicher Haut, der tagaus, tagein dasaß wie eine peruanische Mumie. »Diese Gestalt, so spürte ich, bin im Grunde ich.« William fürchtete sich nun vor der Dunkelheit, vor dem Alleinsein; ohne Hilfe der Religion wäre er »mit Sicherheit wahnsinnig geworden«. Auch bei Alice James gab es derlei Abgründe; sie hatte das Gefühl, als wuchere dichter Dschungel in ihrem Kopf, oft hatte sie Angst vor dem Einschlafen, besonders kurz vor ihrem Tod, als ihr nur noch Hypnose Erleichterung brachte; sie meinte, einen »eingesperrten Blitz« in sich zu haben – kurz, die ganze Familie James war in hohem Grade nervös, hochsensibel gegenüber Einflüssen von außen und anfällig für seelisch bedingte Erkrankungen. William, Henry und Alice litten an Rückenschmerzen, Verstopfung, Augenproblemen, Schlaflosigkeit, Verdauungsstörungen, Appetitlosigkeit. Alice plagten überdies noch Menstruationsbeschwerden, Ohnmachtsanfälle, Zahnfäule, hysterische Lach- und Weinanfälle und Konzentrationsschwierigkeiten.

Aber – ein leibhaftiges Gespenst?

Unseren Freund sollte später ein außerordentlicher, ein zutiefst beängstigender Traum heimsuchen – ein Traum, der so lebhaft, so unerträglich war, daß die Erinnerung daran ihn für den Rest des Lebens nicht verließ und ihm als Material für mindestens zwei Erzählungen diente, in denen er die haarsträubenden Einzelheiten schilderte. Der Traum begann damit, daß ein Portal gegen irgendein schreckliches Geschöpf der Finsternis zu verteidigen war, das seinen »Ruheplatz bedrohte«. (Vielleicht Peter Quint vor dem Fenster?) Doch er endete mit einer bemerkenswerten Umkehrung: Der Träumer setzte sich zur Wehr, brach das Portal nach außen auf, jagte den üblen Gesellen aus dem Geisterreich über einen langen Flur – die *Galerie d'Apollon* im Louvre –, während über ihnen der Donner grollte und Blitze zuckten. In jenem wirklichen Alptraum obsiegte schließlich der Träumer; in einer der fiktionalisierten Fassungen, *Das glückliche Eck (The Jolly Corner)*, stellt sich der Held dem Gespenst und erkennt zu seinem Entsetzen in ihm das Ich, zu dem er geworden wäre, hätte er sich, statt Amerika zu verlassen und eine literarische Laufbahn einzuschlagen, als gieriger Geldraffer in der Kommerzwelt betätigt – ein böser, gräßlicher, niederträchtiger, vulgärer Fremder, bei dem zwei Finger einer Hand zu Stummeln verkürzt sind. Der Träumer erstarrt vor Angst, dann sinkt er bewußtlos auf die schwarzweißen Marmorfliesen der Diele, mit denen sich liebgewordene Erinnerungen aus der Kindheit verbinden.

In einem anderen Traum dieser Art betritt unser Held ein vornehmes, mit Schätzen angefülltes Herrenhaus, schreitet durch die Räume, vorbei an kostbaren Schränken und Meisterwerken – doch immer voller Unruhe, im Banne eines seltsamen, nicht benennbaren Mißbehagens; dann entdeckt er im Obergeschoß einen alten Mann in einem Sessel und ruft ihm zu: »Du hast Angst vor mir, du

Feigling!… Ich weiß es! Ich sehe den Schweiß auf deiner Stirn!«

Wer hatte mehr Angst – die Spukgestalt oder der, dem sie nachstellte? Und wer war die Spukgestalt, wer der Verfolgte? War der Alte im Sessel sein Vater? Oder sein selbstherrlicher älterer Bruder? Hatte er ein ganzes Leben gebraucht, um diese beiden zu akzeptieren? Oder war der Fremde eher ein zweites, kaufmännisch begabtes Ich, das ebenfalls dankbar gewesen wäre und dem er insgeheim ein wenig nachtrauerte?

Was Wunder, daß er dem jungen Toby Lamb, der während der väterlichen Krankheit die Leitung der Brauerei übernommen, seine Brüder überlebt, in der Nachfolge des Vaters das Bürgermeisteramt in Rye übernommen hatte, so etwas wie Bewunderung, brüderliche Zuneigung und kameradschaftlichen Respekt entgegenbrachte. Wäre vielleicht auch unser Freund nicht ungern Bürgermeister geworden? In den letzten hundert Jahren hatten in Lamb House häufig Bürgermeister von Rye gewohnt; für unseren Freund war ein eigener (allerdings nie benutzter) Platz in der Kirche reserviert; hin und wieder muß ihn der Gedanke – wenn auch vielleicht nicht ganz ernsthaft – durchaus beschäftigt haben. Doch hätte er sich in der Praxis nicht verwirklichen lassen, solange er die amerikanische Staatsbürgerschaft besaß (von der er sich bekanntlich später trennte).

Zunächst aber hegte er den lebhaften Wunsch, Toby Lambs Tagebuch seinem Bruder William zu zeigen, der noch zur hydropathischen Behandlung in Malvern weilte, bald aber mit Frau und Tochter nach Rye zurückkehren wollte, um die Weihnachtstage dort zu verbringen. Unser Held brauchte Rat – oder eigentlich eher eine Bestätigung seiner Absicht – in einer Frage des ethischen Vorgehens. Überdies empfand er auch ein wenig Stolz. Toby war gewissermaßen seine eigene Entdeckung, sein ganz privater Geist und Jenseitsbote …

»Du begreifst, mein Lieber, worauf ich hinaus will?«

Die beiden Brüder sahen sich groß an. Dann bemerkte William nachdenklich: »Soll das eine Rechtfertigung für den Erwerb deiner Immobilie sein? Geht es dir darum? Möchtest du immer noch bestätigt haben, daß ich den Kauf billige?«

»Zum Henker, nein! Meine Entscheidungen treffe ich immer noch allein! Es geht mir nur um das Maß der Verantwortung.«

»Jeder entscheidet selbst über die Risiken, die er eingehen will.«

»Risiken? Ach was! Für mich persönlich ist kein Risiko dabei; das eigentliche Problem ist Toby. Seine dürftige kleine Geschichte zu veröffentlichen wäre meiner –«

»Veröffentlichen?« William bedachte dies einen Moment. »Das würdest du wirklich tun?«

Der kritisch-skeptische Ton brachte unseren Freund sofort in Harnisch. »Es ist eine von mehreren Möglichkeiten. Eine durchaus naheliegende. Und weshalb um alles in der Welt eigentlich nicht?«

»Da du mich schon so fragst, will ich es dir sagen«, erklärte der Ältere entschieden. »Erstens gibt es – bist du darauf denn nicht selbst gekommen? – möglicherweise, ja, höchstwahrscheinlich noch lebende Mitglieder der Familie Lamb, für die eine solche Veröffentlichung äußerst schmerzvoll und demütigend wäre. Warum sollten sie es sich gefallen lassen, daß ein peinlicher Vorfall aus ihrer Familiengeschichte auf diese Weise ans Licht gezerrt wird? Ja, man könnte sogar argumentieren, daß sie die Affäre regelrecht ›geerbt‹ haben und du gar nicht berechtigt bist, sie zu veröffentlichen.«

»Nach nahezu zweihundert Jahren?«

»Du, mein Lieber, hast dich, wenn ich mich recht erinnere, in mehreren deinen Erzählungen dieses moralischen Dilemmas angenommen. Ich meine die Frage der Verantwortung… Ob Schriftstücke, die mit einem bislang hoch angesehenen Namen in Zusammenhang stehen und diesen beträchtlich schädigen könnten, der Öffentlichkeit zugänglich gemacht oder aber vernichtet werden sollten… Ich meine mich des Ausdrucks ›schuftige Verleger‹ zu erinnern…«

Unser Freund überlegte. »Nun ja, diese Sache – *Asperns Nachlaß* – war im Gedächtnis der Nachwelt noch lebendig, es gab Menschen, die sich des Vorfalls erinnerten. Hier geht es um weit länger zurückliegende Ereignisse…«

»Und noch ein Punkt«, fuhr der ältere Bruder fort, »an den du offenbar nicht gedacht hast: Schrieb Toby die Wahrheit?«

Unser Freund machte erneut große Augen. »Warum denn nicht, um Himmels willen?«

»Aus den verschiedensten Gründen. In seiner Erzählung tritt Toby als hochanständiger, tief empfindender junger Mensch auf. So stellt er sich selbst dar. Aber trifft diese Darstellung zu? In Wirklichkeit könnte es ganz anders gewesen sein. Vielleicht stieß Toby seine Schwester in den Brunnen, zerfressen von Wut und Eifersucht, weil sie sich zwischen ihn und seinen Freund gestellt hatte. Daß Toby seinen Freund Hugo über ihre Vergangenheit aufklärte, war ja keine sehr brüderliche Tat.«

»Brüderlich … ach was! Unser armer Toby steckte moralisch in der Zwickmühle.«

William fuhr fort. »Eine Möglichkeit, in dieser fragwürdigen Angelegenheit zu einer Lösung zu kommen, wäre es, die wahre Geschichte ans Licht zu bringen. Hast du dich überhaupt schon einmal bemüht festzustellen, ob die in Tobys Bericht geschilderten Ereignisse auf historischen Tatsachen beruhen? Hast du die Vergangenheit der Familie Lamb recherchiert?«

»Im Gegenteil.« Unser Freund runzelte die Stirn. »Du kennst meine Abneigung gegen überflüssige Details. Die Leute schwatzen so viel, liefern so zahlreiche lästige Ausschmückungen mit, wenn sie einem Informationen bringen, und verbreiten sich gerade über das, was man so viel lieber im Zustand fruchtbarer Leere und Verschleierung belassen hätte …«

Jetzt zeigte sich seinerseits der Ältere überrascht.

»Soll das heißen, du hättest die Absicht, die Aufzeichnungen –«

»Aber ja! Etwas anderes käme doch gar nicht in Frage.«

William schwieg einen Augenblick. »Du willst also Tobys Tagebuch nicht in seiner vorliegenden Form der Öffentlichkeit zugänglich machen?«

»›Toby‹ in seiner vorliegenden Form ist von unreflektierter Unreife, der Bedauernswerte verstand sich nun einmal nicht aufs Schreiben. Dadurch, daß er den Fehler machte, sich durchgängig an die Ichform zu halten, hat er sich der Möglichkeit beraubt, im entscheidenden Moment von der Bewußtseinsebene einer Figur auf die einer anderen überzuwechseln. Man würde dem armen Jungen nicht gerecht, stellte man ihn dem Leser in der Gestalt vor, in der er sich sozusagen selbst präsentierte, ja, man hätte ihm damit den denkbar schlechtesten Dienst erwiesen. Ich hege die allergrößten Zweifel, ob irgendein Verleger ihn auch nur über seine Schwelle ließe.«

William schwieg erneut einen Augenblick, dann fragte er: »Du möchtest also ›Toby‹ umschreiben?«

»Selbstverständlich. Wie denn nicht? Hat mich dieses liebe kleine Haus nicht zu eben diesem Zweck so dringend gerufen? Es verlangte nach einem ganz bestimmten Bewohner.«

»Nach einem wie dir.«

»Nach einem wie mir.«

»Doch wie siehst du nun deine Rolle?«

»Ich sehe meine Rolle darin, den jungen Toby nach Kräften zu unterstützen, ihm Helfer und Lehrer zu sein. Das ist, um es salopp auszudrücken, ganz schön viel verlangt, aber ich habe keine Angst vor dieser Aufgabe.«

»Aber – hast du das Recht dazu?« fragte William etwas schroff.

»Weshalb, mein lieber Bruder, hätte das Haus mich sonst ›erwählt‹? Ich begreife jetzt, daß ich seinen Einfluß schon lange vor der Entdeckung von Tobys Tagebuch unbewußt spürte. Was sonst hätte mich bewegt, *Die Dre-*

hung der Schraube zu schreiben, die Geschichte zweier mißbrauchter, unglücklicher Kinder in einem Herrenhaus auf dem Lande? Mir ist jetzt klar, daß ich mich Toby schon viele Monate vor dem entscheidenden Fund allmählich annäherte. Und jetzt liegt seine Last auf meinen Schultern.«

»Übrigens – wie ›siehst‹ du Toby?« Es war keine müßige Frage, die William gestellt hatte, sondern er richtete dabei einen durchdringenden Blick auf den Bruder.

Unser Freund überlegte eine Weile.

»Wie ich Toby sehe? Als einen jungen Menschen, der sich stets eher gering einschätzt, stets wünscht, ein anderer, Zufriedenerer, vom Glück großzügiger Bedachter zu sein. Dessen Kindheit durch Zufälligkeiten, durch das unverantwortliche Handeln anderer bestimmt, der häufig kränklich und bedrückt war. Ich sehe ihn als einen schüchternen, verletzlichen, wenig selbstbewußten, aber nicht übel aussehenden Jungen, der trotz allem voller Hoffnung ins Leben blickt.«

»Mit anderen Worten: Du siehst ihn so, wie du selbst in seinem Alter warst. Du versetzt dich voll und ganz in Tobys Rolle. Und eben da liegt die Gefahr. Ich will dir etwas sagen, mein Lieber: Wenn du meinst, die geheimnisvolle Schuld, die Toby bei der Welt einzuklagen hat, ließe sich durch unsere Lektüre seines Tagebuchs nicht hinreichend begleichen, könnte man sich beispielsweise um die Unterstützung eines Mediums bemühen.«

Unser Freund verzog angewidert das Gesicht.

»Die schreckliche Mrs. Piper? Diese sogenannten ›Medien‹ schaden der Sache des Spiritualismus mehr als krassester Materialismus. So etwas würde ich Toby nie zumuten.«

Unbeirrt fuhr William fort: »Es scheint mir durchaus glaubhaft, daß Toby Lamb – oder ein Toby Lamb entsprechendes Geistwesen – noch häufig an diesem Ort erscheint und sich einem lebenden Wesen verständlich zu machen sucht.«

Unser Freund überlegte. »Da magst du recht haben. Wenn aber nun nach fast zweihundert Jahren Toby seine Ansichten geändert hätte?«

»Wie meinst du das?«

»Ich erinnere mich, daß du einmal sagtest, irgendwelche Teufeleien des Körpers könnten zu Lebzeiten des Menschen die Seele daran hindern, sich wunschgemäß zu verwirklichen, so daß es, wenn sie den Körper verläßt, zu einer explosionsartigen Freisetzung von Kraft kommen kann. Sollte das bei Toby geschehen sein, wäre es denkbar, daß er inzwischen durchaus nicht mehr gewillt ist, sich von Mrs. Piper herbeirufen zu lassen.«

»Falls dem so ist, mein lieber Junge, machst du dein eigenes Argument zunichte. Worauf stützt sich deine Überzeugung, daß das Haus – oder der darin herumspukende Toby – eine Veröffentlichung seiner Geschichte wünscht?«

Unser Freund ließ einen Augenblick verstreichen und erwiderte dann mit Nachdruck: »Warum hätte man sonst jene Ereignisse in Gang gesetzt, die zu dem Brand im ›grünen Zimmer‹, zur Entdeckung von Tobys Tagebuch führten? Warum wurde es ausgerechnet mir zugänglich gemacht?«

»Vielleicht wegen deiner Sachkunde in Verlagsangelegenheiten. Deiner ›Beziehungen‹.«

»Dafür«, wandte unser Freund mit einiger Schärfe ein, »hätte es praktisch jedes Mitglied der schreibenden Zunft getan. Warum hat man so dringend meine Dienste ›angefordert‹?«

William überlegte. »Höchstwahrscheinlich der Parallelen wegen, auf die du ja selbst hingewiesen hat. Die Schwester, der Bruder. Die Behinderung. Mag sein, daß diese Aspekte dich für die Botschaft des Hauses besonders empfänglich machten.«

»In der Tat«, versetzte der Jüngere nachdenklich, »würde ich sehr gern eine Erzählung über die besonders starke, fesselnde Zuneigung zwischen einem Bruder und einer Schwester schreiben. Für einen Schriftsteller wie mich wäre Tobys harmlose Geschichte nicht mehr als ein Sprungbrett, es gäbe keinerlei Berührungspunkte zwischen seinem winzig kleinen Radius und dem umfassenden Bogen des vollendeten Werkes.«

William zog die Stirn kraus. »Du würdest demnach vermöge deiner Beschreibungen, Psychologisierungen und dergleichen ein Buch daraus machen, das fünfmal so lang wäre. Wie *Die Damen aus Boston (The Bostonians)*, die mit hundert Seiten eine brillante, prickelnd leichte Lektüre hätte sein können…«

»Ich würde das Material auf meine Art nutzen«, erwiderte der Jüngere etwas steif.

»Es erscheint mir sehr zweifelhaft, daß du das Recht dazu hast, mein lieber Junge. Woher willst du wissen, ob du damit Tobys Wünschen entsprichst? So, wie ich es sehe, möchte er, daß *sein* Tagebuch veröffentlicht wird. Wir sind uns darüber einig – aus unterschiedlichen Gründen, die bei mir moralischer, bei dir, äh, professioneller Natur sind –, daß das nicht angemessen wäre. Doch glaube ich nicht, daß man dir freie Hand gegeben hat, an dem Tagebuch herumzupfuschen. Nein, ich denke, Tobys arme Seele wird sich noch eine Weile in Geduld fassen müssen. Noch ist die Zeit nicht gekommen, seine Geschichte – oder die Geschichte seiner Schwester – an die Öffentlichkeit zu bringen.«

Unser Freund machte ein langes Gesicht. »Du meinst... ich soll überhaupt nichts tun?«

»Du sagst es. Lege deinen Fund in sein Versteck zurück und laß es wieder zumauern. Gönne dem Tagebuch seine Ruhe. Du darfst dich in der Sache nicht unbedingt von Tobys Wünschen leiten lassen.«

Es war vielleicht ein glücklicher Umstand, daß in diesem Moment zum Tee geläutet wurde und Williams Frau von unten rief: »Jetzt kommt schon, ihr zwei Faulpelze. Den ganzen Nachmittag habt ihr dort oben gehockt und geredet, während Peggy und ich uns in den Schneesturm hinausgewagt und dreimal den Church Square umrundet haben. Die Marsch ist voller Nebel, Rye sieht aus wie eine Stadt im Belagerungszustand.«

»Ja«, ergänzte ihre Tochter, »und der Wind will sich offenbar zu einem richtigen Neuengland-Blizzard auswachsen. Genau der richtige Abend für Gespenstergeschichten. Hoffentlich hast du eine, die du uns vorlesen kannst, Onkel Henry.«

»Ich habe in der Tat eine, meine liebe Peggott«, erwiderte ihr Onkel, während er Platz nahm. »Sie spielt übrigens in diesem Haus.«

Als er den scharfen Blick seines Bruders spürte, fügte er lächelnd hinzu: »Eine erfundene Gespenstergeschichte, William. Von zwei alten Jungfern und dem Geist eines liederlichen Vorfahren.«

»Wunderbar, Onkel Henry! Vortrefflich! Hier ist zur Belohnung dein Tee.«

»Hast du dir schon einmal überlegt, Henry«, fragte seine Schwägerin und reichte ihm die Platte mit Teekuchen, »daß das Gespenst, das die Familie Lamb im Garten erblickte – ja, mit deiner gütigen Erlaubnis arbeite auch ich mich gerade durch Tobys Tagebuch –, daß dieses Gespenst, sage ich, dir auffallend ähnlich sieht? Ein Mann in Schwarz mit einer quadratischen schwarzen Kopfbedeckung... Wie oft habe ich dich in deiner schwarzen Hauskappe und der schwarzen Samtjoppe ins Gartenzimmer gehen sehen... Können Gespenster Bilder sein, die uns ebenso aus der Zukunft wie aus der Vergangenheit entgegentreten?«

Ihr Schwager blickte sie betroffen an. »Auf diese Möglichkeit, meine Beste, war ich bisher noch gar nicht gekommen.«

»Aber mal im Ernst, Henry: Hast du selbst in deinem bezaubernd behaglichen kleinen Haus jemals etwas auch nur annähernd Übernatürliches gesehen?«

Er überlegte. »›Gesehen‹ – nein, das nicht. Wohl aber erahnt, gefürchtet, erspürt, in mannigfaltigen ›Impressionen‹ aufgenommen, nicht vermittels meiner fünf Sinne, sondern auf transzendentalem, metaphysischem Wege.«

Und die Summe all dieser unendlich leisen, unendlich subtilen Hinweise, die sich auf seine Seele gesenkt hatten wie aus dem Kamin herabschwebende Rußflocken, ergab ein Bild: Das Bild eines Knaben, der nie ganz Haus und Garten verlassen hatte, eines Knaben, der hinkte und dennoch voller Tatendrang war, verzweifelt und doch voller Hoffnung, mißachtet und doch von großer Liebesfähigkeit.

Diese Dinge blieben unausgesprochen, waren unaussprechlich. »Meine liebe Alice ... mit einem Wort ... nein«, erwiderte er schließlich und spürte zugleich, wie das Haus sich zurechtrückte, gewissermaßen die Schultern zuckte, sich in einem leise warnenden Schauer regte – wobei unserem Freund das Erdbeben von Florenz in den Sinn kam – und dann schweigend zuhörte, während er seine bezaubernd heitere Erzählung *The Third Person* vorlas.

»Was hältst du davon, Henry?« fragte der ältere Bruder, als die beifällig aufgenommene Lesung beendet war, »wenn ich ein kleines hypnotisches Experiment mit dir machte? Du meintest ja selbst einmal, daß du womöglich engere Kontakte mit der Familie Lamb hast, als dein Bewußtsein wahrhaben will ... Und bitte vergiß nicht, welch wohltätige Wirkung die Hypnose auf unsere arme Schwester in den letzten Wochen ihres Lebens hatte.«

Unser Freund schüttelte sich. »Mein lieber, verehrter Bruder: nein! Als therapeutische Maßnahme für die arme Alice leugne ich die Wirksamkeit dieser Hypnose nicht, aber sie als eine Art spirituellen Dietrich an meiner eigenen hilflosen Person zu erproben – nein, nein und nochmals nein. Ich habe nicht die Absicht, mich freiwillig der Kontrolle über meine Sinne zu entledigen –«

»Fordere nicht das Schicksal heraus, ich bitte dich«, sagte sein Bruder eindringlich. »Und bedenke wohl, was ich gesagt habe: Man sollte Mitglieder der Familie Lamb nicht durch eine Herausgabe von Tobys Tagebuch ohne Not beunruhigen und öffentlichem Aufsehen preisgeben. Selbst wenn du deine Absicht wahrmachst, die Geschichte umzuschreiben, könnten sie sich im Hinblick auf deinen derzeitigen Wohnsitz einen Reim darauf machen.«

William James und Familie reisten Mitte Januar gen Süden, um in einem gemieteten Château in Costebelle an der französischen Riviera Quartier zu nehmen.

Unseren Freund hatte der Besuch, insbesondere die fast einem Verbot gleichkommende offene Mißbilligung des Bruders seinem Plan gegenüber, Toby Lambs Tagebuch zu überarbeiten und dann zu veröffentlichen, beträchtlich aus der Bahn geworfen. An dieser Absicht gehindert, ohne andererseits auf die Arbeit sowohl zur Nervenberuhigung als auch zur Beischaffung von Mitteln für den Erwerb des Hauses verzichten zu können, verfaßte unser Freund etliche bissige Erzählungen. Noch immer unter dem Eindruck von Tobys Erinnerungen begann er danach ein längeres Werk, für das Titel und Grundidee bereits vorhanden waren. Es sollte *The Sense of the Past* heißen, eine Spukgeschichte werden und von einem jungen Amerikaner handeln, der bei einem Besuch in der Heimat seiner englischen Vorfahren auf geheimnisvolle Weise in eine frühere Epoche zurückversetzt wird. Mark Twain hatte vor zehn Jahren etwas Ähnliches geschrieben, allerdings in Form einer Satire, während unser Freund einen eher seriösen Ton anstrebte. Als Zeit wählte er den Beginn des 19. Jahrhunderts, genauer gesagt das Jahr 1820, bis zu dem etwa auch seine eigene Familie zurückging. Ach, hätte doch Tobys Tagebuch in jener Zeit gespielt und nicht hundert Jahre davor! In dem Dilemma, die Vergangenheit zu beschreiben, ohne über konkrete Unterlagen zu verfügen, versagte seine schriftstellerische Phantasie aufs kläglichste.

Verärgert und unzufrieden legte er die Arbeit nach einhundertzehn Seiten beiseite; er sollte sie erst vierzehn Jahre später wiederaufnehmen. Im Lauf des Frühjahrs begann er statt dessen mit einer Studie über Wechselbeziehungen, genauer gesagt über die These der Familie James, daß die Leistungen des einen immer durch das Versagen eines anderen ausgeglichen werden müssen, daß es in einer Beziehung zwischen zwei Menschen Gleichheit nie geben kann, sondern die Gesundheit des einen stets durch den Kräfteverfall des anderen erkauft wird, ein Zugewinn an Scharfsinn bei dem einen durch ein Zurücksinken des anderen in Lethargie – und eines Menschen Leben durch eines anderen Tod. War Alice Lamb womöglich gestorben, damit Tony leben konnte?

Unser Freund hatte *The Sacred Fount* als eine Erzählung von nicht mehr als zehntausend Wörtern konzipiert und sie zudem in der unbestimmten Vorstellung begonnen, dem ›jungen Toby‹ zu zeigen, wie das ungefüge Vehikel der Ich-Erzählung zu handhaben sei. Unglücklicherweise hatte das Werk einen im Verhältnis zur Handlung unverhältnismäßig großen Umfang angenommen.

Und jetzt steckte er tief in einem neuen Roman – der Geschichte eines Amerikaners, den man nach Paris schickt, um einen jungen Landsmann zu retten, der in üble Hände gefallen ist. Bisweilen aber drückte ihn die Verpflichtung, die er Toby gegenüber eingegangen war. Ich komme auf dich zurück, Toby, ganz gewiß, versprach er ihm, du sollst dein Recht erhalten, und zwar so, daß niemand Anstoß nehmen kann. Und ihm schien, als rücke sich sein Mitbewohner wieder geduldig und demütig zurecht, um weiter zu warten.

Inzwischen schrieb unser Freund an Hendrik Andersen: »Ich spüre Deine Arme um mich, mein lieber Junge. Nachdem ich mich weder an Dir selbst noch auch nur an einem deiner neueren, so monumentalen Werke freuen kann, habe ich in einem unauffälligen, muffigen Laden am Viehmarkt, in den Niederungen unseres kleinen, ruhevoll unkomplizierten, rotgiebeligen Rye, eine verwitterte Statue entdeckt, Teil einer verfallenen und abgebauten größeren Steinmetzarbeit, die zu meinem großen Vergnügen auffallende und eindeutige Ähnlichkeiten mit deiner eigenen schönen Person aufweist. Ich habe sie unter dem Maulbeerbaum mitten in meinem Rosenbeet aufstellen lassen, und sie tröstet und beglückt mich sehr – in Ermangelung dessen, den sie darstellt. Aber wann kommst Du selbst wieder her, lieber Junge? Ich sehne mich unsäglich nach Dir. Mein Atelier in der Watchbell Lane steht Dir jederzeit unumschränkt zur Verfügung... Dein Zimmer, Dein Platz, alles, alles wartet auf Dich...«

Hendrik aber war anderweitig beschäftigt und ließ sich nicht blicken.

Im März kam es unserem Freund plötzlich in den Sinn, sich den Bart abzunehmen. »Er war im letzten Vierteljahr jählings weiß geworden, so daß ich nicht nur alt aussah, sondern mich auch so fühlte«, schrieb er an William, der von der eitlen Selbstbespiegelung des Jüngeren womöglich nicht sehr entzückt war, zumal es ihm selbst nicht gutging.

Unser Freund saß nun bartlos seinem Vetter Bay Modell; in den nächsten Monaten kam er mit der buntgemischten Gruppe weiterer Schriftsteller zusammen – Crane, Conrad, Ford Maddox Ford, Wells –, die zu jener Zeit in oder bei Rye lebten; er schrieb *Die Gesandten (The Ambassadors)* und *Die Flügel der Taube (The Wings of the Dove)*, dabei aber hatte er Toby stets deutlich spürbar im Sinn. Bald, bald! versprach er.

Ende 1902 hatte unser Freund Gelegenheit, sich im Tresor der örtlichen Bank einen Gegenstand anzusehen, der im Besitz der Familie Lamb gewesen war, nämlich eben jenes Taufgeschenk, das König Georg I. Tobys jüngerem Bruder George verehrt hatte, eine große Schale aus vergoldetem Silber. »Sie ist von beträchtlicher Eleganz und von beträchtlichem Fassungsvermögen«, schrieb er an einen Nachkommen der Familie Lamb (dessen Existenz Williams Befürchtungen vollauf rechtfertigte). Die Schale war für unseren Freund ein *point d'appui;* sie weckte sofort den Wunsch in ihm, eine Erzählung darüber zu schreiben; zugleich hatte er das Gefühl, damit einen Teil seiner Schuld Toby gegenüber abzutragen. Er begann die Niederschrift der *Goldenen Schale.*

Anfang des Sommers waren William und Familie wieder nach Rye gekommen, und William hatte der neuen Sekretärin seines Bruders, Miss Weld, einige seiner Vorträge über *Die religiöse Erfahrung in ihrer Mannigfaltigkeit* diktiert; gegen Sommerende waren William und seine Frau Alice (zur Erleichterung unseres Helden) nach Amerika zurückgekehrt, wobei William bis zuletzt an seiner Meinung festgehalten hatte, die Tagebücher von Toby Lamb dürften weder veröffentlicht noch auf irgendeine Weise verändert werden.

Das Schriftstück verblieb also in dem abgeschlossenen Schreibtischfach unseres Freundes – Monat für Monat, Jahr für Jahr.

Nach der Fertigstellung der *Goldenen Schale* – er hatte für den Roman nahezu zwei Jahre gebraucht – reiste unser Freund über den Atlantik in seine Heimat. Es war dies die erste Reise dieser Art seit vielen Jahren; er besuchte seinen Bruder, ging auf Lese- und Vortragstour und machte sich Notizen für die *American Scene*. Dann kehrte er nach England zurück, begann mit der Durchsicht seiner Werke für die New Yorker Gesamtausgabe und ließ sich am Rande auch wieder einmal mit dem englischen Theater ein.

In dieser Zeit klang Tobys Stimme leise, sehr leise, ja gespenstisch matt. Sie blieb nicht ganz ungehört, war nicht vergessen, aber gewissermaßen in eine Seitenkapelle verbannt, eine stille dunkle Ecke fern von Hauptschiff und Altar.

Das Haus regte sich nicht. Es wartete.

1909 kam der junge Hugh Walpole nach Rye und logierte in Lamb House.

Er war ein charmanter, ehrgeiziger, gut aussehender junger Autor, der eine problematische Kindheit hinter sich hatte: Als Sohn eines Bischofs zunächst in einem sanften, kultivierten Heim liebevoll umhegt, war er jählings in Chaos und Dschungel einer englischen Privatschule katapultiert worden. Diese Erfahrung, von der er selbst behauptete, sie überwunden zu haben, hatte seiner Seele tiefe Wunden geschlagen, was sich unter anderem in einem unersättlichen Verlangen nach Liebe und Anerkennung äußerte. Liebe sollte er von unserem Freund, den er im Februar 1909 kennenlernte, in Fülle erfahren, die Anerkennung des Meisters aber wurde ihm in den kommenden Jahren eher bedingt und stets mit einem Schuß Ironie versetzt zuteil: »Du tollst blökend wie ein weißes Lämmchen über das grüne Gras der Schriftstellerei…« Doch lud unser Freund den jungen Mann (in Ermangelung von Hendrik) nur zu gern nach Lamb House ein, wo ihm als besondere Ehre das ›Königszimmer‹ zugewiesen wurde.

Als der junge Gast am nächsten Morgen zum Frühstück kam, war er bleich und erschüttert und wirkte um zehn Jahre gealtert.

Der Gastgeber äußerte seine tiefe Besorgnis in väterlich sonorem Ton.

»Was ist geschehen, mein Bester? Du siehst beklagenswert aus… wachsbleich… aufgewühlt… bist du krank? Soll ich nach unserem braven Dr. Skinner schicken?«

Nein, versicherte Walpole, er sei nicht krank, leide nur unter den Nachwirkungen eines verheerenden, greulichen Traumes.

»Es war… ich kann es nicht beschreiben… ich war

wieder in der Schule. Sie, *cher maître,* wissen gottlob nichts von den Schrecken, den unaussprechlichen Schrekken eines englischen Internats...«

Der Meister atmete tief aus. »Nein, und dafür muß ich wohl dem Schicksal und der Wanderlust meines Vaters, dieses dicken kleinen Amateur-Swedenborgianers, ewig dankbar sein, der einen, wohin er uns auch schickte, zum Glück nie lange an einem Ort ließ. Der schlimmste war wohl die vortreffliche Institution Rochette, wo man mir vergeblich ein Verständnis für Mathematik nahezubringen suchte... aber ich schweife ab, mein Junge... dein Traum?«

»Er war ganz grauenvoll. Sehen Sie, als ich... ganz klein war, sagte mir jedermann... es war meine feste Überzeugung... jeder, der eine gute Erziehung genossen hat und sich manierlich benimmt, der täglich betet, auf Gott vertraut und gut zu seinen Mitmenschen ist... ich ging davon aus, ich wußte, daß so ein Mensch von seiner Umwelt eine ebensolche Behandlung erwarten darf.«

»Durchaus verständlich, lieber Junge. Doch fürchte ich, daß – äh – diese Meinung alsbald revidiert werden mußte.«

»Revidiert!« wiederholte der Jüngere halb verächtlich, halb nachsichtig. »Sie war völlig abwegig. Mit elf Jahren mußte ich... nachdem ich mein Leben bis dahin in der Gesellschaft liebenswerter, zivilisierter Menschen verbracht hatte, die mir aufrichtig zugetan waren... plötzlich mußte ich einsehen, daß die Welt ganz anders beschaffen ist, daß sie voller Gewalttätigkeit, Roheit, Verkommenheit, Entwürdigung und Unflat steckt. Das war eine

Lektion, die ich nie vergessen habe. Und der Traum der vergangenen Nacht hat mich wieder einmal daran erinnert.«

»Verschone mich mit Einzelheiten, mein Lieber, ich bitte dich!« flehte sein Gastgeber mit erhobenen Händen.

»Gewiß. Sie sind zu... Die harmloseste, unverfänglichste Prüfung für die Neuen in Crale – das war meine Schule – bestand darin, daß sie einen vor einem brennenden Kaminfeuer aufhängten und rösteten, bis man ohnmächtig wurde. Das waren wenigstens saubere, handfeste Schmerzen. Aber –«

»Bitte...«

»Nein, aber das Schlimmste an meinem Traum war – das wollte ich Ihnen erzählen –, daß nicht ich mich in der Rolle des Opfers befand, sondern ein Knabe namens Alice –«

»Ein Knabe namens Alice?«

»Sie verhöhnten ihn, er sei in Wirklichkeit ein Mädchen. Ein friedfertiger, rundlicher Bursche mit dunklen Augen, zutraulich und ohne Angst... mein Gott, was sie mit ihm machten, war die Hölle, war derart grauenvoll...«

»Versuche, nicht mehr daran zu denken, lieber Junge. Seien wir froh, daß es nur ein Traum war, daß er überstanden ist.«

Der Gastgeber war fast so bleich und verstört wie sein Gast. Mehrmals fuhr er sich mit zitternder Hand über die hohe Stirn. »Du bekommst heute ein anderes Zimmer, mein Lieber. Vielleicht sind dir der Raum, das Bett, die Lage nicht bekommen. Gehen wir an die frische Luft.

Mein Garten mit seinen Primeln und Narzissen soll dich trösten.«

Das Frühstück – Porridge mit Sahne und drei Rühreier für jeden – fast unberührt lassend, traten die beiden hinaus in die Sonne. Mit berechtigtem Stolz führte der Gastgeber die Aprilherrlichkeit des Gartens vor und geleitete seinen jungen Freund dann zu seiner Neuerwerbung, der Statue unter dem Maulbeerbaum, die er gekauft hatte, weil sie Hendrik ähnlich sah, seinem zweiten Liebling, der ihn so vernachlässigte, sich so rar machte.

»Erinnert sie dich an jemanden?« fragte er wehmütig, obschon ihm natürlich klar war, daß Hugh und Hendrik sich wahrscheinlich nie begegnet waren, da letzterer sein Atelier in Rom hatte. Doch Hugh erwiderte betroffen und mit leicht schwankender Stimme: »Ja, doch… sie hat eine ganz merkwürdige Ähnlichkeit mit dem Jungen namens Alice aus meinem Traum…«

Ungeachtet dieses bedauerlichen Zwischenfalls verlief der Wochenendbesuch durchaus erfreulich. Hugh vermerkte in seinem Tagebuch: »Haus und Garten entsprechen genau seinem Wesen. Worte werden ihm nicht gerecht. Ich kann nicht über ihn sprechen.«

Unser Freund versagte es sich – so verlockend der Gedanke auch sein mochte –, seinem Besucher Tobys Tagebuch zu zeigen. Er sprach davon, er schilderte es. Bei einem späteren Besuch wurde es dann doch hervorgeholt, wobei der Gastgeber vorsichtshalber die Bitte äußerte, sein junger Freund möge niemandem von dem Manuskript erzählen.

»Fällt Ihnen an der Figur im Rosenbeet etwas auf?« fragte unser Held seinen Diener, den getreuen Burgess, im Herbst 1909. Der kratzte sich am Kopf und erwiderte: »Ja, Sir, jetzt, wo Sie's sagen, kommt's mir vor, als ob das Ding ganz ungemein verwittert ist, dabei ist's doch noch gar nicht so lange her, daß Gammon und ich es aufgestellt haben.«

»Eigenartig. Höchst eigenartig.«

Selbst sein eigener ratlos-besorgter Blick konnte keine Ähnlichkeit mehr mit dem lieben Hendrik ausmachen. Und im Lauf der nächsten Monate veränderte sich die Figur immer mehr, sie schrumpfte und bröckelte.

In dieser Zeit litt unser Freund an starken Depressionen und war mehrmals genötigt, Dr. Skinner wegen einer vermeintlichen Herzschwäche zu konsultieren. Schließlich schickte Skinner ihn zu einem Spezialisten nach London. Dieser, Sir James MacKenzie, machte ihm Mut, er sah, wie er sagte, keinen Grund zur Besorgnis. Doch so ganz glaubte sein Patient diesen Beteuerungen nicht. Im Herbst und im Winter verstärkten sich seine Unruhe und Niedergeschlagenheit. Es war wie früher, als Williams Anwesenheit sich auf ihn wie ein atmosphärisches Tiefdruckgebiet ausgewirkt hatte, das schwer auf seiner Gesundheit, seiner Seele, seiner geistigen Regsamkeit lastete. Sein Bild von Toby hatte sich verändert. Er sah seinen geisterhaften Gefährten nun nicht mehr als naiven, zutraulichen Knaben, der friedlich und geduldig seiner Arbeit in Haus und Garten nachging. Vielmehr erschien er ihm als hagerer, gramgebeugter, nicht mehr ganz junger Mann, dessen Haar sich lichtete und der ein Bein nachzog. Auch lag nun immer ein Ausdruck schmerzlich gespannter Erwartung auf den blassen Zügen, als horche er ständig, doch vergeblich auf den Laut einer nahenden Kutsche oder das Trappeln von Pferdehufen. Und nachts träumte unser Held regelmäßig von einer zornigen, verbitterten Frau.

»Du gibst dich nie ganz, nicht wahr?« fuhr sie ihn an. »Immer, immer hältst du etwas für dein Werk zurück. *Dein Werk!* Das ist dein Privileg. Ich aber muß sehen, wie ich bei all meinen Verpflichtungen noch zu einem eigenen Leben komme. Meine größte Sünde bestand darin, das Stubenmädchen nach einer Schokoladentorte aus dem Haus zu schicken. Stell dir vor, in meinem elenden, eingeengten Leben war mir nicht einmal der Luxus des Fluchens gestattet. Selbst das Wort ›verdammt‹ war tabu.«

»Schilt nicht, liebste Alice«, bat er. »Ich habe diese Regeln nicht gemacht.«

»Ich bin nicht deine liebe Alice!«

In einer Stimmung düsterer Bußfertigkeit und hoffnungslosen Kummers, von Ungeduld und Verzweiflung erfüllt, holte unser armer Freund einen großen Stoß privater Aufzeichnungen aus dem Arbeitszimmer in Lamb House, brachte sie in den winterlichen Garten und ließ sie im Feuer des Gärtners in Flammen aufgehen: Briefe, Manuskripte, Notizhefte, Skizzen zu ungeschriebenen Werken – alles, alles, die literarischen Schätze eines halben Jahrhunderts, verging in Rauch.

Da siehst du, Toby, rief er lautlos, daß ich meine eigene Hinterlassenschaft geringer schätze als deine kleine Geschichte. Sie bewahre ich, meine Papiere gebe ich der Ver-

nichtung anheim. Ein Opfer, das ich deinem Verständnis
bringe…

Wenig später fühlte der Meister sich wohler und wieder
in der Lage, ein neues Werk zu planen. »Mein armer alter
Genius klopft mir so liebevoll-gütig auf die Schulter, daß
ich mich umdrehe, den Kopf wende und ihm in meiner
Dankbarkeit leidenschaftlich die Hand küsse… Causons,
causons, mon bon…«

Doch die Atempause war nur von kurzer Dauer. Das
Brandopfer vermochte die Furien nicht lange zu be-
sänftigen, und auch die Aufhellung seines Gemüts hielt
nicht an. Er, der noch nie sehr fest geschlafen hatte, fand
jetzt so gut wie keinen Schlummer mehr. Eine Stunde
pro Nacht war das Maximum. Doch was sollte er tun in
diesen sich grauenvoll dehnenden Stunden, in denen er
seinen Verstand nicht mit Arbeit beschäftigen konnte?
Die müßigen Gedanken klapperten wie Kastagnetten. Essen widerte ihn an. Der Arzt, der nun doch unruhig
wurde, verordnete Bettruhe und eine Pflegerin.

Der tief besorgte William (er hatte von Henry einen
›äußerst jammervollen‹ Brief erhalten) schickte seinen
Sohn Harry über den großen Teich, der in Erfahrung
bringen sollte, wie es dem Kranken wirklich ging.

Harrys Bericht war nicht beruhigend. »Ich konnte
mich nur an sein Bett setzen und seine Hand halten,
während er zwei Stunden lang keuchte und schluchzte, bis
der Arzt kam. Er sprach von Tante Alice und von seinem
eigenen Ende… am nächsten Tag fing alles von vorn an,
er hat Angst vor dem Alleinsein. Manchmal nennt er mich
Toby…«

Und Edith Wharton, die liebe Freundin des Meisters, schrieb: »Ich kann kaum glauben, daß dies noch derselbe James war, der da vor mir seine Angst, seine Verzweiflung, sein Verlangen nach ›Aufhebung des Sichbewußtseins‹ herausschrie, seine unsagbare Einsamkeit, seine Trostbedürftigkeit und das Unvermögen, sich trösten zu lassen.«

William und seine Frau beschlossen, nach England zu reisen; William hatte aufgrund der schriftlichen Hinweise Melancholie oder einen Nervenzusammenbruch diagnostiziert. Der Schriftsteller selbst nannte seinen Zustand »die schwarzen Teufel der Unrast, dreimal verfluchte Dämonen«. »Ich war wirklich ganz unten in der Hölle«, sollte er später feststellen. William, dem sein Herz wieder ernstlich zu schaffen machte, wollte eine weitere Kur in Bad Nauheim machen, während seine Frau Alice in Lamb House blieb, um den leidenden Schwager aufzuheitern und zu trösten. (Sie versuchte sogar – allerdings erfolglos –, ihm das Stricken beizubringen.) Die Ärmste! Dabei hätte sie so viel lieber den eigenen Gatten gepflegt.

Im Juni reisten beide nach Deutschland zu William, bei dem die Kur bedauerlicherweise nicht angeschlagen hatte. Im August reisten sie zu dritt nach Quebec; beide Brüder waren gesundheitlich und seelisch in einem beklagenswerten Zustand. Der letzte Bruder, Robertson, war vor nicht allzu langer Zeit gestorben.

Und Ende August starb auch William in seinem Haus in Chocorna.

»Idealer älterer Bruder«, schrieb unser Freund. »Ich war stets absolut der Jüngere und Mindere.«

Unser Freund verbrachte den Winter in Cambridge,

Massachusetts, und bemühte sich, seine verwitwete Schwägerin zu trösten, die ihn damit zur Verzweiflung brachte, daß sie Séancen abhielt, um Williams Geist herbeizurufen. Es war vielleicht ein Glück, daß der Geist auf die Anrufe nicht reagierte.

Allmählich fühlte er sich ein wenig besser, fing wieder an zu schreiben, bekam Heimweh nach England und kehrte im Juli 1911 dorthin zurück. In Lamb House kam er sich nach wie vor eingesperrt und auf schwer erklärbare Weise bedroht vor und fuhr deshalb nach London, wo er sich daranmachte, seinem Vater und seinem Bruder ein Denkmal zu setzen.

Vor der Abreise hatte er auch Toby Lambs Tagebuch hervorgeholt und in einen seiner Koffer gelegt.

Wiewohl der Tod des Bruders überaus betrüblich und ein für immer schmerzlich empfundener Verlust war, hatte er unseren Freund doch zumindest von einer Blokkade befreit, die nicht ganz unschuldig an seinem derzeitigen elenden Zustand gewesen war. In der Sache Toby Lamb konnte man nun wohl bald etwas unternehmen. Causons, causons, mon bon…

Im nächsten Jahr stellte unser Schriftsteller, dem Lamb House noch immer Widerwillen, ja, fast so etwas wie Grauen einflößte, dieses Domizil seinem Neffen Bill und dessen frischgebackener Ehefrau Alice für die Flitterwochen zur Verfügung. Mochte Tobys verhärmter Geist ihnen über die Schulter sehen, wenn er wollte. So schritt denn wieder eine Alice, die dritte (oder gar die vierte?) über die Gartenwege und stieg die breite Treppe von Lamb House hinauf.

Im Frühjahr 1912 kehrte unser Freund endlich nach Rye zurück, in seinem Gepäck hatte er Toby Lambs noch immer unveröffentlichtes Manuskript sowie eine äußerst sorgfältig geschriebene Neufassung von Tobys Geschichte. Er hatte sie *Der Schatten auf der Gasse (The Shade in the Alley)* betitelt und meinte, daß sie Überlebenden der Familie Lamb unmöglich Kummer bereiten konnte, da er sich mit größter Akribie bemüht hatte, möglichst alle Spuren und Querverweise zu tilgen.

Ein für ihn sehr untypischer Mangel an Selbstvertrauen hinderte ihn daran, diese Fassung sogleich an seinen Agenten, J. B. Pinter, zu schicken. Er wartete zunächst einen Besuch Edith Whartons ab, die er bisweilen als ›Engel‹, dann wieder als ›Adler‹ und neuerdings als ›Feuervogel‹ oder ›Liebste aller Lieben‹ anzureden pflegte.

Zum erstenmal waren sie sich vor über zwanzig Jahren in Paris begegnet, doch war diese Begegnung so flüchtig gewesen, daß sie unserem Freund nicht im Gedächtnis geblieben war. 1899 hatte Edith Wharton ihm in aller Bescheidenheit ein Exemplar ihrer ersten Kurzgeschichtensammlung *The Greater Inclination* verehrt, er aber hatte sich mit dem Dank über ein Jahr Zeit gelassen. Er erkannte das Schmeichelhafte der Tatsache, daß sie sich (zum Teil unbewußt) in ihrem Stil den seinen zum Vorbild genommen hatte, und als er dann endlich ihre Gabe bestätigte, äußerte er sich liebenswürdig, lobte ihre »bewundernswerte Genauigkeit und Klarheit«, fügte wie gewohnt etliche kritische Bemerkungen an, forderte sie aber auch auf, ihm künftige Arbeiten zu zeigen.

Seit jener Zeit hatte sich die Freundschaft stetig weiterentwickelt. Sie, gebürtige New Yorkerin, wohlhabend, zwischen Amerika und einem kosmopolitischen Leben im freiwilligen europäischen Exil hin und her pendelnd, lud unseren Freund in ihr Pariser Domizil in der Rue de Varenne ein, wo er sich, wie er schrieb, »mit chère Madame ein wenig den Magen verrenkt«, den Besuch aber trotzdem sehr genossen hatte; oder sie jagte, Ehemann Teddy an ihrer Seite, in ihrem Pankhurst mit Chauffeur durch England, überfiel unseren entzückten Autor, machte mit ihm anregende Ausflüge über Land, schleppte ihn – ungeachtet seiner Klagen, er verliere dadurch kostbare Zeit, die er eigentlich zum Schreiben brauche – in große Häuser. Sie selbst schrieb nun einen Roman nach dem anderen; ihre Werke wurden – beginnend mit dem *Haus der Freude* im Januar 1905 – überaus günstig aufgenommen und verkauften sich, wie ihr armer großer Freund nie zu versäumen erwähnte, sehr gut; besser als seine eigenen. Der scherzhafte Ton, in dem er dies sagte, konnte über seine schmerzliche Betroffenheit nicht hinwegtäuschen. Seine eigenen Werke waren groß, waren monumental; er wußte sehr wohl um ihren Wert; warum verkauften sie sich dann so schlecht, warum war seine Leserschaft – verglichen mit der ihren – so klein an Zahl?

So äußerte er denn, als der »Freiheitsvogel« am 20. Juli wieder einmal in Rye eintraf, seine vorsichtige Bitte in ungewöhnlich demütiger Stimmung: Wäre sie wohl bereit, *Der Schatten auf der Gasse* zu lesen und ihm ihre ehrliche Meinung zu sagen? Geschmeichelt sagte sie zu, doch sei die Gelegenheit eben jetzt nicht günstig; sie bat um die Erlaubnis, die Erzählung auf die geplante Besuchsrunde

mitzunehmen, und bekam von ihm einen Durchschlag. –
Tobys Original zeigte er ihr nicht.

Während dieser Besuche – auf Hill Hall, bei Howard
Sturgis auf Queen's Acre, auf Cliveden (Lady Astor) und
Newbury (Lady St. Halier, die aber, wie sich herausstellte,
verreist war) blieb keine Zeit zum Lesen; unser Freund erlitt – was Wunder! – zwei leichte Herzattacken, und nach
einem Besuch bei Howard Sturgis wurde er am zweiten
August sorglich per Automobil mit Chauffeur in sein eigenes Heim zurücktransportiert.

»Ging gleich zu Bett«, schrieb er.

Am 12. August aber machten Mr. und Mrs. Wharton
vor der Rückreise auf den Kontinent noch einmal in Rye
Station.

Nach dem Lunch – Teddy war auf einen Rundgang
durch Rye geschickt worden – packte unser Autor den
Stier bei den Hörnern und erbat die Meinung seines
Gastes zu seiner Erzählung.

»Da ich nur zu gut um Ihr Geschick im Verfassen soge-
nannter Gespenstergeschichten weiß, zögere ich nicht, die
sachkundige Stellungnahme einer Kollegin, einer Mit-
künstlerin und – um es ganz klar zu sagen – einer Angehörigen des anderen Geschlechts zu erbitten. Hat mein
kleines Werk sein Ziel erreicht? Hat es, wenn ich mich so
ausdrücken darf, den Nagel auf den Kopf getroffen?«

Mrs. Whartons reizendes rundes braunes Gesicht legte
sich in nachdenkliche Falten, die haselnußfarbigen Augen
verschleierten sich. Sie zögerte einen Augenblick.

Es war kein guter Lunch, der an diesem Tag in Lamb
House auf den Tisch gekommen war. Schon früher hatte

sie, eine für ihre Großzügigkeit bekannte Gastgeberin, Gelegenheit gehabt, sich in der Heimlichkeit ihres Tagebuches über die »beängstigende Frugalität« im Hause des Meisters auszulassen, über die »fade Pastete, von der ein Viertel oder die Hälfte zum Abendessen vertilgt worden war« und die am nächsten Tag zum Lunch wiederauftauchte, ohne daß die am Vortag angerichteten Verheerungen beseitigt worden wären. Das an jenem Tag servierte Essen erhob sich ihrer Ansicht nach kaum über das Niveau der kinderzimmerüblichen Hackfleischaufläufe und süßen Reisspeisen – durchaus schmackhaft, gewiß, aber kaum das, was man wohl erwarten durfte, wenn man selbst bei ähnlichen Anlässen an nichts gespart hatte. Der Bordeaux allerdings war vorzüglich gewesen. Dennoch… Sie entschloß sich zu rückhaltloser Offenheit.

»Ganz recht, mein Lieber, ich wäre noch darauf gekommen, ich hatte es nicht vergessen«, sagte sie. »Deshalb habe ich Teddy nach Ypres Castle geschickt. Ihre Geschichte ist natürlich sublim, ist herrlich, wird Ihrem eigenen Ich in so überwältigender Weise gerecht. Aber ich frage mich… seit zehn Tagen frage ich mich unablässig: Wird sie auch Todd gerecht?«

Betroffen, besorgt, verwirrt nicht so sehr durch ihren Tonfall als durch den Ausdruck in ihren schönen Augen, erbat er eine nähere Erläuterung.

»Cher Maître…« – wie um die Schärfe ihrer Worte zu mildern, schenkte sie ihm ein Lächeln – »…was hat Sie veranlaßt, Ihre Hauptfiguren so ganz in den leeren Raum zu stellen? Todd… Huon… Agnes… Sie manipulieren die drei mit der vollendetsten Kunstfertigkeit, richten seltsame Strahlen diffusen, gebrochenen Lichts auf sie, lassen sie von Äolsharfenklängen umspielen – und haben sie völlig jenes irdischen Ballasts beraubt, den wir notgedrungen mit uns herumschleppen. Ihre Figuren sind beeindruckend, sind exquisit, aber wir erleben sie gewissermaßen nie *au naturel,* sehen nicht, wie sie sich das Haar bürsten oder ein Butterbrot essen. Dabei geben Sie uns zu verstehen, Ihr Todd sei ein vielversprechender, liebenswerter, phantasiebegabter Junge gewesen, Agnes ein liebes, schlichtes, freundliches Mädchen, bis die Furien sie einholten, doch der arme Leser sieht von ihnen nur eine Art goldfarbig trüben, kreiselnden Nebel. Sehr erlesen, gewiß, durchaus bestrickend, aber keine Speise, die den Hunger angemessen stillen könnte, ja, sie bleibt einem sogar ein wenig im Halse stecken. Und dann der Schauplatz, dieses liebe, behagliche kleine Haus, diese gemütliche kleine Stadt (denn ich gehe wohl nicht fehl in der Annahme, daß die Geschichte hier im Ort spielen soll) – wo ist das alles? Verschwunden, aufgelöst, vom Rand der Landkarte abgeschmolzen. Sie sind Ihren Figuren nicht gerecht geworden, haben sie geradezu im Stich gelassen. Ich denke, liebster Meister, daß der Leser in einer Gespenstergeschichte – besonders in einer Gespenstergeschichte! – nach Details verlangt, Details wie dem Muster eines Sesselpolsters oder dem Glanz auf einer Schale, gleichsam als Kontrast zu den übernatürlichen Geheimnissen, die Sie, der Autor, ihm anvertrauen oder zumindest andeuten. Hier aber, lieber Meister, bleibt das alles in der Luft hängen, Sie gestatten Ihren Lesern keinen einzigen Blick auf das Leben, das Ihre Figuren gewissermaßen hinter den Kulissen führen. Sagen Sie mir, warum haben Sie das – und ausgerechnet in dieser Erzählung – getan?«

Unser Schriftsteller sah seine Besucherin aus verstörten Augen groß an und erwiderte ganz erschüttert: »Ich war mir dessen nicht bewußt, meine Beste.«

»In der *Drehung der Schraube*«, fuhr sie unerbittlich fort, »einer Meisterleistung, einem Kunstwerk, das einem das Blut in den Adern stocken läßt und das kein Leser je vergessen wird, in jenem Werk, mein Bester, hielten Sie es ganz anders. Und es ist im Grunde nicht nötig, daß eine bescheidene Verehrerin wie ich Ihnen sagt, wo der Unterschied liegt; dennoch will ich es tun. Denn in jener Erzählung erlauben Sie sich den Luxus eines Ich-Erzählers. So bleiben Sie – oder bleibt Ihre kleine Gouvernante – mit beiden Beinen fest auf dem Boden der Tatsachen, will sagen, dem Boden von Bly. Ihr Blick richtet sich auf die Türmchen des Hauses und geht über den See, wir wissen, daß die alten Bäume wohltuenden Schatten spenden und daß sie mit einer Handarbeit beschäftigt ist, weil sie es uns sagt – und indem Sie sich allein auf ihre Sicht, ihre Äußerungen beschränken, bleibt Ihnen, lieber Meister, wenn ich das so sagen darf, das dankbare Verständnis einer erdgebundenen, beschränkten Leserin wie meiner Wenigkeit erhalten, für die es bisweilen eine so gewaltige, eine so übermenschliche Aufgabe ist, Ihnen auf Ihren komplizierten Höhenflügen zu folgen. Bei Ihrem neuesten Werk hingegen erkennen wir wohl verschwommen, daß Agnes die Hauptfigur ist, doch ihrer Wünsche, Ängste, Hoffnungen und Leiden werden wir nicht hinreichend gewahr. Ihr junger Todd hat noch weniger Konturen, und

Huon wird überhaupt nicht lebendig. Über ihn erfahren wir lediglich, daß er ungewöhnlich hübsch ist. Sie baten mich um eine ehrliche Meinung, lieber Meister. Hier ist sie.«

Unser Freund schwieg minutenlang, ehe er zu einer Erwiderung ansetzte.

»Was aber«, fragte er, und seine Stimme klang ein wenig tiefer und rauher als gewöhnlich, »was aber, meine Beste, sollte man im Lichte all dessen, was Sie mir soeben in Ihrer so entzückend sympathischen und dabei so freimütig-direkten Art klarmachten… Was…«, setzte er mit leicht zitternder Stimme noch einmal an, »…sollte man Ihrer Meinung nach mit diesem kleinen Werk anfangen?«

»Nichts leichter als das! Kein Wort, das Sie schrieben, darf je verlorengehen, lieber Meister. Hier mein Rat: Lassen Sie den jungen Todd seine Geschichte selbst erzählen – ganz geradlinig und ungezwungen, so wie ein junger Mann aus dem 18. Jahrhundert tatsächlich erzählt haben würde. Und heben Sie sich all diese Schätze«, – sie tippte auf das Manuskript –, »all diese trefflichen, erfindungsreichen Arabesken für eine künftige kunstreichere Erzählung auf.«

Er sah sie verzagt an. »Meine beste Freundin…«

Sekundenlang verharrte seine Hand zaudernd am Griff des Schreibtischfachs. Doch da vernahmen sie von unten Stimmen; Teddy Wharton war zurückgekehrt. »Edith!« rief er. »Wir müssen los, mein Mädchen, die Köchin sagt, wir haben keine Zeit zu verlieren, wenn wir das Schiff in Folkestone noch erwischen wollen.«

Zehn Minuten später waren die Whartons zum Aufbruch bereit, und von dem *Schatten auf der Gasse* und Toby Lamb war nicht mehr die Rede.

Doch als Gastgeber und Gäste vor dem Haus in der West Street zusammenstanden und die Whartons sich anschickten, samt all ihren Siebensachen wie Schutzbrillen, Autoschleiern, Decken, Sonnenschirmen, Handschuhen, Staubmänteln und Eau de Cologne in ihre Limousine zu steigen, drehte Teddy Wharton sich noch einmal um, betrachtete wohlwollend die freundliche rote Backsteinfassade und bemerkte: »Nettes Häuschen für einen Schriftsteller, Henry. Wenn Sie tot sind, wird man aus dem alten Gemäuer wohl ein Museum machen, was? Eine Gedenkstätte. Ja, Sir – so stelle ich mir das vor. Eine feudale Wohnstätte für diesen englischen Dichter vielleicht, Sie wissen schon, wen ich meine, den alten Knaben, der immer eine Ode zu Königs Geburtstag schreibt, wie zum Henker heißt er gleich… Alfred Austin.«

»Den *Poeta laureatus* meinst du, Teddy«, sagte seine Frau nachsichtig. »Aber ich glaube kaum, daß er sein derzeitiges Domizil verlassen würde. Fürs nächste Jahrhundert aber wäre es eine charmante Idee: eine literarische Gedenkstätte hier in Rye, in der vielleicht junge Schriftsteller zu einem nominellen Mietzins wohnen könnten?«

Ihr Gastgeber aber erwiderte nur kurz, er habe die Absicht, das Haus einem seiner Neffen zu vererben, »der natürlich, wenn ich das Zeitliche gesegnet habe, damit tun und lassen kann, was er will. Leben Sie wohl, liebe, liebste Freunde, eine gute, eine sichere Reise wünsche ich Ihnen.« Und mit sehr gemischten Gefühlen sah er dem Wagen nach, der die West Street hinunterfuhr.

Als er sein Haus wieder betrat, hatte unser Freund zum erstenmal das eigenartige Gefühl, daß es ihm nicht mehr ganz traute. Es war, als habe es Teddy Whartons Vorschlag gehört – was für ein liebenswerter, dickfelliger, simpler Bursche! –, habe gewissermaßen die Idee für bare Münze genommen und versuche sich jetzt in einer ganz neuen Qualität des Schweigens mit seinem Schicksal auseinanderzusetzen. Statt das lebhafte Miteinander mehrerer Generationen mit ihren Freuden und Ärgernissen, statt pulsierenden Familienlebens in seinen Mauern zu bergen, sollte das arme kleine Haus in Zukunft nur noch stumm verbissene, in sich gekehrte literarische Betätigung miterleben dürfen. Unser Freund gewann den halb beängstigenden, halb belustigenden Eindruck, daß sein Haus sich auf diese Aussicht nur mit den allergrößten Vorbehalten, wenn nicht gar mit ausgesprochenem Widerwillen einstellte.

Seufzend legte unser Freund die beiden Manuskripte – Tobys Tagebuch und den *Schatten auf der Gasse* – in eine Schachtel. Eine spätere Stunde, eine spätere Stimme würde ihm enthüllen, wie es weitergehen sollte…

1913 war ein für unseren Freund in vielerlei Hinsicht denkwürdiges Jahr. Er feierte seinen 70. Geburtstag, und seine vielen Gönner und Freunde, etwa dreihundert an der Zahl, schenkten ihm zur Feier des Tages eine goldene Schale, eine Büste, die ihn selbst darstellte, und sein von Sargent gemaltes Porträt.

Im Sommer – dem letzten, den er in Lamb House verbringen sollte – war der Zustrom der Besucher geringer, und durch einen im Frühjahr erlittenen Schwächeanfall war er in seinem Bewegungsspielraum doch etwas eingeschränkt. »Der Abend des Lebens ist problematisch«, schrieb er. Immerhin konnte er seine Memoiren, *Notes of Son and Brother,* fertigstellen. Toby spukte als melancholisch-resignierter, ein wenig verbitterter Geist im Haus herum.

Ein Besuch des geliebten jungen Hugh Walpole im Frühherbst begann weniger glücklich als gewohnt. Hugh bekam nun endlich Tobys Tagebuch zu sehen und las es mit nachsichtiger Anteilnahme, doch beklagte er die eigenartige Geistesabwesenheit seines Gastgebers; es war, wie er sich ausdrückte, als sprächen sie durch eine Glasscheibe miteinander.

Womit Hugh zum Ausdruck bringen wollte, ihm werde seiner Meinung nach nicht genügend Aufmerksamkeit zuteil.

»Sind Sie krank, lieber Meister? Sie sind so unruhig, schroff und nervös… ich habe fast das Gefühl, als hätten Sie sich von mir losgesagt, als sei ich aus Ihrem Leben verschwunden. Sie verbringen viel Zeit… mehr womöglich, als Ihnen guttut? …mit der Betrachtung jener Statue dort unter dem Maulbeerbaum; und an den letzten beiden Abenden sprachen wir von nichts anderem als von Toby Lambs Tagebuch. Es ist, als lebten Sie derzeit nur in der Erinnerung an diesen Toby, der schließlich mausetot ist. Aber ist das noch normal, lieber Meister? Ist es vernünftig?«

Es war nicht zu überhören, daß es ihn kränkte, von einem Wesen verdrängt zu werden, das bereits über hundert Jahre der kühle Rasen deckte.

»Da hole doch der … diesen elenden Toby!« ereiferte er sich. »Und was ist mit mir? Was ist mit meinem Roman *Mr. Perris and Mr. Traill (Isabel und der Lehrer Perin)*? Haben Sie ihn schon gelesen?«

»Natürlich habe ich ihn gelesen. Und natürlich hat das, was du anstrebtest, mich sehr interessiert. Aber Mr. Traill, mein lieber Junge, scheint mir eine Figur zu sein, der die Fähigkeit abgeht, Erfahrungen zu machen, mit anderen Worten – ein reines Phantasieprodukt…«

Während der langen, vernichtend eingehenden Kritik wünschte Hugh von Herzen, er hätte das Thema nicht zur Sprache gebracht.

»Lassen Sie es gut sein«, bat er. Und um seinen betagten Freund abzulenken, fragte er halb im Scherz: »Haben Sie denn Toby Lambs Geist wirklich und wahrhaftig hier im Haus gesehen? Oder den von Alice Lamb?«

»Je nun… da du schon fragst… hm, also… äh… das heißt…«

Die Paranthesen des Meisters nach bestem Vermögen entflechtend, kam Hugh zu dem Schluß, daß in der Tat etwas erblickt, etwas erspürt worden war, daß er aber konkrete Einzelheiten nie erfahren würde. Doch dann verblüffte ihn sein Gastgeber, indem er jählings einen überaus scharfen und durchdringenden Blick aus grauen Augen auf ihn richtete und fragte: »Warum willst du das wissen, mein lieber Junge? Ist es denkbar, daß du selbst den Eindruck hattest, einer Geistererscheinung nahe zu sein? Ich darf doch hoffen, daß jener unaussprechlich grauenvolle Traum dich nie wieder heimgesucht hat?«

Nein, das nicht, sagte Hugh, aber bisweilen habe er, allein in einem Winkel von Haus oder Garten, besonders aber im Garten, das Gefühl gehabt, es seien Kinder ganz in der Nähe, nur um die Ecke gewissermaßen, sehnsüchtig auf eine Gelegenheit wartend, hoffend… Auf was für eine Gelegenheit allerdings, das könne er nicht sagen.

»Wie viele Kinder?« erkundigte sich sein Gastgeber begierig.

»Da bin ich überfragt. Bestimmt mehr als eins, ich hatte den Eindruck, daß sie sich untereinander berieten.«

»Junge oder Mädchen?«

Sowohl als auch, meinte Hugh.

»Interessant. Sehr interessant. Vielleicht bietet das Haus für die einzelnen Zeugen unterschiedliche Geistererscheinungen auf.« Der Meister seufzte und machte einen Rundgang durchs Zimmer. Sie saßen zum erstenmal in diesem Herbst am Kaminfeuer; ein Holzscheit brach mit leisem Laut auseinander und zerfiel bis auf sein glühendes Herz.

»Würdest du mir die Freude machen, Zeuge einer kleinen Zeremonie zu werden, lieber Junge?« fragte der Gastgeber.

»Gewiß… Was immer Sie wünschen.«

Unser Freund verließ das Zimmer, ging die Treppe hoch, kam mit einem ziemlich umfangreichen Manuskript in der Hand zurück und machte sich daran, es Blatt für Blatt im Kamin zu verbrennen. Als die erste Seite in Flammen aufging, entfuhr seinem jungen Gast unwillkürlich ein leiser Wehlaut.

»Was ist das? Was tun Sie da, lieber Meister?«

»Jeder Mensch macht Fehler, mein Junge. Einen der

meinen verbrenne ich gerade. Keine Sorge – man hat mir recht ungeschminkt zu verstehen gegeben, daß es in der Tat ein Fehler ist, und ich muß leider diesem Urteil zustimmen.«

»Aber was überantworten Sie da den Flammen? Doch nicht Tobys Tagebuch?«

Der Meister gestattete sich eine Spur von Wehmut in Ton und Miene. »Nein, nicht das Tagebuch des armen Toby, sondern meine eigene, wohl wirklich allzu preziöse Fassung der darin geschilderten Ereignisse.«

»Ich wünschte, Sie hätten mich Ihre Version lesen lassen«, sagte Hugh zaghaft, während das Zerstörungswerk weiterging. Unser Autor schüttelte den mächtigen Kopf.

»Nein, es ist besser, wenn sie spurlos in Rauch vergeht.«

»Dann gestatten Sie wenigstens, daß ich Tobys Tagebuch meinem Verlag anbiete.«

»Nein, mein Lieber. Nicht jetzt. Vielleicht nie. Ich bin zu dem Schluß gekommen, den ich eigentlich schon längst hätte ziehen müssen, daß es noch nicht an der Zeit ist, Tobys Tagebuch öffentlich zu machen. Der Stil ist unserer Generation nicht angemessen. In hundert Jahren vielleicht –«

»Aber was können Sie denn dann für Toby tun?« Hughs unbeständigen, Toby gegenüber eben noch von Eifersucht und Feindseligkeit geprägten Gefühle waren unvermittelt umgeschlagen und veranlaßten ihn, sich auf dessen Seite zu stellen. »Sollte man dem armen Toby nicht doch seine Chance gönnen?«

»Seine Chance, Lieber?«

»Wenn ihm so viel daran liegt, daß seine Geschichte veröffentlicht wird…«

Der Meister runzelte die Stirn. »Er muß es lernen, sich in Geduld zu fassen. Unerfahrene Autoren wollen sich immer unbedingt sofort gedruckt sehen… Sie wollen, daß ihr Buch herauskommt, auch wenn die Zeit noch nicht reif ist. Selbst ich gedenke beschämt etlicher früher Machwerke, die in Zeitschriften veröffentlicht wurden, als mein Geschmack noch nicht voll ausgebildet war…«

»Aber eine andere Möglichkeit hat der arme Kerl doch nicht.«

»Ich werde mich bemühen, Toby so gut als möglich mit seinem Schicksal auszusöhnen. Es ›wird schon werden‹, wie du, lieber Junge, vielleicht sagen würdest.«

Dennoch hatte der Meister nach Hughs Abreise des öfteren Gelegenheit festzustellen, daß trotz seiner Bemühungen, die Situation zu erläutern und seine Entscheidung verständlich zu machen, Tony Lambs Geistwesen, Erscheinung, Phantasiegestalt oder was immer es sein mochte, sich nicht überzeugen und nicht versöhnen ließen.

Das Haus legte jetzt nicht mehr nur Skepsis und Argwohn, sondern eine an Feindseligkeit grenzende Haltung an den Tag.

Ein Porträt an der Wand funkelte unseren Freund sekundenlang aus zornigen Augen an. Wenn er ein Zimmer betrat, das er nur auf einen Moment verlassen hatte, war es auf bizarre, kaum merkliche Weise verändert. Sauber verpackte postfertige Sendungen waren plötzlich ausgewickelt; er mußte daran denken, wie sein Vater, der es nie gelernt hatte, sich wie ein Erwachsener zu beherrschen, die Weihnachtsgeschenke der Kinder lange vor dem großen Tag ausgepackt und ihnen gezeigt hatte. Man hinterließ ihm »Botschaften«: In seinem Badezimmer zum Beispiel… aber diese Einzelheiten sind zu belanglos, zu albern, um sie hier aufzuführen. Schubfächer – mit Vorliebe seine Schreibtischfächer – wurden geöffnet, der Inhalt kunterbunt durcheinandergeworfen. Bücher, die er aufgeschlagen hatte liegenlassen, waren, wenn er wiederkam, zugeklappt, die Lesezeichen verschwunden. Manuskriptseiten lagen an der falschen Stelle. Und – ein für ihn besonders unerfreuliches Phänomen – wenn er sich in den Sessel setzte, stellte er häufig fest, daß der Sitz sich warm anfühlte, als habe ein anderer Hausbewohner sich gerade daraus erhoben. Von klein auf war es ihm zuwider, in einem angewärmten Sessel zu sitzen. Die täglichen, an sich unbedeutenden Vorfälle führten letztendlich dazu, daß er sich in seinem eigenen Haus ausgesprochen unbehaglich, einsam und unwillkommen fühlte. Er war geradezu erleichtert, als heftige Herbststürme ihm einen Vorwand lieferten, mit seinem Stab für den Winter nach London zu übersiedeln. Toby – der indes in dem Alter des Schriftstellers zu sein schien, wenn nicht älter – erinnerte ihn an einen unerfreulichen, abwechselnd fordernden und bittenden älteren Bruder.

Das Haus, dachte unser Freund, braucht Menschen, an denen es arbeiten kann – wie an der Steinfigur im Garten. Es möchte Einfluß nehmen. Ich aber wehre mich ganz entschieden gegen jede Beeinflussung… lehne sie strikt ab.

Obschon wohl niemand ganz frei von Einflüssen sein kann, dachte er. Das ist denn doch zu viel verlangt.

1914 war er bereit, das Haus jedem zur Verfügung zu stellen, der aufgrund widriger Umstände gerade um eine Unterkunft verlegen war. Er selbst war nur im Juli und im August kurz in Rye und reiste bald nach der Kriegserklärung wieder ab. Der junge Burgess, sein getreuer Diener, hatte sich zum Kriegsdienst gemeldet, der liebe Hugh war als Kriegsberichterstatter nach Rußland gegangen; Rye war kein Ort mehr für unseren Freund. Wenig später war ihm der Aufenthalt dort auch aus anderen Gründen vergällt; als amerikanischer Staatsbürger hätte er eine Sondergenehmigung gebraucht, um sein Grundstück zu betreten, und dort unter Polizeiaufsicht gestanden; Rye war wegen seiner Küstenlage zur Sperrzone erklärt worden.

Damit mochte unser Freund sich nicht abfinden, und 1915 beschloß er, britischer Staatsbürger zu werden. Für den Antrag waren vier Unterschriften erforderlich; es unterschrieben Sir Edmund Gosse, Bibliotheksdirektor des Oberhauses, J. B. Pinker, der Literaturagent des Schriftstellers, Prothero, der Herausgeber der *Quarterley Review*, und Asquith, der Premierminister, die sich alle vier dafür verbürgten, daß er des Lesens und Schreibens kundig und ein unbescholtener Bürger war.

Im Januar 1915 stürzte ein Sturm den großen Maulbeerbaum im Garten von Lamb House um, der im Fallen die Steinfigur beschädigte – »wo nicht weiter schad drum ist«, wie Gammon, der Gärtner, laut Zeugnis der Nachbarin Fanny Prothero bemerkte, »denn das Ding war derart geschrumpft und verwittert, daß es nicht größer aussah wie 'n zehnjähriger Junge. Aber der Chef wird den alten Baum schwer vermissen, wo er doch immer so gern drunter gesessen hat…«

Als britischer Staatsbürger hätte unser Freund nun nach Rye zurückkehren können. Doch im Sommer 1915 erkrankte er und mochte nicht reisen. Sich seinen Garten ohne Baum und ohne Statue vorzustellen war ihm äußerst schmerzlich, und auch der Gedanke an den erwartungsvollen und immer wieder enttäuschten Toby Lamb machte ihm zu schaffen.

Vor seiner Krankheit hatte unser Freund einen Großteil seiner Zeit darauf verwandt, Verwundete zu besuchen, die von der Front in Londoner Lazarette verlegt worden waren. Mit einem erstaunlich großen Maß an Güte und Geduld hatte er sich ihre Schicksale angehört, mit ihnen geplaudert und sich alles in allem als trefflicher Gefährte am Krankenbett erwiesen. Im Sommer kam der junge Burgess mit Granatsplitternarben übersät und mit einem bleibenden Gehörschaden von der Front zurück. Er wurde als dienstuntauglich entlassen und konnte wieder zu seinem geliebten Herrn und Meister zurückkehren.

Dieser machte inzwischen einen weiteren Versuch, *The Sense of the Past* zu beenden. »Ich schreibe es für dich, Toby«, versuchte er zu erklären. »Es soll das Porträt eines Helden werden, der in einer Epoche, die nicht seine eigene ist, gefangen und verloren ist. Eine Studie über die Schrecken des Sichbewußtseins.«

Doch Toby blieb unversöhnt, und das Werk kam nur mühsam voran. Es wurde nie fertiggestellt.

Im Oktober 1915 stattete unser Freund Lamb House einen eiligen Besuch ab. Viele Sorgen lasteten auf ihm. In dem für ihn so kahl gewordenen Garten veranstaltete er ein weiteres großes Autodafé; er »verbrannte Unmengen von Papieren und Fotos, räumte alle Schubladen leer«, berichtete Alice James später. Die quälende Zeremonie hatte seine Kräfte überfordert, Herzjagen und Atemnot stellten sich ein und mußten mit Digitalis behandelt werden. Er war genötigt, nach London zurückzukehren. »Mit dem betriebsamen Hin und Her ist es nun ein für allemal vorbei«, schrieb er. Sein lieber Hugh, der gerade aus Rußland gekommen war, hörte von seiner Erkrankung und konnte von Cornwall aus mit ihm telefonieren.

Am 2. Dezember erlitt der Schriftsteller einen leichten Schlaganfall, dem am nächsten Tag ein weiterer folgte.

»Da ist es also endlich, das erhabene Wesen«, flüsterte er.

Doch starb er noch nicht gleich.

Drei schlimme Monate verbrachte er in mehr oder minder quälender Hilflosigkeit, manchmal fiebernd und phantasierend im Bett, bisweilen soweit wieder hergestellt, daß er vom Sessel aus den Schiffen auf der Themse zusehen konnte; manchmal klar, manchmal verwirrt, von immer größeren Ängsten geplagt und von der Furcht besessen, seine Besucher und die Bediensteten könnten ihn für wahnsinnig halten; von der Furcht, er könne tatsächlich wahnsinnig sein.

Unter den Briefen, die er diktierte, waren auch solche von Napoleon an seine Schwestern. Warum er sich mit Napoleon identifizierte? Vielleicht, um seinem eigenen, ihm schmerzlichen Bewußtseinszustand zu entfliehen? Es seien zu wenig Männer um ihn, klagte er (obgleich sein

Arzt wie auch der getreue Burgess ständig in Reichweite waren). »Das Haus ist voller Gouvernanten und Küchenweiber«, beschwerte er sich. »Wo ist Toby? Warum sehe ich Toby nie?« Manchmal glaubte er, in einem Hotel oder auf einem Schiff oder auch in Irland zu sein. Er machte sich die größten Sorgen um seine Manuskripte. »Und Tobys Tagebuch? Wo ist es nur?« fragte er immer wieder. »Ist es wieder in dem kleinen Wandschrank? Habe ich es dort in Sicherheit gebracht? Oder ist es verbrannt?«

Doch diese Frage konnte ihm niemand beantworten.

Häufig träumte er von seiner Schwester – »einer kleinen, wunderlichen, spitzzüngigen, verkrüppelten, schwatzsüchtigen Schwester«, die ihn dafür schalt, daß er ihre Geschichte nicht erzählt hatte. »Ich weiß, wie ihr mich genannt habt, du und William. ›Jene müßige, nutzlose junge Frauensperson, die wir werden ernähren und kleiden müssen.‹ Ihr habt mich zu dem gemacht, was ich bin. Und jetzt bleibt uns nur noch, zusammen zu sterben.« Und an einem anderen Tag: »All unsere Freunde stechen in See. Wir können nur folgen. Weite Räume locken, und leis flüstert es von Erlösung.«

»Ich bin gern bereit, mit dir auf große Fahrt zu gehen«, sagte unser Held, und sie rief laut heraus: »Schwestern sind weniger wichtig.«

Bisweilen erschien ganz kurz auch Toby und fragte nach den Papieren, die unser Freund verbrannt hatte, worauf er erklären mußte: »Tante Kate hat mir dabei geholfen, alles zu vernichten, es ist besser, wenn die Kinder es nicht sehen, hat sie gesagt.«

»Ah«, seufzte Toby und begann sich zurückzuziehen.

»Geh noch nicht, mein lieber Junge, du hältst mich mit deinen Besuchen immer so verteufelt kurz«, bat unser armer Freund. »Ich glaube wirklich, daß für dich die Ichform am besten war. Mich hat sie – ich weiß auch nicht recht, warum, in der *Sacred Fount* im Stich gelassen. Für dich aber ist sie richtig. Ich habe dich so oft draußen gesehen, Toby. Warum bist du nie hereingekommen?«

Toby gab keine Antwort.

»Ich wünschte«, sagte unser Freund eines Tages zu seiner Schwägerin Alice, die trotz der Gefahr durch deutsche U-Boote die Seereise nach England gewagt hatte (denn sie hatte William versprochen, sich um Henry zu kümmern, wenn es mit ihm zu Ende ging) – »ich wünschte, die Jungen hätten Verbindungen hierher.«

»Du bist ihre Verbindung, Henry«, sagte Mrs. James, die glaubte, er spräche von seinen Neffen. »Sie werden versuchen, dir zu folgen.«

»Sag ihnen, sie sollen folgen, treu sein, mich ernst nehmen.« Und er murmelte etwas von Toby und Hugo.

An einem anderen Tag äußerte er den rätselhaften Satz: »Erstaunliche kleine Stiefkinder von Gottes erstaunlicher junger Stiefmutter!«

Am 1. Januar brachte man ihm die vom König unterzeichnete Verleihungsurkunde für den Verdienstorden ans Krankenbett. »Löscht das Licht, damit ich mir das Erröten ersparen kann«, sagte er matt und fügte hinzu: »Ich kann nur hoffen, daß der arme Toby mir diese Ehrung nicht mißgönnt. Du sollst im Laufe dieses neuen Jahrhunderts zu deiner Anerkennung kommen, mein Lieber. Sobald ich es einrichten kann.«

Am 12. Januar bat er flehentlich darum, man möge ihn nach Rye fahren lassen. »Es gibt dort so viel zu ordnen. Ich muß nachsehen, ob das Tagebuch sicher aufgehoben ist. Burgess, machen Sie einen Knoten in meine Uhrkette, damit ich es nicht vergesse.«

Burgess versprach es unter Tränen.

Die Nacht des 24. Februar war »eine Nacht des Schrekkens«.

»Draußen gellt das Licht«, sagte er zu seinem Bruder William, »und auch in meinem Inneren ist ein Gellen. Und ich weiß, daß vor der Tür das Etwas hockt, das schon so lange wartet; jetzt ist es gekommen und will mich holen, es lauert auf dem langen Flur, und bald muß ich hinaus und mich stellen.«

»Nein«, erwiderte William. »Komm mit mir. Ich verspreche dir, daß am Ende dieses Tunnels keine Mrs. P. wartet.«

Am 28. Februar starb unser Freund.

»Mehreren Leuten, die das Gesicht des Toten sahen, fiel die Ähnlichkeit mit Napoleon auf, die in der Tat bemerkenswert ist«, schrieb seine Sekretärin, Miss Bosanquet.

Lamb House, das er seinem Neffen Harry hinterlassen hatte, wurde zunächst für einen jährlichen Pachtzins von einhundertzwanzig Pfund an eine Amerikanerin, eine gewisse Mrs. Beevor, vermietet. Da ihr das englische Klima nicht zuträglich war, bot sie das Haus dem Maler Robert Norton an, der es sich zunächst mit dem Schriftsteller E. F. Benson teilte und diesem dann ganz überließ.

Die Gestalt im Sessel

3 Fred

Für meinen Bruder Arthur und mich, ohne Anhang und in mittleren Jahren, war seit 1919 Lamb House unser gemeinschaftliches Domizil.

Es steht nicht, wie man nach seinem Namen vermuten könnte, inmitten grüner Weiden, umwuselt von wolligen Schafen, sondern mitten in einer ländlichen Kleinstadt. Die rötliche georgianische Fassade geht auf die Kirche hinaus, die getäfelten Zimmer sind behaglich und solide. Hinter dem Haus liegt überraschend diese viertausend Quadratmeter große Gartenoase mit Rasen und Blumenbeeten, auf allen Seiten von hohen gelblichen Backsteinmauern umgeben, über die gerade noch die Dächer und Schornsteine der benachbarten Häuser lugen. Haus und Garten vermitteln eine freundlich-heitere Stimmung, gleichsam ein Destillat aus dem Denken und Fühlen früherer Generationen, die dort gewohnt hatten. Glaubten wir …

An das Haus kamen wir auf (zumindest für mich) unerwartete Weise.

Betreten hatte ich es vor fast zwanzig Jahren zum ersten Mal; damals residierte dort noch der große Meister Henry James, seit sechzehn Jahren ein Freund unserer Familie; mein Bruder Arthur hatte ihn 1884 bei einem offiziellen Essen kennengelernt – »einen kleinen, blassen, ins Auge fallenden Herrn mit kurzem Spitzbart und großen, durchdringend beobachtenden Augen«; er trug einen weißen Zylinder und einen eleganten hellgrauen Anzug. Im Jahr darauf besuchte er unsere Familie, und mein Vater (damals Erzbischof von Canterbury) erzählte ihm jene Anekdote, die zur Keimzelle der Erzählung *Die Drehung der Schraube* werden sollte. Ich war damals erst sechzehn. Sechs Jahre später hatte ich einen halben Roman zustande gebracht und mußte eines Tages zu meiner peinlichen Bestürzung feststellen, daß meine Mutter das unvollständige Manuskript dem Meister mit der Bitte um Stellungnahme übersandt hatte. Es wunderte mich gar nicht, daß er in mehreren diplomatischen Briefen liebenswürdig, aber bestimmt erklärte, es besitze nicht jene »kompromißlose literarischen« Qualitäten, die seine Anerkennung gewonnen hätten. Daß der Roman, zwei Jahre später als *Dodo* veröffentlicht, bei den Lesern sehr gut ankam, bestätigte vermutlich die sehr geringe Meinung, die er von dem Geschmack der breiten Öffentlichkeit hatte. Dennoch wurde man, wenn man ihn in Rye besuchte, nach wie vor mit der größten Herzlichkeit aufgenommen.

Nach seinem Tod im Jahre 1916 dachte ich zunächst, damit sei der Kontakt zu Lamb House endgültig beendet, aber der vorbestimmte Lauf des Schicksals – oder aber die erstaunliche Beliebigkeit einer Welt, die vom Zufall regiert wird – sorgte dafür, daß die Verbindung nur noch enger wurde. Das Haus war an eine Amerikanerin vermietet worden, die es, da sie genötigt war, den Winter im Süden zu verbringen, in der Obhut einer Haushälterin zurückließ und einem Freund von mir sagte, er könne dort wohnen, wenn er wollte; und dieser Freund wiederum lud mich nach Lamb House ein. Und nun legte das Schicksal jene kapriziöse Konsequenz an den Tag, die einen stets erkennen läßt, daß es gedenkt, Ernst zu machen. Man bot den Mietvertrag für die restliche Laufzeit mir an. Zu jener Zeit konnte ich das Angebot nicht annehmen, doch schien es wie ein sanfter Rippenstoß, ein diskreter Hinweis des Schicksals: Ich bin noch da, und Lamb House rückt näher. Ich gab das Angebot an einen Freund von mir weiter, der sofort zugriff. Indessen teilte mir der Vermieter meiner Villa auf Capri mit, wenn ich sie weiter bewohnen wolle, müsse ich sie kaufen, was nicht in meiner Absicht lag. Zugleich fragte mich mein Freund in Lamb House, ob ich von Oktober bis Ende März seinen Mietvertrag übernehmen wolle, weil er an der Riviera überwintern müsse. Ich brauchte nicht lange zu überlegen.

Tremans, unser Familiensitz, war nach dem Tod unserer Mutter 1918 verkauft worden, und ich brauchte so etwas wie einen Heimathafen. Als die Erneuerung des Mietvertrages für Lamb House anstand, kamen Arthur und ich überein, uns das Haus zu teilen. Als Rektor am Magdalene College residierte er während des Trimesters in der Master's Lodge in Cambridge, wollte aber Lamb House in den Ferien nutzen; den Rest des Jahres konnte ich darüber verfügen. Diese Einteilung paßte uns beiden sehr gut ins Konzept; wir hatten wenig Gemeinsamkeiten, kamen aber, wenn unsere Wege sich kreuzten, gut miteinander aus. Der arme Arthur hatte vor ein paar Jahren eine lange, tiefe Depression durchgemacht (wofür unsere Familie lei-

der sehr anfällig ist) und sah in Lamb House ein freund-
lich-heiteres Refugium, in dem er sich seinem umfangreichen Tagebuch würde widmen können (das bei seinem
Tod mehr als vier Millionen Wörter umfaßte) sowie seinen gefälligen Betrachtungen über spirituelle Themen, die
ihm bei Damen eines gewissen Alters aus der Mittel- und
Oberschicht so viele Sympathien eingebracht hatten.

Zu den Symptomen von Arthurs hartnäckiger Melancholie gehörten auch quälende Wahnvorstellungen: Er
glaubte, seine Dienstboten seien am Verhungern, weil er
vergessen hatte, ihnen den Lohn zu zahlen, oder er sei von
einem greulichen, abstoßenden Geruch umgeben. Zuerst
hatte ich deshalb einige Bedenken, ihn in Lamb House allein zu lassen, da es dort nach Aussage der Einheimischen
spukte. Allerdings erzählte man sich das von der Hälfte
aller Häuser in dem kleinen, mittelalterlichen Rye, und
falls es denn ein Gespenst im Haus gab, kam Arthur dadurch nicht zu Schaden, sondern blühte in seiner Nähe
förmlich auf: 1923 machte er die Vollmacht rückgängig,
die er vor sechs Jahren unterschrieben hatte für den Fall,
daß er gänzlich den Verstand verlieren sollte. Die Ferien in
Rye verbrachte er vergnügt und gesundheitsfördernd in
Gesellschaft von Studenten, Percy Lubbock oder anderen
Kollegen mit Wandern, Radfahren, Schachspielen, Lesen
und Schreiben.

1924 traf ich in London Hugh Walpole bei einer zu Eh-
ren seines neuesten Buches veranstalteten Literaturfete.
(Welches es war, weiß ich nicht mehr; Hugh ist so unheimlich produktiv!) In letzter Zeit besuche ich solche
Veranstaltungen, die früher eine große Rolle in meinem

Leben spielten, immer seltener. In dem Gedränge werden aus Freunden bloße Bekannte, die im Gespräch die Blicke schweifen lassen, weil sie unbedingt wissen wollen, wer sonst noch da ist; Bekannte, die wie angeleimt beieinanderstehen, sehen sich nach Freunden um; Wildfremde versuchen krampfhaft, voneinander loszukommen, um Bekannte aufzuspüren. Da aber Hugh eigens aus Cumberland angereist war, hatte ich mich dazu durchgerungen, wenigstens mal vorbeizuschauen.

»Du wohnst also in Lamb House«, sagte er. »Fühlt ihr euch dort wohl, du und Arthur?«

»Sehr wohl«, bestätigte ich.

»Lamb House ohne den alten Henry kann ich mir gar nicht so richtig vorstellen… Früher habe ich ihn dort sehr oft besucht. Aber ihr kümmert euch ja sicher gut um das Haus.«

»Es kümmert sich um uns. Es hat uns förmlich vereinnahmt.«

»So hat es Henry auch immer empfunden«, sagte Hugh. »Es hat ihn fast gekidnappt. Und zum Schluß hat es sich dann gegen ihn gewendet und wurde ihm unheimlich, so daß er nicht meht dort wohnen mochte. Trotzdem hatte er ein schlechtes Gewissen, der arme Henry, weil er zum Sterben nach London ging; er meinte, das Haus würde sich ohne ihn einsam fühlen. Ganz eigenartig… Und habt ihr das Gespenst gesehen?«

Bisher sei noch keins aufgetaucht, sagte ich und fragte, was für ein Gespenst er denn meine.

»Den Geist von Toby Lamb natürlich.«

Und dann erzählte er mir die Geschichte von dem Manuskript, das man dort gefunden hatte, und von Henrys quälenden Zweifeln und Gewissenskonflikten wegen der Verpflichtungen, die er in dieser Sache zu haben glaubte.

»Was hat er denn letztlich mit dem Manuskript gemacht?«

»Nichts, soviel ich weiß. Oder vielmehr – er hat es wohl wieder in das Geheimfach gelegt.«

Ob er das Schriftstück gelesen habe, fragte ich Hugh gespannt. Ja, sagte er, aber an den Inhalt könne er sich so gut wie gar nicht mehr erinnern. »Es liegt immerhin fast zwanzig Jahre zurück. Ich weiß noch, daß das Manuskript in einem grauenvollen Zustand war: handgeschrieben, in einer gräßlichen Krakelschrift, außerdem unheimlich vergilbt und voller Rußflecken.«

»Aber der Geist… Toby… hatte die Veröffentlichung gefordert?«

»Ich glaube, ja… Es ging um die Geschichte seiner Schwester Alice. Das weiß ich noch, weil Henrys Schwester auch Alice hieß. Irgendwie hatte sie Schreckliches hinter sich. Kann sein, daß ich die Geschichte gar nicht zu Ende gelesen habe. Toby hinkte, das ist mir im Gedächtnis geblieben. Der arme alte Henry war ganz aus dem Häuschen.«

»Und warum hat er es nicht veröffentlichen lassen?«

»Er meinte wohl, den Lambs könne die Enthüllung eines Skandals aus ihrer Familiengeschichte peinlich sein.«

Nach meiner Erfahrung, sagte ich, seien die meisten Familien auf derlei dunkle Punkte in ihrer Vergangenheit eher stolz, sofern sie nur weit genug zurücklagen.

»Es könnte natürlich auch so was wie Berufsneid im

Spiel gewesen sein«, überlegte Hugh. »Den hatte nämlich Henry durchaus. So ermutigend er auch in seiner Beurteilung junger Schriftsteller war – das dicke Ende kam immer nach. Vielleicht fürchtete er, Tobys Geschichte würde die Phantasie der Leser ansprechen und seinen eigenen Werken Konkurrenz machen…«

Ich dachte an *Dodo,* und Henry tat mir irgendwie leid. »Schade, daß du dich nicht an mehr erinnern kannst. War es gut geschrieben?«

Leider trat in diesem Augenblick Hughs Verleger zu uns, der einen wichtigen Gast im Schlepptau hatte, und wir wurden getrennt. Später aber, als ich schon im Aufbruch war (wegen einer beginnenden Arthritis, die sich nach einem Sturz beim Schlittschuhlaufen eingestellt hatte, war dieses Herumstehen auf Literatenfeten für mich jetzt eher eine Bußübung denn ein Vergnügen, außerdem paßt ein Gast mit Krückstock nicht recht ins festliche Bild), fing Hugh mich unter der Tür ab und sagte: »Mir ist jemand eingefallen, der dir Näheres über Tobys Tagebuch sagen könnte: Edith Wharton. Ich glaube, der alte Knabe hat es ihr gezeigt, er hat mal so was angedeutet.«

»Edith Wharton! Sie lebt jetzt in Frankreich, nicht?«

»Du könntest ihr schreiben.«

»Dieses Tagebuch interessiert mich jedenfalls sehr. Wenn ich nach Hause komme, werde ich sofort nach dem geheimen Wandschrank fahnden.«

Leider stellte sich heraus, daß das kleine Geheimfach (das ich ohne Mühe hinter der Täfelung entdeckte) kein geheimnisvolles Schriftstück verbarg, sondern leer war.

Der Meister war im Hinblick auf Tobys Tagebuch offenbar zu einer anderen Entscheidung gelangt.

Ich schrieb an Edith Wharton und an die Verwalter von Henry James' unveröffentlichten Schriften in der Harvard University. Letztere antworteten, unter den Papieren, die man ihnen nach dem Tod des Meisters anvertraut habe, sei kein solches Tagebuch gewesen. Edith Whartons Antwort war sehr liebenswürdig, aber nicht ergiebiger.

Mein lieber Freund,

zu meinem Bedauern kann ich Ihnen nicht weiterhelfen. Ja, Henry hat mir tatsächlich mal so eine Erzählung zum Lesen gegeben, aber er hatte sie selbst verfaßt und sich dabei wohl auf das Originaldokument gestützt, das er mir aber nie gezeigt hat. Ich war mir nicht einmal sicher, ob es dieses angebliche Manuskript überhaupt gab, obgleich er ein- oder zweimal eine entsprechende Andeutung machte. Die tatsächlichen Ereignisse, über die darin berichtet wird, lassen sich nach Henrys Erzählung (die er Der Schatten auf der Gasse *nannte) unmöglich rekonstruieren. Sie war in seinem ›Spätstil‹ gehalten, voll funkelnder Glanzlichter und versteckter Andeutungen und geistreicher Anspielungen und prismatischer Interferenzen, wie der liebe William zu sagen pflegte – kurzum, man wurde nicht schlau daraus. Drei Menschen war irgend etwas Schreckliches zugestoßen, und der arme Toby war untröstlich – mehr kann ich Ihnen beim besten Willen dazu nicht sagen.*

Aufrichtig die Ihre,
Edith Wharton

All das war sehr unbefriedigend.

Ich hätte in diesem Stadium die Suche aufgegeben, denn Tobys Geist hatte sich – falls er überhaupt noch bei uns herumspukte – bis dahin nicht gezeigt. Vor kurzem hatte ich meinen Roman *Miss Mapp* herausgebracht (in den ich genüßlich das Lokalkolorit von Rye einarbeitete) und schrieb jetzt an *David of King's;* ich führte ein ausgefülltes, zufriedenes Leben. Doch jetzt hatte mein Bruder Arthur die Neugier gepackt; ihn als Wissenschaftler ließ der Gedanke an das verschollene Manuskript nicht ruhen, und er meinte, wir sollten mediale Hilfe in Anspruch nehmen. Ich gab seiner Laune nach, und wir baten ein Geschwisterpaar aus unserem Bekanntenkreis, Thomas und Caroline Carrot, in Rye eine Séance abzuhalten. Die beiden jungen Leute standen damals auf dem Höhepunkt ihrer interessanten Karriere und galten als absolut zuverlässig und integer. Außerdem konnten sie auf beachtliche Erfolge verweisen, alle möglichen Prominenten hatten über sie aus der geistigen Welt bestens beglaubigte und überzeugende Botschaften ins Diesseits geschickt.

So kamen denn Thomas und Caroline nach Lamb House und trafen die notwendigen Vorbereitungen für eine Séance. Im Eßzimmer wurden die schweren Samtvorhänge zugezogen, so daß der Raum in tiefem Dunkel lag, und Arthur und ich sowie ein paar interessierte Nachbarn nahmen am Tisch Platz. Thomas absolvierte die üblichen Anrufungen an Kontrollgeister und Engel und ließ sich dann in Trance sinken, während Caroline sich mit Bleistift und Notizbuch bereitmachte, seine Äußerungen aufzunehmen.

Zunächst stieß er gurgelnde Laute aus wie ein unterversorgter Sodasyphon, dann erschien ein blaues Licht an der Decke, das sich rhythmisch hin und her bewegte.

»Haben Sie uns etwas zu sagen, Mr. Carrot?« fragte ich.

Zu Arthurs und meiner Verblüffung sprach Thomas plötzlich mit lauter, heiserer, zorniger Stimme – unzweifelhaft der Stimme unserer toten Schwester Maggie, wenn sie einen ihrer ›Anfälle‹ hatte und glaubte, sie werde von abscheulichen kleinen Ungeheuern drangsaliert. In diesem Zustand hatte sich die arme Maggie mal mit einem Tranchiermesser auf unsere Mutter Ben gestürzt, woraufhin man sie für die letzten zehn Jahre ihres Lebens in ein Heim in Roehampton hatte stecken müssen.

»Warum verkleidest du dich als Mann und gibst dich als meine Mutter aus?« zeterte die vertraute, zornige Stimme. »Warum gehst du mit diesem gräßlichen Weib ins Bett?« Es folgte noch mehr von diesem unerfreulichen Gewäsch, mit dem sie Mutters lebenslange Freundin Lucy Tait verunglimpfte (die im übrigen keiner Fliege etwas zuleide getan hätte). Dann ereiferte sich eine andere Stimme: »Geh aus der Leitung, du lästige alte Vettel!«, und fing an, von Entspannung durch Berührung zu reden. Auch dies war eine Frauenstimme, die aber einen deutlichen Neuenglandakzent hatte. »Man hat gedeckte Farben zu tragen, an stillen Wassern zu wandeln und sich in Schweigen zu üben, das sagen sie einem immer«, erklärte sie. »Glaubt kein Wort davon, ihr armen Seelen. In Boston gab es fünfzigtausend überflüssige Frauen. Und wo sind sie jetzt? Das will ich euch sagen: Hier sind sie, allesamt, und versperren den Eingang zur geistigen Welt. Ich kann euch nur raten: Pflücket die Rose, solange sie blüht, denn hier blühen keine, das ist mal sicher.« Dann mischte sich eine dritte Stimme ein, die leise, aber schneidend sagte: »Ich muß doch sehr bitten, meine Damen… wenn Sie mit Ihrem Klatsch fertig sind… dies ist *mein* Garten, und ich möchte mir erlauben, meine eigene Wäsche an meinem eigenen Zaun aufzuhängen. Aber da Sie schon mal hier sind: Haben Sie zufällig meinen Bruder Toby gesehen?«

Es wurde totenstill. Dann klopfte es plötzlich laut an die Wand direkt über meinem Kopf.

Im nächsten Moment merkten wir, daß draußen offenbar ein Gewitter tobte, denn ein blendender Blitz, der trotz der vorgezogenen Vorhänge das Zimmer hell erleuchtete, zuckte über den Himmel, gefolgt von einem ohrenbetäubenden Donnerschlag. In dem kurzen Augenblick der Helle hatte ich etwas ganz Erstaunliches gesehen: Auf den schweren gefütterten Samtvorhängen vor der Terrassentür zeichnete sich der Schatten eines Mannes ab, der sich auf zwei Stöcke stützte. Ich lief zum Fenster und zog die Vorhänge zurück, aber draußen war niemand. Das nächste Donnergrollen ließ die Fensterrahmen erzittern, und ein Wolkenbruch ging auf den Rasen nieder.

Thomas Carrot regte sich und kehrte langsam und tastend ins Bewußtsein zurück. »Habe ich etwas Interessantes gesagt?« wollte er wissen.

Wir versicherten ihm, daß zwar der erhoffte Geist nicht »durchgekommen« war, wir aber andere bemerkenswerte Botschaften empfangen hatten. Er nickte und rieb sich die Stirn. »Ich spüre, daß einige machtvolle Geistwesen hier sind«, sagte er. »Schön, daß Sie uns hergebeten haben. Das Haus bietet erstaunliche Möglichkeiten. Jetzt muß ich etwas ruhen, aber in ein, zwei Stunden können wir weitermachen.«

Arthur und ich waren froh, das Eßzimmer verlassen zu können, und es drängte uns auch, aus dem Haus herauszukommen, dessen Atmosphäre uns plötzlich bedrückte. Meist schreibe ich mühelos und zügig, hin und wieder aber will es mir nicht gelingen, einem bestimmten Gedanken Ausdruck zu verleihen; dann gibt es ein gewaltiges Ringen, und bis der Schöpfungsakt vollbracht ist und die Worte aufs Papier gebannt sind, bin ich so erledigt wie nach einer zwanzig Meilen langen Fahrradtour. Genau so war mir nach Carrots Séance zumute: Als kämpfte etwas in meiner Nähe oder gar in meinem Innern vergeblich darum, zu Wort zu kommen.

»Puh«, sagte Arthur, während wir in strömendem Regen durch die Mermaid Street schritten. Wir waren stillschweigend übereingekommen, trotz des grauenvollen Wetters zumindest kurz an die frische Luft zu gehen.

Und dann fragte er etwas befangen: »Was meinst du, ob an der Sache irgendwas dran war?«

Wir waren in den Gun Gardens angekommen. Trotz des Regens blieben wir dort eine Weile an der Mauer stehen und sahen über die Marsch, soweit man sie erkennen konnte, bis zu dem stahlgrauen Rother, der im Zickzackkurs dem Meer zustrebte.

»Tja…« Ich mochte mich nicht festlegen. »Ob etwas ›dran‹ war, weiß ich nicht. Aber die erste Stimme war unzweifelhaft die von Maggie.«

»Das würde ich auch sagen«, bestätigte Arthur. »Und die anderen?«

»Alice James und Alice Lamb? Vielleicht wollten die Schwestern alle mal zu Wort kommen.«

»Aber warum?«

»Warum nicht? Womöglich hatten sie hier auf Erden nicht genug Gelegenheit dazu.«

»Maggie schon«, widersprach er. »Sie hatte ihre Ausgrabungen, sie schrieb Bücher. Und warum gerade hier? Bei uns?«

»Weil wir sie mehr oder weniger eingeladen hatten.«

Schweigend beobachtete er die Wassertropfen, die sich auf einem dicken Kanonenrohr sammelten und langsam herunterrannen.

»*Wir* wurden eingeladen«, brach es plötzlich aus ihm heraus. »Spürst du das nicht auch? Das Haus hat nach uns geschickt.«

»Es hat auch nach Henry James geschickt. Offenbar mag es Schriftsteller, Literaten.«

»Oder eine…« – Arthurs Stimme klang etwas gepreßt – »… eine besondere Sorte von Leuten. Unsere Familie… wir sind eben doch recht wunderlich…«

»Mag sein. Aber bei so gegensätzlichen Eltern – einem Vater, der Erzbischof von Canterbury war und ein bißchen zu gern kleine Jungen prügelte –«

»Ich habe mal den Satz ›Ich hasse Papa‹ auf ein Blatt Papier geschrieben und es im Garten vergraben«, entsann sich Arthur.

»– und einer so sanftmütigen, rationalen Mutter wie Ben… sie war immerhin erst zwölf, als er ihr ankündigte,

228

er würde sie eines Tages heiraten, das arme Kind... ist es
ja nicht weiter verwunderlich, wenn die Kinder zu Depressionen und Psychosen neigen, der Ehe und dem anderen Geschlecht abhold sind, wie besessen schriftstellern
und dergleichen, meinst du nicht?«

»Die Familie James war auch ganz schön wunderlich«,
sagte Arthur ein wenig getröstet.

»Nicht so wunderlich wie wir. Und sie waren nur fünf.
Und ihr Vater war nicht Erzbischof...«

»Du findest es also ganz in Ordnung, daß wir sind...
wie wir sind?« fragte Arthur fast flehend.

»Mein lieber Arthur, du bist vierundsechzig, ich bin
neunundfünzig – ich glaube kaum, daß wir uns in unserem Alter noch ändern werden. Und wir haben ja auch
durchaus etwas erreicht: Du bist Rektor von Magdalene,
Hugh war ein Monsignore, ich kann mich recht gut von
meinen Büchern ernähren. Und vielleicht werde ich eines
Tages sogar noch Bürgermeister von Rye«, spann ich den
Faden fort. »Aber jetzt komm, wir werden beide naß bis
auf die Haut, das ist unvernünftig.«

Wir gingen nach Lamb House zurück, und nach einem
heißen Bad, Tee und Anchovistoast wurde die Séance
fortgesetzt.

Diesmal sank Caroline in Trance und ließ sich Botschaften von Savonarola, Johanna von Orléans und anderen Notabeln diktieren, harmlos-friedliche Mitteilungen
über die Freuden des Daseins in der geistigen Welt, wo alle
den neu hinzukommenden Geistwesen so freundlich und
hilfsbereit begegneten. Ich dachte bei mir, daß es zumindest zwei verschiedene geistige Welten geben müsse, weil

die Botschaften von vorhin einen so ganz anderen Tenor gehabt hatten. Aber etwas in der Art hatte ich ja auch in meinem Buch *Across the Stream* geschrieben…

Jetzt trat eine Pause ein, und dann klopfte es erneut laut an die Decke. Mein Terrier Duff gab schrille Kläfflaute von sich. Plötzlich verkündete Caroline mit tiefer Männerstimme: »Fred. Ist Fred da? Ich habe eine Botschaft für Fred.«

»Ja?« fragte ich – nicht so sehr erschrocken als gespannt. »Fred ist da und hört zu.«

»Fred! Höre! Merke auf!«

Wieder eine Pause. Wir warteten. Dann: »Hier spricht Hugo Grainger.«

Nun habe ich einen Freund namens Hugh Grainger (und konnte mir beim besten Willen nicht erklären, weshalb er sich plötzlich in Hugo umgetauft hatte), wußte aber zufällig, daß er keinesfalls im Jenseits weilte, sondern (wenn ihm nicht aus heiterem Himmel etwas zugestoßen war) gesund und munter in Brightlingsea Golf spielte. Deshalb fragte ich, zwar enttäuscht und etwas zurückhaltend, aber dennoch interessiert (immerhin sparte ich mir damit die Kosten für ein Telefongespräch): »Hallo, Hugh. Was hast du mir zu sagen?«

»*Hugo*, nicht Hugh«, kam die gereizte Antwort. »Ich habe eine Botschaft an dich von meinem Bruder. Von meinem Blutsbruder«, betonte er.

Da ich genau weiß, daß Hugh ein Einzelkind ist, fragte ich noch zurückhaltender: »Wie lautet die Botschaft?«

»Es geht um die Geschichte. Vergiß sie. Sie hat genug Leid gebracht. Vergiß sie.«

»Das sagt sich so leicht«, mischte sich eine zornige Frauenstimme ein. »Warum soll man sie nicht erzählen?«

»Vergiß sie«, wiederholte die erste Stimme matt. »Toby sagt, du sollst sie vergessen. Sage Henry –«

Und dann hörten wir von oben ein gewaltiges Getöse, als sei das halbe Haus eingestürzt. Wir sprangen alle auf; Duff bellte hysterisch.

Als wir nach oben gingen (der Krach war aus meinem Arbeitsraum, dem sogenannten »grünen Zimmer«, gekommen), stellte sich heraus, daß mein schwerer Nußbaumschreibtisch umgestürzt war. Papiere, Briefe und Tinte aus einem zerbrochenen Tintenfaß bedeckten den Boden.

»Und was hältst du davon?« fragte Arthur, als wir wieder etwas Ordnung in das Chaos gebracht hatten und die Geschwister Carrot, nicht ohne unseren Dank und ein großzügiges Honorar entgegengenommen zu haben, in den Siebenuhrzug nach Charing Cross gestiegen waren.

»Fest steht, daß man sich in der geistigen Welt nicht recht einig zu sein scheint.«

»Ich war ja schon immer der Ansicht, daß Geistererscheinungen sowohl menschlichen wie diabolischen Ursprungs sein können. Daß sich nichtmenschliche Wesen von dämonischer Art denken lassen.«

»So wie Maggies kleine Ungeheuer? Und die kleinen braunen Wesen, die jene Hellseherin in Tremans sah?«

»Ja, das wäre eine sehr gute Erklärung für die Diskrepanz zwischen den Botschaften.«

»Das hilft uns aber nicht weiter. Daß Maggie und Alice James streitlustig waren, ist ja nicht neu. Ob mit diesem Henry unser Henry James gemeint war?«

»Warum aber hätten sie uns zu Hilfe holen sollen, wenn sie ihm eine Botschaft schicken wollten?« wandte Arthur ein. »Er ist doch schließlich selber schon in der geistigen Welt, und zwar seit fast neun Jahren.«

»Er glaubte nicht an ein Weiterleben als Geistwesen. Seine Gespenstergeschichten sind alle psychologisch aufgebaut.« Ich dachte an die gruselige Geschichte vom *Glücklichen Eck,* die den Helden mit seinem abschreckenden zweiten Ich konfrontiert. »Vielleicht ist er drüben irgendwie nicht erreichbar.«

»Und wie war das mit der Botschaft, erinnerst du dich noch?«

»Die Geschichte solle nicht erzählt werden, hieß es.«

Ich hatte schon einen Brief an Hugh Grainger auf den Weg gebracht, in dem ich ihn fragte, weshalb er es für nötig hielt, uns mediale Botschaften zu schicken. Zwei Tage später hatte ich seine Antwort: Er leugnete eine solche Absicht ganz entschieden. Das war alles höchst eigenartig oder ganz schön drollig, wie Arthur es formulierte.

Das Frühjahrstrimester fing in Kürze an, und er mußte nach Cambridge zurück, was ich im Interesse seines Seelenfriedens sehr begrüßte. Doch dem armen Kerl hatten unser Gang durch den Regen und das leichtsinnige Verweilen in den Gun Gardens ernstlich zugesetzt. Er war kaum wieder im Magdalene College eingetroffen, als er über Brustschmerzen und Schüttelfrost klagte. Eine Rippenfellentzündung führte zu einer Herzattacke, und im Frühsommer starb er. Ich wurde telegrafisch verständigt und konnte bei ihm sein, als es zu Ende ging.

»Ich bin froh, daß du da bist«, flüsterte er. »Soll ich Henry etwas ausrichten?«

Noch einmal erschien das alte, spitzbübische Lächeln, das ich seit Jahren nicht mehr gesehen hatte. Dann hörte er auf zu atmen.

Wenn mich Arthurs Tod auch betrübte, so muß ich doch gestehen, daß ich ihn nicht als schweren persönlichen Verlust empfand. Wir hatten uns auseinandergelebt; vielen meiner Freunde war ich enger und herzlicher verbunden als ihm. Traurig stimmte mich nur, daß sich vor seinem Tod das Rätsel um Tobys Tagebuch und das Gespenst von Lamb House nicht hatte lösen lassen. Die Séance, dachte ich bei mir, war wohl ein Mißgriff gewesen. Sie hatte gefährliche, unberechenbare Kräfte freigesetzt, die bis dahin geschlummert hatten. Jetzt waren sie losgelassen...

Im Haus tat sich Sonderbares: Türen schlugen, Wasserhähne liefen, auf dem frisch gedeckten, spiegelblank polierten Eßzimmertisch lag ein Kreis aus Salzkörnern. Die Vorfälle waren nicht ausgesprochen bedrohlich, aber doch alles andere als erfreulich; sie schafften Unruhe und eine gewisse Spannung.

Und dann traf ein Brief von einer Dame ein, die sich Madeline nannte.

In Wirklichkeit hieß sie Miram Harvey und war von Beruf Hellseherin. Ich hatte sie nie persönlich kennengelernt, worüber ich heilfroh war, denn sie schien eine höchst lästige, sprunghafte Person zu sein, aber nach meinem Einzug in Lamb House hatte sie mich einige Monate mit Briefen geradezu bombardiert. Sie habe mich in einer

Vision gesehen, schrieb sie, schickte mir Botschaften von meiner Mutter Ben, die im Jahr zuvor gestorben war, redete mich als König Nebukadnezar, als ehrwürdigen Geist, als gütiges Licht an. Die gute Dame schien ziemlich angeknackst zu sein, aber immer wieder steckten in einer ihrer wirren, geschwätzigen Episteln (in denen nebenbei auch Winston Churchill, Bonham Carter oder Ali Baba und die vierzig Räuber vorkamen) gewisse Wahrheiten, die mich betroffen machten. So beschrieb sie meine Mutter (der sie nie begegnet war) und ihre Umgebung sehr zutreffend.

Nach und nach waren ihre Briefe seltener geworden und dann ganz ausgeblieben, woraus ich mit einiger Erleichterung geschlossen hatte, daß die Ärmste entweder gestorben, wieder zur Vernunft oder total verrückt geworden war. Jetzt aber schrieb sie:

Geliebtes gütiges Licht,

es war einmal in der Gosse einer Großstadtstraße ein Wassertropfen. Oben im Himmel sah ihn ein sanfter Sonnenstrahl; er senkte sich aus dem azurnen Himmel zu dem Tropfen herab, küßte ihn, erfüllte ihn durch und durch mit neuem Leben, trug ihn nach oben, höher und höher durch die Wolken, und ließ ihn eines Tages als strahlend reine Schneeflocke auf einem Berggipfel niederfallen.

Die Inspiration einer Seherin; wofern wir die Inspiration des apostolischen Eifers im Geist erblicken, das Niederzucken jener unvergänglichen, unduldsamen Erleuchtung, des Blitzes, der zum Ewigen Licht wird...

Die Kirche ist ein Schatz in einer irdenen Schale. Ich könnte den Borgia-Papst und die Bartholomäusnacht ertragen – alles, nur eins nicht – sie sind absurd.

Ich habe seit 1920, fast auf den Tag genau, keine Stimmen mehr gehört.

Die Elemente. Sind es nur Erde, Feuer, Wasser und Luft, gibt es nicht auch Gase und Sekrete? Gott kann ›Menschen aus Steinen auferwecken‹. Anderes wird komprimiert, destilliert, erhebt sich über den Menschen. Warum könnte nicht Gott uns Mirakel zeigen? Wenn aus einem Samen eine Rose wächst, wie kann einer glauben, es gäbe keine Wunder – oder warum gehorcht nicht Gott uns? Menschen, die keinen Gott haben, halten sich mit Taten schadlos.

Die Stimmen haben mir befohlen, Dich, ehrwürdiger Geist, folgendes wissen zu lassen: Toby sagt, man solle Henricus ausrichten, es sei nicht nötig weiterzumachen. H. möge in Frieden ruhen und sich für seine nächste Apotheose sammeln.

Mad Eline

Der Brief ging mir ganz schön an die Nieren. Denn was wußte Madeline von Toby und Henry?

»Gedankenübertragung«, sagte mein Freund Hugh Grainger, der zufällig gerade da war. »So etwas gibt es offenbar tatsächlich hin und wieder – genau wie Reinkarnation. Ab und zu stellt sich die gute Dame auf deine Wellenlänge ein.«

»Alles gut und schön – aber wieso ist sie nach so langer Zeit plötzlich wieder aktiv geworden?«

Hugh überlegte. Er ist ein nüchterner, vernünftiger Mann, der obskure nervöse Leiden behandelt, so daß er einerseits auf anderer Leute Gefühle besonders sensibel reagiert und andererseits Symptomen von Hysterie oder anderen Phänomenen, die sich auf menschliche Einflüsse zurückführen lassen, äußerst skeptisch gegenübersteht. Jetzt aber sagte er zu meiner Überraschung: »Wahrscheinlich habt ihr durch eure Séancen so allerlei aufgestört. Bis dahin waren die medialen Schichten in diesem Haus... wann ist es gebaut worden?«

»1721, aber natürlich stand an dieser Stelle vorher schon ein anderes Bauwerk.«

»Eben. Überleg mal, was sich in diesen zweihundert Jahren hier alles abgespielt hat, sicher auch das eine oder andere Drama. Ihr habt mit euren Séancen so was wie einen artesischen Brunnen gebohrt und dabei die Schichten in Bewegung gebracht. Kein Wunder, daß jetzt eine Springquelle hervorgeschossen ist.«

»Ziemlich kühne Metaphern, Hugh, aber ich verstehe schon, worauf du hinauswillst. Eigenartig finde ich nur, daß sich auch Elemente von außen melden. Alice James war schließlich nie hier und unsere Schwester Maggie auch nicht. Und das gleiche gilt für ›Madeline‹.«

»In der geistigen Welt ist der physische Standort nicht von Belang«, wandte er ein. »Savonarola und Johanna von Orléans waren auch nicht hier, was sie aber nicht daran gehindert hat, dir Botschaften zu schicken. In so einem Fall, wo es eine Art medialen ›Brennpunkt‹ gibt, werden möglicherweise andere Elemente angesaugt, etwa so wie bei einem Wirbelsturm...«

»Na, ich danke …«

»Arthurs Tod kann ein zusätzlicher Störfaktor gewesen sein. Wenn jemand stirbt, der Kontakt zu so einer Sache hatte, kommt es wahrscheinlich immer zu einer leichten Verschiebung des Gleichgewichts zwischen dem Hier und der geistigen Welt.«

»Jedenfalls hat Arthur es offenbar nicht geschafft, dem armen alten Henry etwas auszurichten, da Toby es für nötig hält, mir über Madeline Nachrichten zu schicken.«

»Interessantes Problem«, sagte Hugh und kratzte in seiner erkalteten Pfeife herum. »Wie übermittelt man Botschaften von einem Geistwesen zum anderen?«

»Meinst du, wir sollten noch eine Séance halten?« fragte ich zögernd.

»Ich habe eine Aversion gegen Séancen, sie kommen immer mit einem Hauch von Scharlatanerie daher, und so was kann ich nicht vertragen. Nein, ich lasse mir die Sache mal durch den Kopf gehen. Vielleicht beruhigen sich die Geistwesen ja auch wieder. Wie Bienen nach einer Störung im Bienenstock.«

Mit dieser tröstlichen Hypothese schien er recht zu behalten, denn in den nächsten drei, vier Jahren kam es zwar hin und wieder zu merkwürdigen Manifestationen – ein Spiegel fiel von der Wand, Schalen mit Dickmilch kippten auf geheimnisvolle Art und Weise um, Zettel mit mysteriösen Botschaften tauchten an wunderlichen Orten und zu wunderlichen Zeiten auf –, aber die Vorfälle waren weder gefährlich noch mit Gewalttätigkeiten verbunden. Die Geistwesen, die Lamb House bewohnten oder besuchten, schienen friedlich zu sein und störten uns kaum.

Hughs Bienenstockvergleich war sehr treffend: Die Bienen summten leise im Haus herum, aber sie kümmerten sich um ihre Angelegenheiten und wir um die unseren, wir ließen uns gegenseitig in Ruhe.

Am westlichen Ende des Grundstücks lag als geheime kleine Enklave ein mit Backsteinen eingegrenztes quadratisches Stück Land. Vor Jahren hatte Henry James es erworben, um zu verhindern, daß dort gebaut wurde, und es an einen Nachbarn in der Mermaid Street verpachtet, der es in seinen Garten einbezogen hatte. Jetzt war der Nachbar gestorben, und das Stück Land fiel an mich zurück. Ich ließ sogleich eine Öffnung in die Mauer brechen, um eine Bestandsaufnahme zu machen. Sie war zunächst wenig ermutigend: Ein uralter Birnbaum, ein knorriger wilder Wein, mehrere Komposthaufen, unkrautüberwucherte Blumenbeete und jede Menge Schnecken.

Trotzdem war mir sofort klar, was sich daraus würde machen lassen: ein von außen nicht einsehbarer geheimer Garten, den man zugleich als grüne Wohnstube nutzen konnte.

Stück für Stück verwirklichte ich in den nächsten Jahren diesen Plan. In dem ummauerten Quadrat entstand eine Rasenfläche, an der Mauer pflanzte ich Mermaid-Rosen. In die Rasenmitte kam eine Säule aus alten Backsteinen, auf die ich eine in Rye erstandene Marmorbüste des jungen Augustus stellte. In der Nordecke baute ich einen gedeckten Sitzplatz von zwölf Fuß im Quadrat mit gefliestem Boden und Holzwänden, der an zwei Seiten zum Garten hin offen war. Im Sommer stellte ich dort einen Schreibtisch auf, und an die Wand darüber hängte ich einen länglichen Spiegel, so daß ich beim Arbeiten ein Bild des Gartens vor mir hatte. Im Freien schweift der Blick gern ab, durch diesen Trick aber war ich gezwungen, mich auf das zu konzentrieren, was in dem Rahmen stand, und das Bild der sonnenbeschienenen Beete gewann in dem beschatteten Spiegel noch an Glanz und Fülle.

Und dann sah ich eines Tages, als ich am Schreibtisch saß und den Blick zu meinem Spiegel hob, einen Mann, der mit dem Rücken zu mir in dem besonnten Garten neben der Marmorbüste stand.

Während mich die Überraschung noch lähmte – ich hatte keine Stimme, keinen Schritt gehört, hatte mir eingebildet, ganz allein zu sein –, griff er mit einer jähen, wütenden Bewegung nach der schweren Büste und schleuderte sie ins Gras.

Empört und verblüfft fuhr ich herum – *und im Garten war niemand.* Nur meine arme Büste lag da und bohrte die Nase in die Vergißmeinnicht.

Ich stand auf, so schnell es eben ging – inzwischen behinderte mich meine arthritische Hüfte schon ganz erheblich –, und humpelte zu der Pforte, die in den Hausgarten führte. Aber auch dort – ich hatte es nicht anders erwartet – war niemand zu sehen. Das, was mit so zorniger Kraft meine Büste (die gut und gern einen halben Zentner wog) zu Boden geschleudert hatte, war kein lebendiger Mensch gewesen.

»Wie sah er denn aus?« wollte Hugh wissen, der sich, telegrafisch verständigt, sofort auf den Weg gemacht hatte und größtes Interesse an dem Fall bekundete. Die Büste hatte ich bis zu seiner Ankunft *in situ* liegen lassen. Mit

Hilfe meines Gärtners hob er sie sorgsam auf und stellte sie nicht ohne Mühe wieder an ihren Platz.

»Das ist ja das Ärgerliche: Sein Gesicht habe ich nicht gesehen. Er hatte mir den Rücken zugekehrt. Aber er war schwarz gekleidet, soviel weiß ich, und hatte einen schwarzen Hut oder eine schwarze Kappe auf.«

»Ich habe mir auf der Fahrt hierher die Sache gründlich durch den Kopf gehen lassen«, sagte Hugh. »Wahrscheinlich hast du durch die Öffnung des Gartens erneut die Geister gestört. Willst du es nicht einmal mit einem Exorzismus versuchen?«

»Exorzismus? Ich weiß nicht recht…«, sagte ich zweifelnd.

»Schaden kann es nicht, und vielleicht hilft es sogar.« Hugh ist katholisch, und seinem Glauben ist – wie dem der meisten Katholiken, die in ihre Kirche hineingeboren sind – ein gesunder Schuß Skepsis beigemischt, während mein Bruder Arthur als Konvertit seine erworbenen Überzeugungen stets außerordentlich ernst nahm.

»Exorzismus?« wiederholte ich. »Meinst du nicht, das könnte… könnte ein Stich ins Wespennest sein?«

»Na gut, wir können ja noch ein paar Tage abwarten.« Es war Sommer, und Hugh hatte sich, wie er sagte, zum Faulenzen entschlossen. Wir fuhren in seinem Automobil durch die Gegend, aßen mit Freunden in Dover, besichtigten Walmer Castle und Bodiam, und an kühlen Tagen setzten wir uns im Gartenzimmer vor den Kamin und lösten mit vereinten Kräften das Kreuzworträtsel der *Times*. Und wir legten uns auf die Lauer; heimlich, wachsam, unablässig. Ich sah das Gespenst noch zweimal, einmal wieder im Spiegel des geheimen Gartens, in die Betrachtung der Büste versunken (ohne daß es sich allerdings diesmal an ihr vergriffen hätte), einmal, wie es durch die Pforte des Hausgartens meinen geheimen Garten betrat. Und Hugh sah es auf dem Rasen, wie es gedankenvoll die Stelle betrachtete, an der einst der alte Maulbeerbaum gestanden hatte…

Eins war all diesen Erscheinungen gemeinsam: Ein Gesicht sahen wir nie. Der Geist drehte uns betont den Rücken zu.

»Warum wohl?« fragte ich Hugh. »Nur weil er ungesellig ist? Oder weil er meint, sein Gesicht würde uns zu sehr erschrecken?«

Ein jäher Schauder überlief mich bei diesem Gedanken. Und als Hugh erneut vorschlug, wir sollten einen Exorzisten zu Hilfe holen, willigte ich etwas widerstrebend ein.

So wurde denn Pater Gabriel Comberbatch nach Rye beordert. Er war ein redseliger kleiner Patron mit blauen Kinderaugen und einer Art Hexenring aus Flaumhaaren auf dem Kopf. Doch schien er sein Handwerk zu verstehen und machte sich sogleich ans Werk. Wir waren übereingekommen, die Zeremonie in dem geheimen Garten zu vollziehen, da dort der Geist schon dreimal gesichtet worden war. Pater Gabriel hatte Weihwasser, eine Kerze und etliche Bücher mitgebracht und trug Chorhemd und Stola. Hugh assistierte ihm. Gebete und ein Psalm wurden gesprochen, und dann forderte der Pater den ruhelosen Geist auf, diesen Ort zu verlassen im Namen der Sakramente, der Fleischwerdung und Passion Christi. Aus den Evangelien las er die Stelle vor, die der Kirche das Recht einräumt, böse Geister auszutreiben, und rief: »Flieht, unreine Geister, hebet euch hinweg von diesem Ort.«

Die dritte Anrufung erfolgte auf Lateinisch. »*Exorziso te...*«

Als Zeitpunkt für den Exorzismus hatte er den Sonnenuntergang festgelegt, weil, wie er sagte, dann die Kräfte des Lichts noch stark seien und die der Finsternis noch nicht ihre größte Macht erlangt hätten.

Während der Gebete war das Licht immer schwächer geworden. Dann brach, als habe ein Inspizient in die Hände geklatscht, jählings die Nacht herein – und ich wähle dieses Wort bewußt, denn so war es tatsächlich: Von einer Sekunde zur anderen schwand das Licht, und es wurde stockfinster. Die Kerze flackerte noch einmal auf und erlosch. Fern im Westen hörten wir Donnergrollen.

»So, das ging ja erfreulich glatt über die Bühne«, sagte Pater Gabriel munter. »Hier dürften sie in Zukunft keine Probleme mehr haben.«

Langsam gingen wir zum Haus zurück. Hugh trug das Weihwasser und ich die Bücher. Einmal stolperte der Pater, es war wirklich außergewöhnlich dunkel.

Beim Abendessen sprach er sich lobend über das Soufflé meiner Köchin aus und meinte, in dem Gärtchen werde es nun wohl keinen Ärger mehr geben, der Ort sei wirksam von allen übernatürlichen Einwirkungen gereinigt. »Lukas 9.1 können sie nicht ausstehen. Wär schön, wenn ich den Zug um 21 Uhr 15 noch bekäme...«

Wir drängten ihn, bei uns zu übernachten, aber er sagte, er müsse am nächsten Morgen ganz früh zu einem Exorzismus in Aldeburgh sein – »ein sehr problematischer,

242

hartnäckiger Fall von Besessenheit« –, und ließ sich nicht umstimmen. Hugh und ich begleiteten ihn zum Bahnhof.

Das Gewitter, das schon den ganzen Abend gemurrt und gegrollt hatte, eröffnete jetzt die Vorstellung mit einem leuchtenden lilafarbenen Blitz, in dem sich die ganze Stadt mit ihrem Gewirr von Giebeln und dem Kirchturm schwarz vor einem fahlen Himmel abhob. Die Gewitter in Rye sind berühmt, und dieses versprach besonders spektakulär zu werden. Pater Gabriel bedauerte sehr, daß er nicht bleiben konnte.

Hugh und ich gingen schweigend – wir hätten uns bei dem Donnergetöse auch kaum verständigen können – nach Lamb House zurück. Meine Gedanken kreisten um Exorzismus und Teufelsaustreibungen; war unser Gespenst wirklich ein Teufel gewesen?

Wir standen vor der breiten georgianischen Haustür, als sich die Schleusen des Himmels öffneten. Gerade noch rechtzeitig retteten wir uns ins Haus.

Mein Diener Charlie hatte das Kaminfeuer im Arbeitszimmer in Gang gehalten und ein Tablett mit Getränken bereitgestellt. Von dort oben hatten wir beste Sicht auf das gewaltige Naturschauspiel.

Als wir, die Gläser in der Hand, am Fenster standen, enthüllte ein besonders heftiger, gleißender Blitz, der Rasen, Blumenbeete und Bäume mit der Schärfe eines fotografischen Abzugs aus der Dunkelheit hob, mehr als nur nasses Gras und regenglänzendes Laub: Im Schutz der Bäume am Rasenrand stand eine dunkle Gestalt. Viel Schutz dürften die Bäume jetzt nicht bieten, dachte ich, jedes Blatt, jeder Zweig triefte inzwischen vor Nässe.

»Hast du das gesehen?« flüsterte Hugh in der Stille vor
dem Donnerschlag.

Ich nickte und vergaß dabei, daß er mich ja nicht sehen
konnte. Ein plötzlicher Windstoß hatte die Flamme unserer Lampe zu einem matten Fünkchen schrumpfen lassen.

»Pater Gabriel hat mit seinem Exorzismus offenbar
nicht sehr viel ausgerichtet.«

»Er hat den Geist nur aus dem kleinen in den großen
Garten getrieben.«

»Warte ... schau doch ...«

Der nächste Blitz leuchtete erneut alle Ecken und Winkel des Gartens aus. Die Gestalt hatte sich in Bewegung
gesetzt und war schon auf halbem Wege zum Haus. Ich
mußte an ein gruseliges Spiel denken, das meine Geschwister als Kinder in Cornwall gespielt hatten und das ›Die
Schritte der Ahnfrau‹ hieß. Man muß sich an jemanden
heranschleichen, ohne daß man dabei gesehen wird ...

»Es kommt auf das Haus zu«, sagte Hugh unnötiger-
weise. »Hast du diesmal sein Gesicht gesehen?«

»Nein.«

»Ich schon.« Mehr sagte er nicht. Und ich fragte nicht
nach.

Der nächste Blitz zeigte uns, daß die Gestalt jetzt auf
die Terrassentür zuging.

Wir konnten nicht sehen, wie die Tür geöffnet wurde,
aber wir hörten es und spürten den kalten Luftzug, der
durch das stille Haus die Treppe hochwehte.

»Es ist im Haus«, sagte Hugh. »Vielleicht ... vielleicht
will es sich nur unterstellen ...«

Als es wieder hell über den Himmel zuckte, konnten

wir uns gegenseitig ins Gesicht sehen. Es war kein tröstlicher Anblick.

»Was stehen wir hier noch herum?« sagte ich beherzt, um meine Angst zu bemänteln, und ging rasch die Treppe hinunter. Hugh folgte mir auf den Fersen. Ein eisiger Wind wehte ins Eßzimmer. Ich griff nach der wild hin und her schlagenden Terrassentür und zog sie auf mich zu, bis das Schloß einschnappte.

Irgendwie schien mir das wichtig, auch wenn ich nicht wußte, was ich da zu uns ins Haus sperrte.

Hinter mir hörte ich Hugh stöhnend nach Luft ringen, dann verlor er das Bewußtsein und schlug mit seinem ganzen, nicht unbeträchtlichen Gewicht der Länge nach auf den Fußboden. Schwere Schritte stiegen die Treppe hinauf.

»Stehenbleiben!« rief ich, was natürlich ganz albern war. »Ich befehle dir stehenzubleiben… bei… bei den Kräften des Lichts.«

Doch die schweren Schritte tappten weiter.

Ich mußte ihm nach, das stand für mich fest. Wenn ich es nicht tat, wenn ich ihm widerstandslos das Haus überließ, würde ich mir nie wieder ins Gesicht sehen können, nie wieder Ruhe finden. Ich ließ den regungslosen Hugh liegen, wo er lag, ging ebenfalls die Treppe hinauf und betrat schlotternd das ›grüne Zimmer‹, wo die Lampe noch immer matt flackerte. Und dort, in diesem schwachen, ungewissen Licht, stellte ich mich der Erscheinung und erblickte ihr Gesicht.

Es war ein unaussprechlich grauenvoller Anblick.

Ich habe in verschiedenen meiner Erzählungen Beschreibungen von schaudererregenden Zügen gegeben; so hat etwa in *The Luck of the Vaits* Onkel Francis ein Gesicht, das sich gelegentlich so verändert, daß es ›kaum noch etwas Menschliches hatte… die Lippen zogen sich zurück, bis das Zahnfleisch sichtbar wurde… die Haut war nicht mehr gesund und rosig, sondern weißlila verfärbt…‹, aber nicht einmal in meiner kühnsten Phantasie hätte ich mir auch nur ein Zehntel des Grauens vorstellen können, das mir aus dieser Physiognomie entgegensah. Das schlimmste war vielleicht, daß sie mir so bekannt vorkam; ich hatte sie schon einmal gesehen. Wo oder wie, das wußte ich nicht; aber die groteske Häßlichkeit, die abstoßende Bosheit waren mir so vertraut wie mein eigenes Gesicht im Rasierspiegel. Mühselig, gleich einem Menschen, der sich mit äußerster Anstrengung aus Treibsand befreit, wandte ich den Blick von dem fürchterlichen Gesicht ab und sah, daß der Gestalt, die ganz in Schwarz gekleidet war, an einer Hand zwei Finger fehlten; sie sahen aus wie weggeschossen, nur noch die Stummel waren übrig.

»Verlaß mein Haus«, befahl ich heiser. »Verlaß mein Haus, du übles, infernalisches Wesen. Hebe dich hinweg von hier!«

Leise und mit belegter Stimme erwiderte es: »Aber dies ist auch mein Haus.«

Ohne sich weiter um meine Worte zu kümmern wandte die Erscheinung sich ab und setzte sich in einen Sessel.

Da packte mich eine handfeste, heftige Wut. Ich rief: »Du hast Angst vor mir, du Feigling! Ich weiß es! Ich sehe

den Schweiß auf deiner Stirn!«, und ich ging, meine To-
desangst verdrängend, um den Sessel herum, damit ich der
Erscheinung erneut ins Gesicht sehen konnte.

Doch das Gesicht, das ich jetzt erblickte, war zu meiner
Verblüffung gänzlich und so schlagartig verändert wie bei
meinem erfundenen Onkel Francis. Es war gütig und vertraut, liebevoll, väterlich und voller Leid.

»Henry! Verehrter Meister!«

Vor mir saß der einstmalige Besitzer von Lamb House.

»Mein Junge… mein lieber Junge«, sagte er nach einer kleinen Pause halblaut, und in der wohlklingenden
Stimme lag gleichsam der Jammer eines ganzen Lebens.
Etwas kräftiger fuhr er fort: »Wie… wie komme ich hierher?«

»Sie waren in Sorge… beunruhigt wegen Tobys Tagebuch.«

»Tobys Tagebuch, ah ja.« Ein Ausdruck von Qual ging
über die großherzigen Züge. »Der arme Junge. Aber wenigstens brauchte er nie sein Heim zu verlassen, wurde
nicht ständig zwischen der Alten und der Neuen Welt
hin- und hergezerrt.« Er besann sich: »Ja so, das Tagebuch… Das ist eben das Übel: Ich weiß nicht mehr, was
ich damit gemacht habe. Ich habe es wohl irgendwo verborgen, ich bin so gut wie sicher, daß ich es nicht verbrannt habe…«

»Hören Sie, cher Maître«, sagte ich, »es ist nicht mehr
von Belang. Toby hat es sich anders überlegt. Er läßt Ihnen sagen: ›Vergiß die Geschichte.‹ Er hat wohl das Interesse daran verloren.«

War das da draußen schwaches Donnergrollen? Ein leiser, empörter Aufschrei, der sich nach Alice Lamb anhörte? Beides war gleich wieder verklungen.

»Das hat er gesagt?« vergewisserte sich der Meister freudig. »Das hat Toby gesagt? Und es wirklich so gemeint? Ach, diese Erleichterung, diese unaussprechliche Erleichterung…« Mir war, als glänzte eine Träne auf seiner Wange. »Armer Junge«, sagte er leise. »Um die Chance gebracht, Unsterblichkeit zu erlangen… Habe ich doch selbst erlebt, wie hart das ist, wie grausam hart… Zu ahnen, daß das eigene Werk vergangen und vergessen ist, wiewohl man selber weiß, daß es nicht ohne Wert war…«

Ich muß gestehen, daß es mir bei diesen Worten einen Stich gab, denn in letzter Zeit war ich im Hinblick auf mein eigenes Werk immer mehr zu der gegenteiligen Ansicht gekommen. Meine Romane hatten nicht genug Tiefgang, waren schal und oberflächlich. Ich hatte immer nur dasselbe kleine Stückchen Erde beackert. Insgeheim wußte ich jetzt, daß ich niemals auch nur entfernt eine Konkurrenz für den Meister sein würde – und sollte ich noch hundert Bücher schreiben. Dabei verkauften sie sich gut und erfreuten sich großer Beliebtheit.

»Ihr Werk, verehrter Meister, ist jetzt weit bekannter als zu Ihren Lebzeiten«, versicherte ich ihm. »Ihre Bücher sind stets lieferbar, werden gelesen, in Seminaren behandelt, Ihr Ruhm wächst mit jedem Jahr. Es wird nicht lange dauern, und Hunderte von Biographien und kritischen Betrachtungen werden sich mit Ihnen befassen. Schon heißt es, man wolle an diesem Haus eine Gedenktafel anbringen… Ihr Name wird unsterblich sein…«

Ein glückseliges Lächeln ging über seine Züge, seine Augen strahlten. »Sind Sie dessen sicher?«

»So sicher, wie die Sonne morgen wieder aufgehen wird.«

»Danke«, sagte er. »Danke, danke…«

Und während seine Worte immer schwächer wurden, schwand auch er dahin, bis ich mit dem matten Licht der flackernden Lampe und dem stärker werdenden des neuen Tages allein war.

Langsam und unter Schmerzen hinkte ich die Treppe hinunter zu Hugh, der sich gerade mühsam aufrappelte, und erzählte ihm, was geschehen war. »Irgendwie habe ich das Gefühl, daß uns hier keine Gespenster mehr belästigen werden«, sagte ich.

»Aber das Haus liebt Gespenster«, wandte Hugh ein. »Es verlangt nach Gespenstern. Was ist mit Alice Lamb? Und diesem Hugo? Und mit den anderen Stimmen, die wir gehört haben?«

»Vielleicht sammeln sie sich irgendwann wieder und schweben hierher zurück. Aber wohl nicht mehr zu unseren Lebzeiten. Vielleicht sind wir, ich und du, Hugh, die nächsten Geister, die sich hier einmieten. Vielleicht spuken anno 2030 wir in dem geheimen Garten herum.«

»Vielleicht«, sagte Hugh.

Vorerst habe ich aber recht behalten. Keine Spukgestalt, kein Geistwesen hat bis auf den heutigen Tag unseren Frieden gestört. Und Tobys Manuskript ist nie ans Licht gekommen…

Joan Aiken
im Diogenes Verlag

Die Kristallkrähe
Roman. Aus dem Englischen von Helmut Degner

»Als ihr Krimi *Die Kristallkrähe* erschien, verglichen die Kritiker sie mit Patricia Highsmith, Celia Fremlin und Margaret Millar.« *Titel, München*

Das Mädchen aus Paris
Roman. Deutsch von Nikolaus Stingl

Wohin sie geht, zieht Ellen Paget Liebhaber an: den ambivalenten Professor Bosschère in Brüssel, den unberechenbar-eigenwilligen Comte de la Ferté in Paris, ihren Stiefbruder Bénédict. Ihre gebieterische Patin, Lady Morningquest, bereitet einer zarten Romanze ein rasches Ende und schickt Ellen nach Paris...

»Wieder einer der bestrickenden, aufregenden Romane, die Joan Aiken seit vielen Jahren zu einem Publikumsliebling machen.«
Publishers Weekly, New York

Tote reden nicht vom Wetter
Roman. Deutsch von Nikolaus Stingl

Jane, Graham und die beiden Kinder sind eine ganz normale Familie. Graham ist Architekt, Jane hat ihre Arbeit bei einer Londoner Filmfirma aufgegeben, seit sie in das neue, teure Haus auf dem Land gezogen sind. Geldprobleme zwingen Jane bald dazu, ihren alten Job wieder anzunehmen und dem finsteren Ehepaar McGregor tagsüber Haus und Kinder anzuvertrauen...

»Joan Aiken präsentiert uns rabenschwarze, schaurigschöne Geschichten.« *Die Welt, Bonn*

Der eingerahmte Sonnenuntergang
Roman. Deutsch von Karin Polz

Lucy reist nach England, um herauszufinden, was mit ihrer alten Tante Fennel und deren Freundin geschehen ist. Was wie ein ganz normaler Verwandtenbesuch beginnt, entwickelt sich rasch zu einem gefährlichen Abenteuer für Lucy…

»Das Beiwort ›unterhaltsam‹ ist für diesen Psycho-Thriller von Joan Aiken schlichte Tiefstapelei. Die Lektüre dieses Buches ist ein hochgradiges Vergnügen.« *Frankfurter Rundschau*

Ärger mit Produkt X
Roman. Deutsch von Karin Polz

Als Martha Gilroy den Auftrag bekam, eine Werbekampagne für ein aufregendes neues Parfüm zu starten, hatte sie keine Ahnung, worauf sie sich einließ.

»*Ärger mit Produkt X* ist der Titel eines herrlich spannenden Krimis, dessen Autorin einen Hang zur Satire hat. Dies macht die Lektüre so amüsant.«
Frankfurter Rundschau

Haß beginnt daheim
Roman. Deutsch von Nikolaus Stingl

Nach einem Nervenzusammenbruch ist Caroline zur Erholung bei ihrer Familie: der Mutter Lad, Trevis, der älteren Schwester Hilda und einer alten Tante. Doch statt zu genesen, wird sie immer verwirrter…

Der letzte Satz
Roman. Deutsch von Edith Walter

Willkommen in Helikon, dem eleganten Insel-Sanatorium, das seine Gäste vor allen Bedrohungen schützen kann. Außer vor sich selber…

»Dieses Buch ist eine Wonne!« *The Times, London*

Du bist Ich

Die Geschichte einer Täuschung
Deutsch von Renate Orth-Guttmann

Man schreibt das Jahr 1815. In einem feinen Mädchenpensionat in England stellen Alvey Clement und Louisa Winship fest, daß ein einzigartiges Band sie eint. Zwar stammen sie aus sehr unterschiedlichen Gesellschaftsschichten und sind vom Temperament her ganz verschieden, aber vom Aussehen her *sind sie sich völlig gleich*. Dieser überraschende Zufall paßt der verwöhnten Louisa sehr gut ins Konzept.

Fanny und Scylla
oder Die zweite Frau

Roman. Deutsch von Brigitte Mentz

In ein englisches Spukhaus des 18. Jahrhunderts und das bunt-grausame Indien der Maharadschas führt Publikumsliebling Joan Aiken in ihrem aufregenden Roman *Fanny und Scylla*...

»Joan Aiken besitzt ein seltenes Erzähltalent, in dem sich psychologischer Scharfblick mit der Gabe vereinigt, den heutigen Leser in Spannung zu halten, obwohl die Handlung in eine ferne Vergangenheit führt.« *Die Furche, Wien*

Schattengäste

Roman. Deutsch von Irene Holicki

»Eine Meisterin der Schauerromantik? Mehr noch, eine begnadete Erzählerin, die das Un-Begreifliche, das Un-Faßbare aus vergangenen und modernen Zeiten in mitreißende Geschichten packt, die ohne große Sentimentalität und falsches Spektakel auskommen. Joan Aikens *Schattengäste* ist ein wunderbares Buch über die unheimlichen Dinge des Lebens und wie man über einen Verlust zurück ins Leben findet.« *science fiction media, München*

Wie es mir einfällt

Geschichten. Deutsch von Irene Holicki

Ein Reihe gruseliger, romantischer und phantastischer
Erzählungen sind mit der gewohnt sicheren Hand und
dem makabren Sinn für Humor geschrieben, die man
an Joan Aiken so schätzt.

»Joan Aiken erweist sich als Meisterin im Darreichen
süßer Pralinen, die mit Arsen gefüllt sind.«
Frankfurter Rundschau

Angst und Bangen

Roman. Deutsch von Renate Orth-Guttmann

Bei Außenaufnahmen auf einem Landsitz in Dorset
lernt die Schauspielerin Cat den Besitzer kennen. Die
beiden verlieben sich, heiraten und machen eine
Hochzeitsreise nach Venedig. Die Idylle scheint per-
fekt. Doch als Cat ihrem Mann sagt, daß sie sich erinnert, ihn vor vielen Jahren als liebevollen Begleiter
eines dahinsiechenden Greises gesehen zu haben, ändert er plötzlich sein Verhalten ihr gegenüber.

»Joan Aikens *Angst und Bangen* handelt von geheimen Untaten, von Habsucht, Verrat und Mord. Es
kombiniert geschickt das Genre Liebesgeschichte und
Thriller.« *London Review of Books*

Die Fünf-Minuten-Ehe

Roman. Deutsch von Helga Herborth

London, 1815. Als ihre Mutter ernstlich erkrankt,
sieht Philadelphia Carteret keine andere Möglichkeit,
als ihren wohlhabenden Großonkel Lord Bollington
um Hilfe zu bitten. Doch schon kurz nach ihrer Ankunft auf Chase, dem Familiensitz, wird sie in ein ge-
fährliches Ränkespiel verwickelt. Eine Doppelgänge-
rin und andere zwielichtige Gestalten trachten ihr
nach dem Leben...

»*Die Fünf-Minuten-Ehe* ist eine Räuberpistole, die mit allen Formen des Kitsch-, Grusel- und Romantic-Romans spielt. Sie hat einen Sog, in dem meine literarischen Bedenken untergehen: Ich muß zu Ende lesen, bis Friede, Freude, Liebe den erwarteten Sieg antreten über Erbschleicher, Komplotte und Duelle.«
Brigitte, Hamburg

Jane Fairfax
Roman. Deutsch von Renate Orth-Guttmann

Jane Fairfax war musikalisch, vielseitig begabt und elegant. Soviel wissen wir aus Jane Austens *Emma*. Aber wie verliefen ihre Jugendjahre als Waise, was war mit ihrer Kinderfreundschaft zu Emma Woodhouse, und – was noch wichtiger ist – was passierte bei ihrem Sommeraufenthalt in Weymouth? Janes Rückkehr als wohlerzogene Gouvernante nach Highbury nährt Emmas müßige Neugier. Ist die Trennung von ihrer Freundin der wahre Grund für Janes Niedergeschlagenheit, als Rachel heiratet und nach Irland zieht?

»Ein sehr unterhaltender Roman im Stil Jane Austens, den auch der versteht, der *Emma* nie gelesen hat.«
Kieler Nachrichten

»Ein Lehrstück, eine Ermunterung für deutschsprachige Schriftsteller!« *Der Standard, Wien*

Anderland
Roman. Deutsch von Ilse Bezzenberger

Ein junges Mädchen, deren Mutter früh an einem Herzanfall stirbt, findet in der Musikerfamilie Morningquest ein neues Zuhause. Sie wächst in diese Wahlfamilie hinein, bekommt durch sie die Kraft, ihr künstlerisches Talent zu entfalten – und verläßt sie schließlich als reife Persönlichkeit.

»Im Zentrum jedes der wundervollen ›Unterhaltungs‹-Romane von Joan Aiken steht eine abenteuerliche Liebesgeschichte, die jene unausweichliche Spannung des Wartens, des Verfolgtwerdens erzeugt, die wir aus den Momenten beginnender Liebestaumel kennen... Und am Ende dann, darauf können Sie sich immer freuen, klappt's.« *vogue, München*

Stimmen in einem leeren Haus
Roman. Deutsch von Hans-Christian Oeser

Der herzkranke Gabriel haut von zu Hause ab. Seine herrschsüchtige Mutter und sein Stiefvater machen sich aus unterschiedlichen Gründen auf die Suche nach ihm. Immerhin hat der sechzehnjährige Gabriel bei seiner Volljährigkeit eine große Erbschaft zu erwarten. Und wenn er gar nicht freiwillig verschwunden wäre? Ein Erpresser meldet sich... Wird es gelingen, Gabriel noch rechtzeitig zu retten? *Stimmen in einem leeren Haus* ist ein in der heutigen Zeit spielender Familienthriller.

»Man legt das Buch nicht mehr aus der Hand.«
Daily Telegraph, London

Mitternacht ist ein Ort
Roman. Deutsch von Ilse Bezzenberger

Als das Schloß Mitternacht abgebrannt ist, müssen sich Lucas Bell und seine junge französische Freundin Anna-Marie in der winterlichen Welt von Blastburn ganz allein durchschlagen. Zusammen mit anderen Kindern arbeiten sie in der riesigen Fabrik, entrinnen nur knapp einem Mordanschlag, flüchten vor den Schrecknissen der von Ratten und Ungeziefer wimmelnden Kanalisation unter Blastburn. Ein Roman um Kinderarbeit im England des 19. Jahrhunderts, geschildert mit dickens'scher Intensität.